GAEA

GAEA

術數師

4

秦始皇最恐怖的遺言

天航 KIM 著

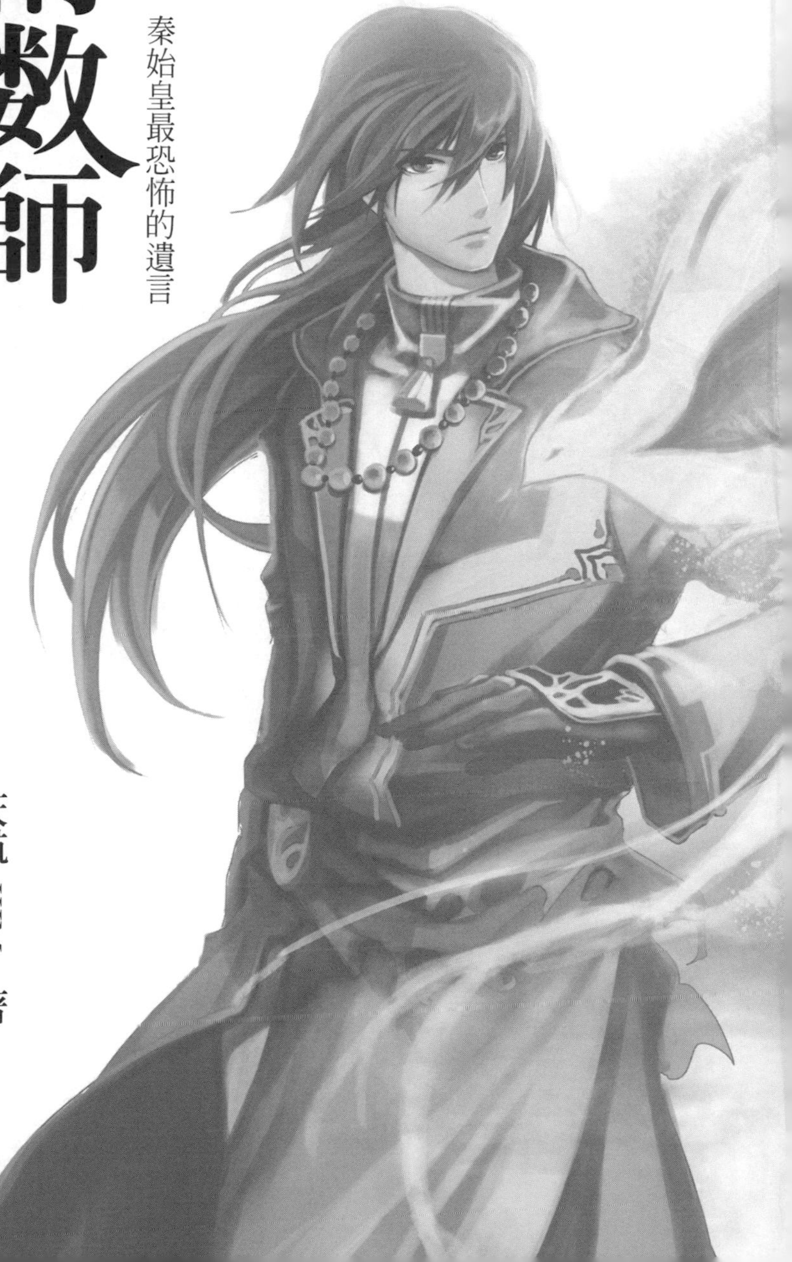

術数師 4

◇ 秦始皇最恐怖的遺言

目錄

戰國七雄

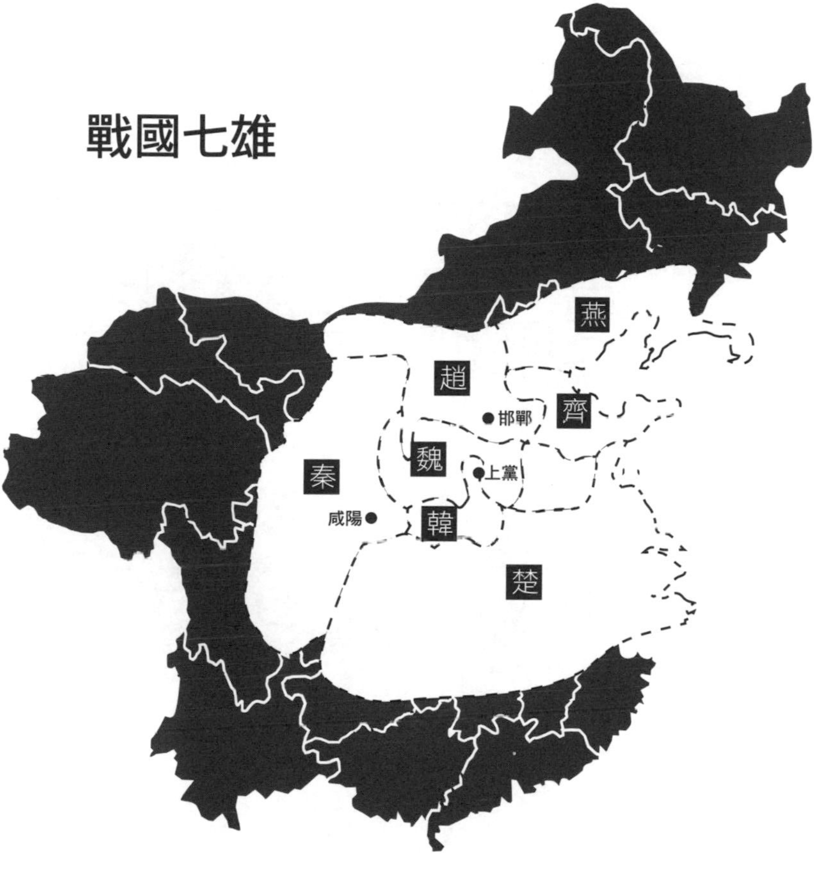

我們以死的氣概，為了生而戰。

——出處不詳

一九五四年

人將去矣，其言也善；
鳥將去矣，其鳴也哀。
時間的史卷不會爲任何人而停下，
人生七十古來稀，一輩子是那麼地短暫！
人的自私，來自求生，來自對死亡的恐懼。
只有貪得無厭的人類，
才會妄想將生前美好的一切，
帶進墓裡，帶進黃泉，帶進死後的世界……
這一年，關於秦始皇陵的一切祕密，
仍然深深埋藏在地底……

1

江南的大雨一直下，雨聲嘩嘩剝剝，似箭如梭，如萬千張織出來的雨簾，打在臉上，令在鄉野前進的路人舉步維艱，大白晝之下，卻看不清前路，好像遇溺一樣。

時爲一九五四年。

甲午戰爭、辛亥革命、清朝滅亡、第二次世界大戰、十萬里長征……一陣陣鋪天蓋地的血雨，彷彿洗滌了大地。各省各市，紛紛爲一縷縷烈士的英魂，豎立一座座紀念碑。

經過那場奇蹟逆轉的戰役之後，新中國成立了。

一九五四年，第一屆全國人民代表大會結束，通過了中華人民共和國憲法。第二條：「中華人民共和國的一切權力屬於人民。人民行使權力的機關是全國人民代表大會和地方各級人民代表大會。全國人民代表大會、地方各級人民代表大會和其他國家機關，一律實行民主集中制。」第十八條：「一切國家機關工作人員必須效忠人民民主制度，服從憲法和法律，努力爲人民服務。」第八十七條：「中華人民共和國公民有言論、出版、集會、結社、遊行、示威的自由。國家供給必需的物質上的便利，以保證公民享受這些自由。」

憲法是國家最基本的法律，擁有最高的法律效力。

老一輩的人都說，那是一段欣欣向榮的日子，因爲人人都看見了希望。

當晚上不再有砲聲，不再有警號，就是說漫漫噩夢終於結束了。儘管早上起來要挨餓，只要有和平，只要有盼望，一切都會苦盡甘來。那時候，只要可以回來，知識分子都一定回來，他們都要建設新中國。愛國是行動，他們帶著崇高的理念，齊心建立一個法治社會。

鄉間的小徑泛霧。

霧中，走出一個人影，他用一條短竹，挑著行囊走路。地上的水淹過了腳面，鞋襪濕透，一步步踩在泥路上，腳心就像和泥濘黏在一起。不一會，過了最艱難的路段，漸入佳境，之後的路愈來愈好走。他一邁步，左腳仍在泥地上，右腳踏上了小石路，就像由舊社會跨到了新社會一樣，眼前景色倏然開朗。

這個人，姓江，是鎮上有名的國文老師。

江老師全名是江南，卻不是江南人，敘起年庚，生於一九一一，就是辛亥革命那一年。他幼年時上過私塾，誦詠四書五經，然後不知怎地要上小學，課本變成了白話文。他看著大人剪掉了辮子，理短髮。他也脫下了大褂，換上中山裝。他的前半生，活在舊社會，後半生，見證新世代的黎明。

沿著小徑，走了會兒，終於看見一戶老式大宅，黑瓦青磚，條石疊起的圍牆橫向擴展，彷彿宅園要多大有多大，磚雕花門的飛簷挑得又高又漂亮。

江老師從心裡叫了出來：「岸柳茫茫，近水遙山，果然是有錢人住的地方！」

這戶人家姓錢，聽說是大家族的後人。

錢老爺闊氣，但鎮上的人都說他是個膿包，靠祖宗吃飯，財富全得自遺產。富人有錢，就會娶妻納妾，一夫多妻制，對臭男人來說眞是最美好的制度。江老師忽然想起，戰亂時走過火車站，有些女大學生在乞討。她們知書識禮，嬌滴滴的，但看見穿得好的男人下車，便求他討回去當小老婆，甚麼禮義廉恥，都比不上一碗香噴噴的白飯。

對大多數人來說，最重要是三餐溫飽。

江老師捫心自問，自己也是這種人。

錢老爺有四個老婆，卻一直無子，生出六個女兒，第七個也是女的。正室三十六歲，才懷第一胎，竟然一索得男，其他老婆恨得牙癢癢的。錢老爺寵之如珍如寶，孩子今年八歲，要讀書識字，便請來全鎮聲譽最好的江老師。聽介紹人說，之前也請過一個老師，錢老爺嫌他字寫得醜，辭退了。

江老師搖了搖門環，心中暗嘆：「唉！人生識字憂患始。」

很快就有下人來開門。

江老師跨過了門檻，便入廳堂，拜見錢老爺。

錢老爺思想守舊，直罵國家最新倡導的簡體字是「匪書」、「匪文」，所以他對江老師千叮萬嚀：「我對你的唯一要求，就是好好教犬兒書法。一個人寫的字，就是他的面子。就算沒學識，只要字寫得好，別人都會以爲你有學識。哈哈，很多大學生在我面前都抬不起頭呢！」

江老師點了點頭，自思自想：「說得對，我自問有學識，對著有錢人，還不是恭恭敬敬，哪裡抬得起頭？」

從內堂出來一個男童，他跌跌撞撞，跑到錢老爺的大椅旁，笑容十分瀾漫。大人還沒提醒半句，他一轉身，就懂得向江老師問好。只憑一眼，江老師就覺得這孩子有點不凡，耳高貼腦，目光凝聚有神，一副聰明相。

江老師又瞧了瞧，孩子一身淡藍色錦衣，布料上好，比自己這輩子穿過最好的還要好。江老師美言幾句，撫了撫孩子的頭，免不了想道：「眞好命！」

由那天開始，江老師教少爺讀書。

先哲賢聖古訓，《論語》、《孟子》非背不可。至於《荀子》，老爺認爲荀子主張人性本惡，大逆不道，只許教一篇「勸學」。《紅樓夢》和《水滸傳》那種通俗小說，萬萬上不了檯面，屬禁書。

江老師出生時，科舉才廢除不久，尚有滿清留下來的文人風氣，之乎者也，他是背得爛熟的。在書房那張紅木大桌上，擱著文房四寶，一排毛筆懸掛在筆架，翠石紙鎮壓著鋪平的宣紙。滿室飄著墨香，古風樸然。窗外是樹影，茂葉後是灰瓦與青山合一的美景，細雨一落，便如畫屏天畔，輕染塵世煙雨濛濛。

在書房，江老師和少爺度過了很多個下午。

和大多數孩童一樣，少爺並非厭學，但仁義道德聽得多了，畢竟有點耳膩。少爺總是嚷著要聽故事。江老師會寫詩，但不會編故事，只好搬出那些家傳戶知的歷史人物，古人傳奇的人生就是最好的故事。

中國歷史，由三皇五帝說起，商朝、周朝之後，就是精彩的春秋戰國。江老師小時候見過不少說書人，現在一回想，便仿傚他們的本事，竟也有模有樣，聲色並茂，逗得少爺樂不可支。

這一天，他們談到了千古一帝秦始皇。

「秦始皇是中國第一個皇帝，皇帝這個詞，就是由他首創。後世對他褒貶不一，史書對他的評價不太好，甚至充滿了詛咒和謾罵……秦朝是個只有三十年的短命皇朝。但這三十年——哦，好像不到三十年呢——由秦始皇立旨定下的法制，幾乎每一項都影響往後的朝代，足足超過兩千年之久……」

江老師讀史，並不厭惡秦始皇。

他覺得，後世學者再痛批秦始皇的暴政，也不可否認，整個大秦帝國之內的改革、所造的工程、成就的大業，比起此後兩千年大多數帝王所做的總和還要多。秦始皇和他的大臣都是眞正的改革者。江老師最近讀了一篇文章，毛主席評秦始皇，也由批判到全面讚賞，稱讚他是個好皇帝。

江老師剛剛到鎮上走了一趟，帶回來一本小書。他悄聲對少爺說：「別告訴你爹。」少爺一看，眼睛都要亮了，那小書正是大爲風行的連環畫，此書的主角正是秦始皇。江老師恰好說到秦朝的歷史，藉著一幀幀連環畫，總比單單搬弄口舌傳神多了。

畫中的秦始皇頭戴十二旒冠冕，玄衣纁裳，雖然身穿帝服，但外貌猥瑣，腹部臃腫，看起來貴氣有之，而英武不足。在後人臆想之下，滿臉鬍子的秦始皇平添了幾分暴戾之氣。

少爺看了，馬上搖頭道：

「畫錯了。」

「哪裡畫錯了？」

「秦始皇不是長這樣的。」

江老師暗暗覺得好笑。

「哈哈，你怎麼知道秦始皇長甚麼樣子？」

少爺語氣十分堅定：

「我見過秦始皇。」

這番怪話荒唐可笑，江老師忍俊不禁，心想童言無忌，便繼續和他胡謅扯談。

「你見過秦始皇？哈哈，在哪裡？我活到這一把年紀，也沒聽聞哪裡有供奉秦始皇的寺廟。秦始皇葬在何處，至今仍是一大謎團呢！」

少爺滿臉委屈之情，暗惱別人不相信他的話。

「我在夢裡見過他。他經常在我的夢裡出現，有時他是個少年，有時候是個大人……我本來也不知道他是秦始皇，直到識字之後，看見他在一條條木條上蓋章，我認出印章上的字，才知道他是秦始皇。」

一條條木條？是木牘？

難得一個孩童有這樣的奇想，江老師興頭來了，便笑著問：「在你夢中，秦始皇是甚麼樣子？」

少爺不假思索，回答：「他很高大，比我們家裡任何一個人都還要高……他很英俊，鼻子很高……他的臉，有點不像我們的臉……哎呀，有點難說。有了！你等等我。」還沒有說個明白，他就推開門，頭也不回地跑出去了。

江老師心想，古無畫像留下，關於秦始皇的長相，早已成了千古懸案。歷來文獻記載不多，有的史學家說他醜陋殘缺，有的史學家說他相貌堂堂，眞是公說公有理，婆說婆有理。人已死矣，不管如何爭辯，都是死無對證。書房裡，江老師枕著臂，打了個呵欠，等待少爺回來，也想聽聽這孩子的奇想。

不多久，少爺拿著一份報紙回來。

他得意洋洋，指著報上的一張新聞照片。

「秦始皇的臉，長得有點像這個人。」

——照片裡的人，是個外國男人，有一張東歐地區的面孔。

2

江老師愣著眼，左眼睨著報紙，右眼盯著少爺，然後忍不住捧腹大笑。

「哈哈！秦始皇是外國混血兒？他是滿頭金髮嗎？眼睛是藍的？」

秦都咸陽位於西疆，最接近西方，自古與西方蠻夷往來並不稀奇。但堂堂中國史上第一個皇帝是中西混血兒，簡直是貽笑大方的怪話！難道他老子是瞎了，讓一個雜種來繼位？江老師是死也不會相信的了，一邊拍案，一邊呵呵大笑。

少爺只感到十分氣惱，噘著嘴說：「他的頭髮是黑的！眼睛也是黑的！」

江老師瞇著眼問：「那……他不就是中國人嗎？」

始終年紀小，少爺苦著臉，不太懂得如何辯解。

「我就是覺得，他長得跟我們不一樣，比較像外國人……對了！他鼻子很高！」

少爺握著毛筆，蘸滿了墨，用簡單的線條，畫出一個鼻形——江老師皺著眉，一瞧，知道那就是所謂的「鷹勾鼻」。

「哈哈，作夢的事豈可當眞！」

「可不止一次，我見過他很多次呢！」

儘管江老師滿臉狐疑之色，少爺仍固執己見，說得好像眞有其事。

江老師呵呵一笑，拍了拍孩子的胳膊，岔開了話題，便繼續上課，講述春秋戰國時期的古人故事。這位老師好傳奇，會說書，愛賦詩，現在說到屈原投江、荊軻刺秦……細訴史實軼聞，言詞慷慨，扣人心弦，聽得少爺樂在其中，不時撫掌大笑，欲知後事如何，不准下回分解。

少爺忽然一臉悠然神往。

「活在那個時代，好像很好玩呢！」

「那是個英雄主義的時代。普羅大眾其實活得很悲慘……也只有在災難和亂世之時，英雄才會順天而生。唉！這世間，有多少人年少時渴望成爲英雄，最終卻成了煙火紅塵裡的平凡人？」

江老師滿懷感慨。

他年輕時，也曾有大志，想要改變這個世界，最後還不是被這個世界改變？

夢見秦始皇一事，江老師只覺是小孩妙想天開的戲言，從沒當眞，也很快淡忘此事。可是，過了幾天，錢老爺邀請他留下來吃飯，少爺在飯桌上失言，又扯談怪夢裡目睹之事，差點害江老師丟掉飯碗。

其夜，薄晚，一張大圓木桌上排滿珍味佳餚，江老師大快朵頤，齒頰留著蟹膏的餘香。老爺一手提著酒壺，一手獻杯，兩人喝將起來。飲到酣處，老爺耳根通紅，拍了拍大腿，便向著小兒瘋言瘋語：「呵，你最近還有沒有夢見秦始皇？他是不是抱著洋妞？哈哈。」

大娘瞪了他一眼，啐道：「噯！不要在小孩面前說這種話。」

在座的江老師暗暗點頭，並不見怪，想必少爺有一句說一句，一定曾在爹娘面前說過秦始皇像外國人諸如此類的話。

少爺雙眼炯炯有光，興致勃勃地回答：「我昨晚夢見秦始皇的娘！雖然夢裡所有人都在講一種我聽不懂的話，但我知道她就是秦始皇的娘親。」

「秦始皇的娘？呵呵，她長得怎麼樣？是個金髮美女嗎？」

對著老爺暗含揶揄的疑問，少爺不以爲然，仰起了下巴，興高采烈地說：「她是個很美的女人！不過，爹你錯了一半，她的頭髮是烏黑色的，就跟我們一樣……呀！我想起來了！他們穿的衣服和我們很不一樣，雖然俺家已經很富有，但我夢裡的人都好像更富有、更高貴，個個都穿著很寬的大衣，男人都是長髮，個個戴帽……江老師教過我，那頂帽是叫『冠帽』吧？」

江老師點頭道：「對啊！就是冠帽。古人蓄髮，年二十而冠，行了冠禮，出門都要戴著帽冠，就表示自己是成年人嘍。」

少爺捏了捏手心，恍然大悟，低聲嚷道：「哦！難怪啊！我有時見秦始皇，他頭上沒戴冠帽，原來是因爲他未成年！」

江老師暗思，秦始皇原名嬴政，雖然在十三歲已繼承王位，到了二十二歲才正式加冕，在此之前都由丞相呂不韋掌政。登基時，這小伙子只不過是一國之君，稱號是「秦王」，直到他三十九歲統一天下，才改了「始皇」這個尊稱。雖然少爺的叫法不對，江老師也懶得糾正，這樣的事於一般人而言，根本無關緊要。

老爺又喝光一杯酒，胖臉的油光比瓷盞更光亮。他摟住少爺，笑咪咪問道：「那麼……秦始皇和他娘那一干人在做甚麼？」

「昨晚嗎？他們在看雜技表演。」

「甚麼雜技？甚麼表演？」

少爺垂著頭，一副想說又不敢說的模樣。在大人好奇的目光圍繞之下，小孩就是憋不住心裡的想法，一股腦兒衝口而出：「有一個大男人脫掉了褲子，用他的鳥鳥頂著一個大車輪……他們的車都是馬車，輪子木造，中間有條軸，有個洞。那男人很厲害，將車輪轉來轉去，一時滾到這邊，一時又滾到那邊，我聽到了好多笑聲……有男的，也有女的，秦始皇的娘笑得特別大聲……」

廳堂一時鴉雀無聲，大家想笑又笑不出來，愣愣睜睜。少爺瞧著大人的表情，便知自己說錯了話，不由得感到羞愧。

老爺臉紅脖子粗，酒醒了一大半，大罵道：「荒唐！放肆！」然後老爺惡狠狠瞪了江老師一眼，心中認定是他教壞了孩子，否則孩子怎會曉得那麼多古代的事？

在座之中，只有江老師懂得真正的驚訝——

少爺所述之事，雖然淫褻可笑，但全都鑿鑿有據，記在秦朝的正史上。

如果江老師沒猜錯，少爺口中那個耍雜技之人，就是秦始皇的「假父」嫪毐。史書記載，嫪毐是個大陰人，就是子孫根很大的男人，可以「陰關桐輪而行」。呂不韋找來嫪毐，取悅秦始皇的生母趙姬，一段孽緣就此發生，這樣的賤男人竟然深得太后的歡心，後來司馬遷載入史冊，更用上「絕愛之」這樣的點評。

江老師卻感到百思不解：「少爺讀書識字才不過年餘，怎可能讀得懂史書？嫪毐這廝的醜事，坊間甚少知詳，不齒入文，絕無可能見於童書之上……那麼，少爺是從何得知這樣的事？」

當晚，老爺罵了一頓，怪責江老師枉爲人師，亂說一些不三不四的故事。幸虧江老師處事圓滑，保住了一口飯碗，只是好沒來由受罪，自覺冤枉，有理說不清。

一出去，江老師就看見在門外躲著的少爺。

「對不起，害你挨罵。」

紅彤彤的燭光由少爺手中的燈籠溢出，映出兩條搖晃的人影，一高一矮。江老師沒怪過別人，但少爺就是耿耿於懷，要陪老師走回臥室，彷彿只要做完這件小事，就可以放下心頭大石。

「對了，你是從哪裡聽來……那件車輪的事？」

「我眞的沒騙你，是我夢見的，可是，大家都不相信我。」

江老師心裡早就有譜，自知問到底，也問不出甚麼。他想得出神，呆呆地直視腳邊的少爺，輕輕嘆息一聲，才說：「也許是眞的，我相信你。在你夢中出現的事，都可能眞的是在過去發生的事。你可以夢見歷史。」

走了一會，江老師好奇心又起，問：「在你夢中……在你夢中的眼中，秦始皇是怎樣的人？」

「他是個很勤奮的人。」

「勤奮？」

「對啊！不過，我有點不明白，以前的字爲甚麼都寫在木條上？」

「因爲那時還未發明紙。蔡倫造紙，是在漢朝以後的事。」

「哦！原來如此！」

江老師一臉愕然地盯著少爺，心想雖然他對秦始皇的相貌描述得極爲離奇，但這孩子能將細節如實相告，一點也不模糊，實在出人意表。

秦始皇勤於國政，這也符合史實，但沒深入研讀歷史的人，又豈會知曉此事？古時文書用竹簡木札，以衡石來計算文書的重量。秦始皇每天「以衡石量書」，早晚都有文書送進宮中，不閱畢一百二十斤文書絕不休息，朝夕不懈，莫敢怠荒。

儘管江老師心中充滿了疑問，但其時已晚，只好等到明天才問個清楚。江老師站在臥室的門口，伸手掀門之際，回頭問了少爺最後一道問題：

「對了……你有沒有想過，你在夢中是甚麼人？你和秦始皇是甚麼關係？」

少爺臉上堆滿了笑意，一片至誠言道：

「我是他最好的朋友！」

黑夜籠罩下，江老師瞧著少爺遠去的身影，良久，怔怔說不出話。

3

這一夜，他又走入夢境。

他的思緒輕飄飄的，如遊魂一般，穿越了霧一般的曲徑迴廊，目光沿著層層遞上的階級前進，感覺浮浮沉沉，如潮汐般湧來的視野，身不由己，令他覺得自己像個由扯線操縱的木偶。

仰起頭，逆著光，粗糙的線條漸漸清晰起來，眼前竟是似曾相識的宏偉殿堂，地面朱紅色，黑柱一條條通天徹地矗立在眼前，看上去氣派儼然，恢弘萬丈。方殿之內，有個高大的側影，頭戴大冕冠，冕頂有長方板，前垂珠玉串飾，以五彩絲線編織爲藻，冕冠垂旒，總共十二條。此人席地而坐，正在一張彩紋翹角長几上閱覽木牘。

秦始皇！

雖然還沒瞧清楚容貌，但他知道，此人就是皇上。

在夢中，他不是聾子，也不是啞巴，但他始終聽不懂別人說的話，甚至聽不懂自己說的話。那是一種奇怪的腔調，粗喉嚨大嗓門，高吼激越。他的夢，有時重複，有時相同，經歷過百次以上的夢境，他也漸漸聽得懂一些話。

秦始皇好像知道他來了，沒回頭，就喊出一句話——

呀旁……

又是這兩個字。

在宮殿中，秦始皇與他的對話中，經常重複談及一個人。可是，其他大臣面面相覷，都不知道宮中是否眞有其人，就好像從來沒聽過一樣，也無人敢過問。

就像秦始皇正在說甚麼暗語，呢喃著一個鬼魂似的名字。

——這名字是「呀旁」。

他記住了這兩字的發音，心中亦不禁有疑問：「呀旁？誰是呀旁？」

這一次的夢，來了一個身穿黑袍的白髮老人，拜見秦始皇。

他早已見怪不怪。

深宮祕苑，不時有一些身分詭祕的人冒昧求見。他們是……方術之士？不記得在哪裡聽過，好像就有這樣的說法。這些術士身穿黑袍，戴著斗笠，有時在深夜而來，有時在出遊途中與秦始皇同車，有一次甚至在縈縈一片的山霧中突然現身。來者有時是一人，有時是三人，多少不等。如果他們是刺客，早就輕易得手了。但每當秦始皇看見他們的容貌和帶來的符印，都會對他們深信不疑，而且畢恭畢敬。

——那符印，依稀看得出是個蛇形圖案。

他對這蛇形圖案的印象相當深刻，但這圖案代表甚麼，卻又說不上來——在奉命收拾秦始皇母親的遺物時，他也曾見過相同的圖案。

時空就像巨蛇一般，吞噬了他的意識。

他一眨眼，就身處在別的地方。

在夢中，時間和空間是不連貫的，猶如這一刻，他夢見自己在闃寂的地牢之中，地牢沿壁有一排獸足寬鼎，鼎裡都有忽暗忽明的篝火，照亮了黑壓壓的石壁通道。那種地牢是眞正密不透光的地牢，單是進入地牢，也要通過三道重柵，沿路有眾多身披冑甲的衛兵鎮守。這些衛兵個個高大，昂首佇立，頭戴長冠，頸繫紅巾，持著長戟，神態嚴肅而氣度非凡。

但從眾衛兵對著他的眼神和態度，他知道自己是個有頭有臉的大人物。

——在夢中，他地位非凡。

有個身穿衛兵制服的人被拉出去了，大吵大哭，號天喊地，叫著一些他聽不懂的方言。他有種強烈的感覺，這名衛兵好像做了錯事，要接受很重的刑罰。

宮中門禁最爲森嚴的地牢裡，關著一名很特別的囚犯。

他知道，他們在嚴守一個重大的祕密。

森嚴幽暗的地牢瀰漫著一股惡臭，迴道裡的燭光若有若無，這裡就像寸草不長的深淵一樣肅殺，毫無生氣，連空氣也是沉重無比。

整座大牢，竟然只關著一個人。

隔著兩重木柵，有個瑟縮在一角的身影——牢中的罪犯被剃光頭，頭上無髮，腦袋歪向一邊，手腳戴著腳鐐手銬。此人的臉已腫得不成樣子，有血從雙眼和鼻孔流出，染紅了整張臉，死狀恐怖，令人不敢多看一眼。

牢中的人死了。

死人不會說話。

他卻知道，有聲音從自己喉頭發出，他在對著一個死人說話。

不知道爲甚麼，有股極爲悲傷的感覺襲來，那種痛苦，猶如失去一個很重要的親人。他很想知道牢裡關著的是甚麼人，但他聽不懂自己在夢中說的話。

「這人是誰？我又是誰？」

他又再次有那種感覺，宮中正在進行一項邪惡而巨大的陰謀，至於是甚麼陰謀，他又說不出來，好像毫不知情，卻又通曉一切。

聲音漸漸消失在死人冰冷的耳朵。

晨風繚繞，當第一縷耀目的曙光照遍寢室，整個世界就亮了。

窗外白茫茫一片，輕風晃晃，吹得木櫺嗄嗄地響。

只是一場夢……

但夢裡的一切眞實無比。

當少爺醒來的時候，那種悲傷的感覺依然揮之不去，伸手拭了拭眼，才發現一大片淚水沾濕了枕頭。

4

這個早上，江老師又在書房授課。

「爹爹要到鄰鎮看大夫，老師，你可以跟我講故事了！我洗耳恭聽！」

少爺嘻嘻哈哈，又嚷著要聽故事。

江老師對小孩沒轍，索性連《史記》都帶來了，趁著老爺不在家，便又在上堂的時候偏離正題，說起與秦始皇相關的故事。

「上次你說過秦始皇娘親的事，我們就由他娘親說起吧！根據歷史，我們只知道秦始皇的生娘叫趙姬。在古時……在現在也差不多……女人的地位都很低微，她們的名字不會載入史冊。雖然很難相信，但秦始皇的生母趙姬出身非常低微，本來只是個歌女，即是妓女……呃，小孩不該知道這種事，你就當我沒說過吧！」

自那晚一別，江老師對少爺的話念念不忘，獨自翻閱了一遍《史記》。《史記》是一部紀傳體通史，以人物為中心立傳，關於秦始皇的事蹟散見於各卷目。後人對秦始皇的理解，亦幾乎全部來自這部典籍。可是，《史記》著者司馬遷始終是漢朝的人，對昔日之事難知周詳，單是關乎秦始皇身世那一筆記述，就留下了千古懸案。

「秦始皇只是個稱號、尊稱。他的本名是嬴政，又稱趙政，嬴是他的姓，趙是他的氏……以前的古人，姓氏是分開的，所以有姓又有氏，複雜得很。嬴政能當上秦王，整個過程大爲曲折離奇，離奇得就像篇章回小說。堂堂秦國之王，他竟然並非生於秦國，而是生於與秦國敵對的趙國……」

「戰國時期，諸國之間互送『質子』，即是把兒子押給盟國當人質，以求取信任和消除芥蒂。嬴政之父嬴異人，就是秦國送給趙國的『質子』。一般而言，父親都會疼兒子，但異人的父親安國君有很多個老婆——比你爹爹還多——安國君有二十多個兒子，嬴異人只是其中一個，不是長子，非正室所生，生母也不得寵。我們可以這樣說，嬴異人只是個棄子，完全無望繼承王位，但如果異人沒有繼承王位，嬴政就不會成爲日後的秦始皇。」

「在趙國，嬴異人遇到一個叫呂不韋的商人。當時，秦國出兵攻打趙國，趙國人深深怨恨秦國人，如果不是有呂不韋的保護，相信異人一定朝不保夕，早就客死異鄉。有一天，在呂不韋安排的宴席裡，異人遇見了歌女趙姬，他受了她的迷惑，兩人結婚，生了一個兒子，這兒子就是日後的秦始皇呀！」

說到這，江老師打住了一會，略過在史書上讀到的怪事——當呂不韋將趙姬送給異人的時候，趙姬已有身孕。原文爲：「**自匿有身，至大期時，生子政。**」就是這一筆，而令後人爭辯不休，曾有一派觀點認定嬴政是呂不韋的骨肉，只是借異人這個傀儡，來讓親生兒登上王位。

「當一個人的錢多得用不完，他就想要權力。呂不韋就是這種人。雖然『富可敵國』只是個比喻，但人人都相信，呂不韋的財富一定超過國家的國庫。有句話說得好：『有錢能使鬼推磨。』很多人只要得到好處、受了恩惠，就會幫忙說好話，只要有財有勢，就可以控制別人的嘴巴。你有錢，捐出來蓋橋，就會有流芳百世的美名。呂不韋花了很多錢，買通很多人，大家齊聲讚美嬴異人。一傳十，十傳百，這樣的事傳回秦國，異人便變成一個很聰明很厲害的名人，揚威國外，嗯，中國人對這種事特別敏感。」

「唉！人心就是這麼奇怪，總會對人云亦云的傳聞放下戒心，不加求證，深信不疑。安國君透過別人的稱讚，知道自己有個青出於藍的兒子，自然刮目相看。不過，單是這樣還不夠，呂不韋還要討好安國君最愛的女人——華陽夫人。雖然女人沒地位，但男人都會聽女人的話，此事千古皆然！呂不韋吩咐異人回國時，穿著繡彩艷麗的楚國服裝，拜見本來是楚國人的華陽夫人。華陽夫人一喜之下，就認了異人當乾兒子。異人過繼之後，改名『子楚』，改了名，馬上時來運轉，很快就得到父親大人安國君的歡心，以玉符爲證，成爲獨一無二的王位繼承人。」

「經過一連串的計謀，嬴異人成爲後來的秦王；趙姬由麻雀變成鳳凰，成爲皇后；而呂不韋也得到最渴望的權力，成爲秦國的丞相。我看，他們三個所做的一切，都像是一筆交易。好利惡害，夫人之所有也！人和人是爲了利益才走在一起的。」

江老師接著又說了一些呂不韋的事。

鄰座的少爺晃著一顆小腦袋，皺眉沉思的樣子令人忍俊不禁。說了半天故事，江老師覺得喉乾舌燥，喝了口茶，少爺卻在此時低聲嚷道：「哦……我大概知道誰是呂不韋了，我見過他。」

「又是在夢中見過他？」

「嗯。皇上總是笑著對他，但我知道，他心裡很恨呂不韋。」

江老師愣了一愣，心說這孩子的話總是出人意表。

顧瞻歷史，通達人情，江老師便知少爺所言非虛。之前少爺席間胡言，口中那個耍雜技轉車輪的男人嫪毒，竟得到了趙姬的歡心。呂不韋一手策畫，將嬴政的母親送入這廝的懷抱，奸夫淫婦私通，還生下兩個孽種。由此可見，嬴政豈會不恨他？可是，當時嬴政年紀太小，羽翼未豐，只好忍聲吞氣，到了大權在握，他終於要向呂不韋算帳。當然，他也不會放過亂搞他母親的男人……諸般男女不倫之事，有傷風化，江老師只是在心中想過一遍，含糊帶過，沒對少爺說個明白。

「秦法規定，秦王行了冠禮之後，便可收回太后、相國手中的權力，獨攬一切王權。當嬴政等到那一天，那時候他大概是二十二歲吧？嫪毒先下手爲強，公然作反，可是他受騙了，不知嬴政隱藏了強大的兵力。嬴政初顯王風，打了勝仗，車裂嫪毒，囊撲兩個同母異父的弟弟……車裂是古時的酷刑，用車來撕裂一個人。囊撲者，就是將人裝在袋子裡，由坡頂滾下山腳活活摔死……呂不韋罷官之後，喝毒酒自殺，看來是被逼自殺的。至於趙姬，因爲她幫嫪毒作反，結果被幽禁在雍城的冷宮，足足幽禁了十年。」

「難怪。」

少爺冷不防吐出一言。

「難怪甚麼？」

「難怪我後來看見太后，她都很可憐，是我見過最恐怖最絕望的人……她是沒有眼珠的，舌頭也被割掉了，她應該很想死，但死不了。」

「怎麼會？她怎麼說也是王母，就算秦始皇再恨她，也不會這麼狠對她……」

「我覺得，她好像知道一些不能透露的祕密……」

江老師怔怔地盯著少爺，雖然未能盡信，但還是對他夢迴秦朝的事信了七八分。當下，他撫著少爺的小腦袋，忍不住感嘆道：「也許你在秦朝，是朝廷的大臣。嗯，你的地位一定很高，可以親近秦始皇……不行，我跟你談前世今生這種事，你爸爸知道了，一定又會罵我。」

少爺的心仍繫在故事上，連連眨眼，昂起頭問：

「我不明白。」

「你有甚麼不明白的？」

「秦始皇、他娘，還有他娘的情人，還有呂不韋……他們全是那麼富有的人，一輩子衣食無憂，爲甚麼還要爭來爭去？我和姊姊爭吵，爭贏了，最多是弄哭對方，又怎會忍心弄死對方？」

這個乍聽下簡單的問題，卻難住了江老師。江老師一度無語，嘴巴張開，欲言又止，心想莫非要告訴孩子這是扎根在中國文化裡的劣根性？不對，西方也有同樣的事例，這應該是攙雜在人性裡的共同惡性。

「可能，權力眞是一種會令人腐敗的東西，嚐過了，我們就會不能自拔。所以，偉大的毛主席才提出馬克思主義，國家的未來都由人民當家作主，讓中國變成一個人人共產、無分貴賤的和平國家。權力、財富這些東西太美好啦，人人都不捨得放手，有了一點，就會想得到更多更多，所以才造成悲劇……如果我們生在帝皇之家，到了一個逼不得已的地步，可能也會做出同樣的事，耍手段奪權，連親人也殺……」

江老師左思右想，才說出這種老生常談的答案。少爺聽畢，只是「哦」了一聲，似乎懵裡懵懂，又似乎對這答案不太滿意。

一個不足十歲的孩子，他所知道的秦史，也許比大部分中國人還要豐富。

呂不韋、趙姬、嬴政……

那些人都在他心裡活起來了。

命運就像個穿針引線的裁縫，將所有人的戲服造得毫無破綻，彷彿同時有一股看不見的神祕力量，在背後將他們推上歷史的舞台。

時近晌午，家佣過來催促吃飯。

早課結束前，少爺問了最後一個問題：

「老師，『呀旁』是甚麼意思？有沒有這個名字的古人？」

少爺在江老師眼前，張著嘴，不停模擬在夢中聽到的讀音。這番問話亂冒出來，江老師根本不在乎，笑了笑，便搪塞出一個答案：「我也不清楚。不過，如果和秦朝歷史有關，我只想到兩個字。嗄，這兩字的發音，用我家鄉的土話唸，正好唸得和你一模一樣……」

江老師隨手在紙上寫下「阿房」兩字。

就像留下甚麼難解的偈語一樣。

5

日出江花紅勝火，春來江水綠如藍。

江老師跟著眾人走在山徑上，憶起這首古詞，眺望濃墨淡彩的山景，卻無半點喜悅之情。除了一眾家丁和一妻三妾，連少爺也跟來了，個個愁眉苦臉。

老爺暴斃。

本來只是久病不癒，吃了中藥偏方，就突然暴斃了。

有可能是吃錯藥，有可能是老爺本來身體就不好，家丁帶著棍棒和菜刀，去找那大夫追究，那大夫早就捲席遠逃了。

一切已成定局，再吵下去也沒用，全家上下張羅後事，買了最貴的棺木，請來最有名氣的風水先生來幫老爺尋個寶穴。那白眉老頭子要求的酬金貴得嚇死人，這種人說話玄之又玄，但這種錢就是省不得。這一日，眾人頂著寒風跟著風水先生入山，一同看看他找到的甚麼「嫦娥奔月祕穴」。

老爺死得突然，未立遺囑，連遺言也來不及說。但按照傳統，一切家業該由長嫡繼承。少爺未滿十歲，就成爲了全家最有錢的人——亦正如他過往收到的壓歲錢一樣，都是由母親接管。明眼人都看出，現在人人都瞧著大娘的面色辦事。

山路縵迴。

眾人來到一片山崗上，看著風水先生拿出羅庚，辨明方位。一時，風水先生指著遠處的山巒，吟道：「三臺列前，富貴綿綿。」一時，他又用銳利的目光俯瞰山下縱橫交錯的河湖，嘀裡嘟嚕：「河曲之處，靈氣十足。」整副目使頤令的神態，誰也不敢質疑他的權威。

江老師和少爺亦師亦友，他爲了陪伴少爺，才跟著走來這裡。

在他感嘆禍福無常的時候，也有的沒的在想：「中國人究竟由何時開始，變得那麼迷信？」以他所知，由春秋戰國時期開始，五行之說變得極爲盛行。陰陽家掌握了尋龍點穴的本事，替富人尋找凝聚天地精氣的風水寶地。陰宅乃先人安葬之地，祖墳所在，陰宅風水影響一族的興衰壽夭，榮華福祿，茲事體大。至於爲何蔭佑後人，亦有一套理論：「人的骨來自父親之精，人的肉來自母親之血。人受體於父母，本骸得氣，遺體受蔭，也就是說先祖會將他承受的天地精氣傳給子孫後代。」

仰則觀象於天，俯則觀法於地，而這些奇術只有陰陽家通曉。

窮人不知其法，請不起陰陽家，只好隨便亂葬，死後繼續爲奴爲婢，後人不得厚福……生前種種不平之事，人的貴賤，將會延續到死後的世界。窮人死後只會變成苦鬼，死後的世界也是屬於富人的。

「放屁！豈有此理！我就不信這一套。」

江老師並非迷信之人，暗地對那風水先生的行徑嗤之以鼻。但他識時務，不會表露聲色，言談間還對那先生恭恭謹謹，心想大家磨嘴皮子，都是爲了混口飯吃，何必要打爛別人的飯碗？

那幾個女人和風水先生在嘮嘮叨叨。

江老師看見少爺累了，便牽著他來到樹叢後，找片有蔭的地方乘涼休息。恰好有兩塊大石，渾然天成，屁股大小，讓一老一幼當成矮凳，坐得恬然舒適。

「爲甚麼幫爹爹找個墳這麼麻煩啊？」

少爺這個年紀的孩子，凡事必問。

江老師嘗試用淺白的比喻解釋：「我們活人有家，死了的人也要有個家。我們現在就是替你爹爹找個新家。活人的家叫陽宅，死者住的家就叫陰宅。大家爲了讓老爺住得好，都在努力幫他找個有山有水的好窩。」

「人死了，會去另一個世界嗎？」

「嗄，這問題，我未死過，不知道答案。死，自古以來都是生命最大的祕密。因爲死人不會說話，不能道出死後發生的事。古人尤其重視死亡，事死如事生，他們相信死後靈魂不滅，妄想將生前美好的一切，帶進死後的世界。故大富之家，一定錦衣厚葬，祭奠侈靡，陪葬品豐富，美輪美奐的寶物塡滿古墓。」

「古墓？」

「對啊！埃及有金字塔，我們中國就有很多古墓。不過，金字塔都在地上，而我們的墓都在地下。皇族之墓更是宏大的古墓，簡直就是挖在地下的宮殿。有些皇帝的墓，裡頭金銀珠寶的價値加起來比國家的國庫還要多。對了，你的好友秦始皇，他的陵墓至今仍是一大祕密，無人知道他在哪裡下葬。歷史上記載，他的古墓大得就像一座地下城，藏著無數珍寶……」

深秋的燦爛陽光從樹蔭間灑下來，在少爺的眼裡霍霍閃閃。

少爺又再語出驚人：「進去皇帝的墓——偷走裡面的寶物，不就可以發財嗎？」

江老師沒料到有此一問，頓時語塞。

他想了一想，左顧右盼，趁著四周沒有其他大人，便湊近少爺耳邊說話：「你說得對。自古及今，未有不亡之國，亦無不掘之墓也。很多皇親貴族的陵墓就是因爲藏著太多寶物，都招來盜墓賊。盜墓賊搜掠過的墓，都是一片狼藉，又砸又搶的，連棺材板也偷出去賣。我就聽說，匪兵炸開慈禧太后的墓，連棺材裡的屍骨都拽了出來，摳出她口裡含的一顆夜明珠，弄得肚破腸穿。唉！歷來皇陵侯墓，幾乎全都逃不過盜墓賊的毒手……」

「那些皇帝眞是笨！不放財寶，就不會有賊嘍！」

「呵，不可能的。有錢人作威作福慣了，會很害怕死後當窮鬼。我有時覺得，如果有錢人亂葬一通，根本不會有人知道葬在哪裡，挖不了寶。照我看，風水堪輿，甚麼葬得吉壤子孫興旺，都是糊弄人的騙局，只要有錢人信了這樣的鬼話，他們的墓穴就有跡可尋，他們的遺產不是留給子孫，反而落入他人之手……我懷疑，那些妖言惑眾的陰陽家，就是最聰明的盜墓者……」

江老師眼見少爺的娘來了，立時噤聲不語，拂了拂兩袖站起來。

青山不改，綠水長流。

「夫人死枯木朽株耳，雖不化奚益？戰死之人，脂膏草野，肉飽烏鳶，而其子孫亦有富貴顯赫者，安在其能貽子孫之禍乎？且體魄無知，亦無安與不安也。」

明朝張居正曾寫一論，批駁祖墳風水文化。

葉子凋謝，葉子飄落。

經過一天的折騰，眾人走出鬱木蒼蒼的山路，趕在日落前回家。

眾人都很累，吃過了晚飯，各自上床休息，宅第的燈一盞盞熄滅。當晚的夜風特別大，雲遮星月，地面的寒流緩緩凝固在高牆深院的灰磚上。

少爺輕輕閉上了眼簾，帶著涼意入眠。

當他再睜開眼睛——

彷彿數百火炬同時亮起，一簇簇紅火冉冉升起，反過來覆蓋了黑暗，一團團不分明的深淺光影之中，照出了一張張目光熠熠的臉，數之不盡的彩甲士兵林立眼前。

不是真人，是假人——

吃了一驚之後，他很快就發現，眼前眾多高大肅穆的士兵，原來都是用泥塑造出來的假人，彩漆艷紅袍衣綠直褲。所有士兵矩陣排列，規模宏大，氣勢磅礴，中間偶然出現一乘巨大的有篷青銅馬車，全都在漫無止境的沉默之中閃著異采。

「為甚麼要造這麼多假人出來？」

置身在兵陣之中，他有種強烈的感覺——

這些泥士兵藏著驚人的祕密！

6

少爺變得悶悶不樂，昔日瀾漫的笑顏不再。

他依然常常作那些怪夢，香沒在水霧一般的夢魘裡，有時甚至分不清夢與現實——他就像擁有兩段人生，經歷多了，也比尋常孩童早熟。

初冬的晨光透樹，照在老牆灰瓦上。

少爺獨個兒在庭院裡踱步，雙手擱在背後，看著椏杈，看著樹的倒影，看著牆上澄碧的晴天，有所穆然深思，露出一副大人才有的熟慮模樣。

在昨晚的夢裡，秦始皇對他說了很重要的事。

但他想不起來。

這已不是頭一遭了，他常常覺得有些記憶沉澱在水裡，卻隔著一層冰，怎麼也浮不上來。任憑他如何絞盡腦汁，也無法突破這層隔閡，明明知道事關重大，偏偏又想不出來，這樣的困擾也就成爲了他苦惱的根源。

「咭吱」一聲——

有人推開了上方一對雕花木窗。

江老師透過這口窗，窺見正在庭院踱來踱去的少爺。一陣朔風颼過耳邊，冷鋒侵肌，令人想到歲暮天寒的時節近了。江老師瞧見少爺衣衫單薄，擔心他著涼，便拎起一條小毛毯，往樓下走去。

「少爺變了。」

這念頭最近一直在江老師腦中盤踞。

自從少爺的爹爹去世，少爺性情大變，整個人變得沉默寡言，江老師自然以爲是喪親的打擊巨大，卻想不到竟是另有內情。

以前，少爺有甚麼奇想、有甚麼心事，都會一股腦兒向他傾訴。如今，即使江老師問起他的夢境，他都是三緘其口，祕而不宣，卻又顯得心事重重。少爺只是略略提過，他要保守一個祕密，不能隨便告訴任何人。

偶爾，少爺會向他請教一些怪問題——

「老師，尉繚是個怎樣的人？」

「尉繚？寫《尉繚子》的尉繚？」

少爺不置可否，雙眼露出渴求答案的光芒。

江老師敲了書桌三下，思忖道：「《尉繚子》是一部兵書，相傳由尉繚所著。尉繚是秦國的軍師。我沒記錯的話，他是秦始皇身邊的重臣。這個尉繚恁地古怪，《史記》裡說他精通術數，擅長面相占卜之術……這裡剛好有本《史記》，等我查一查……咦，真奇怪，這樣的開國元勛，史書竟然沒有爲他立傳，只有短短一段，見於『秦始皇本紀』之中。」

少爺垂著頭，逕自默誦書上原文，既不發言，也不再追問，此事就沒了下文。江老師沒將這樣的問題放在心上，但這一刻走下樓梯，回想最近目睹的怪狀，不期然就勾起少爺那些異常的言行。

有一次，江老師不動聲色溜進書房，竟發現少爺在紙上畫滿一堆奇怪符號：

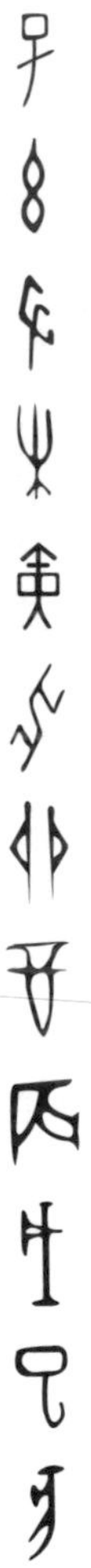

紙上的符號形態詭異，纖細不一，筆畫圓健，有的像裂紋，有的像武器，似字非字，又不像憑空杜撰。說是字的話，前所未見，根本看不懂；說是圖的話，又欠缺了輪廓，完全看不出是何物；既不是字又不是圖的話，就必定是一種暗號，一種只有少爺自己才能解讀的符號。

「這是甚麼意思？」江老師默默看了很久，大惑不解。

少爺一直聚精會神，冷不防背後有人偷窺，身子震了一震，回首時，眉宇間隱含恚怒之色。但這表情一瞬即逝，少爺隨即露出天真的笑容，雙手遮掩著紙上的墨字，憨笑道：「這是我亂畫出來的東西，貪玩兒，沒特別意思。」

江老師有種說不出來的感覺，憋在心頭。雖說這年紀的孩童想法不受拘束，怪念頭天馬行空，但少爺表現得與眾不同，身上有股陰晴不定的氣質。相處愈久，他愈看不懂這孩子。當然，這樣的閒話，他是不會在孩子的娘面前胡謅。教好少爺讀書識字，才是他的最大責任。

少爺是一子單傳的繼承人，全家上下都當他是心肝寶貝，雖然當中有些目光略帶妒意，暗懷不善，但人人表面都疼他，對他寄予厚望，盼他光耀門楣。而少爺天資聰穎，遠勝七個同父異母的姊姊，這是誰也看得出來的。江老師對少爺讚美之辭，旁人聽得多了，慢慢就以爲這位迂腐的老先生曲意奉承，卻不知江老師言出由衷，眞心認定少爺是塊難得的可造之材。

蹬蹬蹬……大宅門後的腳步聲躑躅不休。

樹影映照在老牆灰瓦上，日子由晨到闇，光影從西至東。這一天將近尾聲。

當暮色籠罩大地，宅內人人神色惶恐，鬧得翻了鍋似地。呼喊聲此起彼落，聒噪吵雜，都在嚷著少爺的乳名或名字。內內外外，眾男眾女東找西找，連灶底也看了好幾遍，始終尋不著少爺。

在外面那片又煙又濛又潮濕的黑夜裡，徹夜四散尋人的點點燭光。

可是，誰的燈籠也照不出少爺小小的身影。回家的下人說，他們問遍了附近的鄰舍和佃農，扒過糞池和水溝，還是沒有少爺的消息。

在一九五四年的冬天，少爺失蹤了。

原因無人知曉。

如果是綁架，理應有人來要贖款，可是遲遲不見這樣的人出現，連一封像樣的勒索信也沒有。如果是死了，又不是碰上白骨精，怎會連一塊屍骨也沒剩下來？不知是誰說過，少爺曾經託夢，說他當了仙童，跟著神仙修道，不會再回家的了。可憐大娘連夜失眠，哭乾了眼淚，都在等親兒回來，宅門那邊，日落時分都有個披頭散髮的孤苦身影。

少爺一失蹤，家中大亂。其他姨娘說起分家產的事，當少爺死定了一樣。此一時非彼時，三個妾加上七個女兒，同心斷金，欺負大娘。大娘失子之後，變得瘋瘋癲癲的，懷疑是她們害死少爺，有天突然發狂，喊出甚麼報復的瘋語，用剪刀刺穿別人的眼珠，殺人未遂，要受牢獄之災。三位小妾當初也是爲了錢，才嫁給老爺，如今瓜分了財產，衣錦還鄉，可謂因禍得福。

是禍是福，實在難說——要是這些奶奶能預知十年後發生的文化大革命，她們就會感悟有錢不一定是好事，後悔自己笑得太早。

沒了少爺，也就不再需要江老師。家中千金遵從「女子無才便是德」的古訓，不必識太多字。江老師自知不宜久留，自行請辭，領了最後的謝酬，便打包行李準備離去。連他自己也不知道爲甚麼，心中忽然覺得愧疚，有股遺憾的失落感。

江老師最後一次走入書房，觸景生情。不久前，他才教少爺練書法，寧靜的書房裡仍留著墨香，宣紙上有凝固已深的黑字。書房的陳設依舊，字畫、書劍、古籍、紙鎮和珊瑚雕刻的文玩一切如昔，只是多了一層薄薄的灰塵，昔日在房裡迴繞的讀書聲亦已不再。

江老師長長嘆了口氣，嘟囔著一句話：「唉！人生識字憂患始、人生識字憂患始……」

任誰也想不到，他和少爺的失蹤確有莫大關連。也無人會在意這樣的線索，因爲這樣的事在常人眼中根本不合情理：原來是江老師帶來的東西，釀成了少爺離奇失蹤的契機。

江老師離房的時候，忘了關窗，一陣急風忽來，將縐巴巴的宣紙吹捲到窗外。

一張飛紙帶著陽光的斑紋飄橫，墨跡在半空中發亮。

在少爺失蹤的那個清晨——他看了江老師帶來的字帖。

其中一張是篆體的拓字——李斯的《泰山刻石》。

公元前二一〇年

春秋時代和戰國時代合稱為「東周」。
這是中國歷史上最獨特的發展階段，
各國混戰不休，大大小小，共發生四百多場戰役，
百家爭鳴、智謀奇術、陰陽縱橫、宿將名士；
這也是歷史上最悲歌慷慨的時代，
人民蒙受苦難，生生死死，人命和蟻命一樣低賤，
物價飛漲、官倒橫流、強權高掛、官僚腐敗……
這也是個「術」的時代。
國家因「術」而強大，
只要一條奇計得成，
足可改變天下……

7

我的名字是李斯。
字通古。
用後人的語言來敘述，我生於公元前二八〇年的戰國時代，至於確切的生辰，連生娘亦不清楚。我的生父是楚國人，逝於戰亂之中，屍骨無存，殘破的皮毛隨風凌散，不知降落故土的縈河，或是飄零異鄉的平漠。
從遠古開始，人的分類就有了雛形：士農工商。
當然，這只是平民的分類，在此之上還有諸侯和貴族，縱使在兵荒馬亂之中，這些人坐擁百世財富，錦衣豐食，奢侈無度，漠視蒼蒼眾生。即使連世襲的幼孺，也自知由出生的一刻開始，他們就與眾不同，高高在上，日後像鯊魚一樣周旋在國君身邊，輕則中飽私囊，重則禍國害民。
我最討厭這種人。
可是他們偏偏是這個楚國的領導人。
我生逢亂世，祖輩皆為一般百姓。楚秦兩國的邦交一時敦睦，全國上下還可以過上一段好日子，但在楚頃襄王時期那場令屈原哀慟自盡的戰爭之後，國勢愈來愈弱，上方的人要繼續過好日子，下方的人就要過苦日子——永遠都是這樣。

這時代的人都迷信鬼神，篤信天命，生於斯，長於斯，命中一尺，難求一丈。

就好像那幾年大旱，很多人都是活活餓死的，而那幾年在宮中的權貴，過的依然是奢侈無憂的生活，腐敗到不可救藥的地步。

相傳易牙爲了取悅齊桓公，曾獻上一道佳餚，材料就是自己的親子。我離鄉前，鄉裡曾出現這樣的傳聞，有父母爲了讓嫡子存活，就把兩個快餓死的女兒煮了。這兩件人吃人的悲劇，前者十惡不赦，但後者是否天理不容，只怕連天神也難以定論。我只是奇怪，爲甚麼無人想到，該受譴責的是那些釀成戰禍的諸侯和貴族？

甚麼國仇家恨，老百姓可管不著，他們的希望只是：

「活下去。」

含淚、含恨、含怨、含血……就算活得像污鼠一樣骯髒，也要活下去。

我出身不好，世道悲涼，曾在飢荒中流離失所，在黑暗無光的市廛裡偷生苟活，差點凍餒而死。

誰也難以預料，我這個生於異邦的賤民，日後竟會成爲大秦帝國的丞相。

皇帝臨立，作制明法，臣下修飭。

廿有六年，初并天下，罔不賓服。

登泰山而小天下。

我助秦始皇統一天下，於泰山之巔傲睨塵世，一覽東極，煙霞下是黔首塗炭的戰場。亂世干戈撻伐，殺人盈城，骸骨塡野，萬千死士流出來的血，分量就和眼前這片紅色的夕霞一樣，足以染遍整片天地，及至寰宇。

我們建立了一個空前廣闊的帝國，中央集權，行郡縣制，全國分成四十一個郡，徹底擺脫了封建制度。沒有封國封爵，沒有公侯伯子男，整個政治機構由精英管治，能力至上，只要一個人能證明他是塊寶玉，他就會受到重用，出身和原籍並不重要。

皇帝之下，有三公，分別是掌管行政的丞相、主理軍事的太尉和負責監察的御史大夫。政治、軍事和監察三權分立，互不統攝，之下設立九卿官制，史無前例。

開鑿運河，築萬里長城，統一度量衡，車同軌，書同文，事事皆有法可依。

由統一天下算起，只用了十年，就做出這麼多改革。

如果再給我們多一些時間，我相信可以做得更好，可惜人類的生命就是有限。

——秦國就像二十世紀以後的美國一樣。

由一片蠻荒之地開始，成爲天下第一超級強國。

秦始皇的帝國藍圖，堪稱「超時代的構想」。

難怪，歷史學家有所感慨：「秦始皇一點都不像那時代的人。」甚至有人突發奇想：「秦始皇是個坐時光機回到過去的現代人。」

吾皇之身世，充滿了不解之謎。

秦始皇曾對我說過：

「我的先祖來自西域……」

礙於當時的地理知識，我所知有限。原來秦國以西是崑崙山，越過青藏高原和伊朗高原，途經黑海、阿拉伯和波斯灣，一路向西，終點延伸到地中海東部的聖域耶路撒冷。

有人必然以爲這是異想天開的臆說，可是大約二千二百年後，當人類有了基因檢測技術之後，秦陵考古隊在秦代燒製磚瓦的窯址上發現百餘具人骸，經過最先進的科學檢定，竟有如此驚人的結論：那些骸骨的人種屬於歐亞西部T類群個體。

那些骸骨發出的千年沉吟，無人能夠明白。

始皇三十七年，即公元前二一〇年。

這一年，秦始皇快滿五十歲，精力依然旺盛，儘管他衰老的速度比常人慢，但身上始終有了衰老的徵象。

而我那時已白髮蒼蒼。

我向皇上呈奏，稟告地下皇陵的進度。

「丞相臣斯昧死言：臣所將隸徒七十二萬人治驪山者，已深已極，鑿之不入，燒之不燃，叩之空空，如下天狀。」

秦陵的浩大工程即將完成。

在大殿之中，只有我和秦始皇兩人，暮色四合，室內繚繞著一股詭異之氣。

「斯，你願意爲朕而死嗎？」

「善！」

我立時跪下，俯首聽命。

燭光嫣紅，映紅了黑暗的一角，秦始皇的身影斜斜落在地上，像一頭在幽冥中誕生的巨大猛獸。一簇光束照亮了眼前這個大人物的臉龐，令其隆鼻的特徵更加明顯。他背對著我，徐徐站起來了，足足比我高出兩個頭。

然後，他將嘴巴湊近我的耳朵，說了一番話。

卒於秦二世二年，即公元前二〇八年，我的靈魂在世上漂泊了二千二百多年。

歷史由後人編撰而成，箇中眞相早已湮沒。

只有我親聞秦始皇最大的祕密。

他的遺詔只是一紙公文。

眞正關鍵的是他最後對我說的話……

那才是他眞正的「遺言」。

8

經過幾百年的霸業，換過三十多代的秦王，秦國才由一片蠻荒之地，躋身強國之列。

及至始皇，奮六世之餘烈，振長策而御宇內——

當上天選中的天子立在前世秦王奠下的基石上，國更富，兵更強，亦終於到了滅六國的時刻，而統一天下的使命，正是落在嬴政的身上。

在宏大的史卷之中，有些乍看下微不足道的細節，其實足以改變歷史，牽一髮而動全身。

秦滅六國的過程中，阻撓重重，我們的敵人不僅是國君和謀臣，還有其他六國的能人和奇才，他們鋪天蓋地入侵秦國，各人都帶著智謀和密計。以寡敵眾，從來都不是容易之舉，當時西方的秦國雖然強大，但如果六國合力，要削弱秦的勢力必然成事。

千里之堤，潰於蟻穴。

我可以說，我們的大業眞的差點毀於一旦。

在秦征服天下的計畫之中，最大的威脅不是任何一國，而是來自一個人。

任何人都很難想像，一個人竟然有傾覆國家的力量。

這種人，自古名爲「間諜」。

秦國沒有排外，六國的人都可以入秦，但要通過嚴密的關卡檢查。要拿戶籍也是困難重重的事，不少過來人都爲繁瑣的手續叫苦連天。有些人，一等就是七年。直至他們收到俗稱「綠印」的公文，獲准入籍秦國，這才喜不自勝。名爲「綠印」，這是由於古時文書絕大部分寫在竹簡木牘上，再用繩索縛在一起，而中央發出的公文，都會塡以青泥，並在泥上加蓋官印，以防冒充。

我本來是楚國人，當我入秦時，正值秦莊襄王駕崩不久，遇見十二歲的秦王嬴政。

其時，我三十三歲，除了做人的經驗和不爲人知的智慧，我窮困潦倒，近乎一無所有，而且是趙、楚、韓三國的通緝犯。

入秦之後，在我三十七歲時，因爲一篇《諫逐客書》，終獲嬴政重用。

至於爲甚麼秦國在倉卒間驅逐外客，就是因爲鄭國渠事件——主持水利工程的鄭國，被揭是韓國派來的間諜，要消耗秦國的國力來修築運河——

只要敵人掌握了致命的情報，秦國的百年基業便即搖搖欲墜，從一塊小石開始，然後整個崩塌。

我在秦國任命初期，就是負責情報和反情報的工作。

這種事，對我來說駕輕就熟——因爲我本來就是個間諜，受過專門的特務訓練。

孫子云：「用間有五：有鄉間、有內間、有反間、有死間、有生間。五間俱起。莫知其道，是爲神紀……」

我們這種人，有個「邦汋」的雅名，即是勘探盜取機密的間諜。使用間諜是戰爭中的重要手段，古已有之，不少震古鑠今的名士賢臣都曾做過間諜，如商朝的伊尹、西周的姜子牙和孔子的高足子貢……當然，在這股歷史的暗流裡，還有更多永遠不爲人知的名字。

亂世以兵爲本，由於間諜善用心計，知機密，悉敵情，功成之後歸國，回復正常人的身分，倘若有心求取功名，不難獲國君重用。

自從商鞅變法，秦國獨大，勢吞六國。

齊、楚、韓、趙、魏、燕六國大臣，自然洞悉秦欲統一天下的居心，遂策合縱之計聯合制秦。團結是力量，這本來是一條立竿見影的絕計，可是，誰也無法預料，此計卻敗在一個人的手上——昔日鬼谷子的徒弟張儀出山，兩任秦相，使連橫之術破合縱之計，離間分化六國聯盟，甚至佯裝叛秦，親自到魏國當間諜，奇計施爲，謀之極致。

時分時合，朝秦暮楚，盟國內訌，無數忠臣受牽連枉死，由那時開始，各國陸續成立情報機關，間諜之間在黑暗之中角力。

平凡人當不了間諜。

間諜也是天才的一種，只不過是黑暗中的天才。

讀史的人都會知道，在君主專權統治之下，君王握有終極的決策權，國家興亡可說是全繫在一人的手上。

嬴政雖是霸道暴戾，但他的確是個明君。

只要幹掉他，秦國必定大亂，縱然無法滅秦，鄰國亦得以苟延殘喘。

有一名烈士叫荊軻，行刺秦王，的確令我們虛驚一場，但只要是目睹了這件事的人，都會知道，他很難成功，絕對不會成功……所以那次雖然驚險萬分，他的刺殺並不算是甚麼巨大的威脅。

靠武力來阻止我們的大計，簡直是飛蛾投焰，自取滅亡。反而，靠智謀的話，還有一絲渺小的希望。

當時，已有關乎嬴政身世的傳聞，質疑他的血統。但一切流言無憑無據，只像造謠生非，不足爲患，在我們操縱之下，這樣的事很快不了了之。嬴政的生母趙姬當然知道眞相，但她的舌頭被割掉了，眼睛也瞎了，所以不會洩密。

世上有種人，就是不會在強權面前屈服。

他們是統治者最害怕的傢伙。

那年，馬車在黃沙中奔馳，風中飄揚著年輕的聲音：

「愈是強大的敵人，愈要接近他……」

這個人，抱著死志入秦，就是爲了勘查秦王嬴政身世之謎。

如果他眞的揭開了嬴政的祕密，後果將不堪設想。

他，差一點就成功了。

只要他瞞過我，他就會成爲名垂青史的間諜，可惜功敗垂成，下場只有一死。

儘管最後一切埋於土裡——

這個人，在他死前，知道了秦始皇最大的祕密。

9

我和他，相識在我十九歲的時候。

那一年，我未行冠禮，因爲識字，就到上蔡郡的官府謀事。爲求這份官差，我要假裝成已冠的樣子，束起頭髮。幸好我年少老成，在戰亂和饑荒之中長大，撿過屍骸身上的遺物，看著弟弟妹妹一一病死……劫難可以令人早熟，令大人看不出我眞實的年紀。

在官府裡，我有兩大要務，一是巡視倉庫，一是打理舍廁。天天與臭氣沖天的茅廁爲伍，將茅廁裡的糞便轉售……我也感到很驚奇，竟然有人要買這種東西，聽說是高官吃得好，用他們的糞料施肥，種出來的瓜果更好。這是一份骯髒的工作，直至牙齒掉光的時候，我仍忘不了那股臭味。

從小事情，我可以悟出有趣的道理。

舍廁裡的糞便，如果黏著幾顆未消化的米粟，小鼠就會從暗處擁出來爭食。這些小傢伙爲了生存，一頭栽進最骯髒的地方，互相踐踏同類，強欺弱，一吃飽就吱吱亂叫。可是，糧倉裡的大鼠肥碩笨拙，比貓還要大，大搖大擺在倉庫裡横行，偷吃穀物，大膽得不怕人犬。

同人不同命，命有貴賤之分，想不到這番道理在鼠界也通行。

我們的世界，也滿是碩鼠。

碩鼠碩鼠，無食我黍——

高高在上的統治者，天天吃肉，又豈會聽見人民的悲泣？

楚國的上蔡是個大郡，以後世的語彙言之，就是一個「大都會」。有好幾年，農物歉收，餓殍遍地，但無論外面的世界如何悲慘，城裡依舊是一片太平盛世，轂擊肩摩，朝衣鮮而暮衣弊。這裡的繁榮，一粟一穀都是黎民用血淚灌溉的，一柱一楹都是黎民用血手築成的，而當徵兵出征，身先士卒先死的又是黎民的兒子。

世上的幸福也許有個總和，一些人享福，一些人就要受苦，有些人活得比較好，就是因爲他們吃掉了別人的幸福。

那年，楚考烈王即位，秦國對楚出兵。

「戰，如何戰？降，還是不降？」

郡府裡議論紛紛，男人之間都會各抒己見，一派主戰，一派求和。可是，人人都只是在嘴頭上搬弄是非，不論辯出甚麼結果，決定權都是在楚王的手中，但他們不曾打算進諫，彷彿事不關己，明明在背後罵得青筋都露出來了。我心想，秦王如虎，野心無窮，割地求和長遠不是辦法，如此做法，豈不是如同拋一塊肉給惡虎，好教惡虎只顧吃肉而不吃自己？譬猶負薪救火，薪不盡，火不滅，天下蒼生深罹其殃。

我自作聰明，寫諫上奏。

過不了幾天，我就被長官傳召。

「奏諫是你寫的？」

「是的。」

「你讀過幾年書？」

「三年。」

「文章很好……可是，不成體統！你有這樣的想法很危險。」

我怔怔看著長官折斷奏書，將碎掉的木片扔進柴堆裡，看來我連巡廁的官職也不保了。長官瞪著我的目光，充滿了厭惡，一副要在我臉上撒尿的態度。

「你讀過聖賢書，自以為很聰明吧？你舉出來的道理，那些老臣子早就想得比你透徹呢。秦國眞正要攻的是趙國，這次出兵，只是試探楚王的態度。如果楚國宣戰，秦王將矛頭指向我們，那些大人還能安坐飲酒、聽樂和玩女人嗎？割一塊地，算不上甚麼損失，楚國就是地多。新王即位不久，最重要是世局穩定，最重要是和平。」

「秦終有一天會滅我們的。」

「那是後世的事，不會在我們有生之年發生。」

這眞是一語驚醒夢中人。

連一個官階如此低的傢伙，都看出喪鐘已經敲響，楚國長此下去會亡國。但他們根本不想改變，只求拖延得一時是一時，儘管今夕的決策禍國殃民，連累子孫承受無可估計的惡果，他們也不著緊，甚至冷漠和麻木。

就是這種人，主宰著蒼生的命運。

我年少氣盛，甚少妥協——是絕少妥協才對。我怒沖沖辭職。有時我眞不明白，這世上愚昧的人怎會那麼多？別人罵我自視過高也好，罵我孤僻也罷，我自小就沒有甚麼朋友，知心的朋友更是從未有過。

這次上奏換來如此羞辱的責難，如果我就此絕了心，日後就不會有那篇傳頌千古的《諫逐客書》。在我離開了郡府之後，接連兩天無所事事，都在街上閒逛。我發現有兩個男人經常跟在後面，躲藏在暗處觀察。

我悚然心驚，曾以爲對方是官府派來的人，但轉念一想，誰會在乎我這種小人物？

瞧那兩人的衣著，皆披紅絳衣，腳穿繡鞋，不像窮得要行劫的傢伙。反而我衣衫破舊，橫看豎看都是由我來行劫他們才對。我始終保持警惕，走向人多嚣鬧的市廛，回頭一看，那兩人就不見了，眞是令人莫名其妙，留下一大堆疑竇。

在第三天的傍晚，同樣的兩人又再現身。

他們帶著酒，來了我的居所拜訪。

「你們是甚麼人？」

「我們是春申君的人。」

「春申君？黃歇大人？」

戰國時期有四大公子，分別是楚國的春申君、齊國的孟嘗君、趙國的平原君和魏國的信陵君……戰國四公子之稱，當然是後世的追封。但即使是我這樣的平民，亦很清楚，這四位公子身分顯赫，影響力無遠弗屆，涉政佐王，連立太子都要經過他們的同意。

春申君原名黃歇，現任楚王就是他親自涉險從秦國救回來的，一個擁立新王的功臣，當然得到龐大的利益，獲賜淮北十二縣的封地。

跟蹤我的兩位大哥，都是春申君的門客。他們其中一人在郡府裡收集情報，難聽一點的說法，就是竊密。在我的奏書變成木碎之前，他偶然讀了我的文章，慶幸楚國還有我這種愛國兼具卓見的年輕人，覺得我是可造之才，便立意引薦給春申君。

「你讀過《孫子兵法》嗎？」

「這本書難求。未有緣一讀。」

「用間之術是甚麼，你應該不懂吧？不礙事，我會慢慢教你。我們急著徵人，你今孤窮一身，無置足之地，可考慮看看。我看出你有點天賦，很適合這工作。」

他們要我做的工作，就是「間諜」。

這並不是個光彩的稱號，長年要在黑暗裡做事，但比起我原來那份巡廁的工作，可好得多了。招攬我的前輩並不是甚麼高人，只傳了一些心得，教了一些粗淺的間諜術，如何游偵，如何開闔人情，如何通暗號和傳密信……對我來說，一學就會，更發現自己有模仿筆跡和偽造印章的天分。

在那段日子，身邊都是來自五湖四海的食客，方言混雜，可能我年輕，學得特別快，懂了不少別國的語文。

「春申君為甚麼要養士為問？」

我的問題好像很膚淺。

一個陌生的大哥搭腔，笑得前仰後合。

「哈哈！他吃過很大的苦頭！他妻室是甚麼外貌，你是見過的……我不敢置評。定親前，有人來說媒，春申君關心對象的美色，那媒人說得天上有地上無，春申君信了，還以為娶到了仙女……成親當日，春申君一睹芳容，眞是後悔莫及，有傳他在成婚當天，心中咒罵連篇，可是已來不及反悔矣！」

春申君有過一段誤信假情報的悲慘經歷，明白了情報的可貴，故此編制了私人的間諜組織。這樣的訛傳，我聽了只是半信半疑，大家就是嘴巴壞，愛拿春申君的醜妻來開玩笑，同時又很羨慕他美妾成群之福。當然，明眼人也看出，他會娶那個醜妻，只是貪圖從她娘家那邊帶來的權勢，婚姻只是一種利益結盟的手段。

各國權勢者競相禮賢下士，招收門下客，這確實是當時的風氣。這些食客學屬多門，都是身懷一技之長的奇人。譬如，我曾遇過一個學雞叫學得很像的人，而這傢伙四處吹噓自己的大伯救過孟嘗君。又有一個傢伙，經常到山上採葉搗藥，找我來試藥。還有一個虬髯老漢，懂得一種「去點青法」，只要用膽礬、鹵砂、龍骨和糞蛆等藥材，便能製成去除紋身的藥膏，非常神妙，可是誰也無法從他口中套出煎藥的祕法。

這些人酷愛鑽研學問，稱自己的祕法爲「術」。

在春申君底下做事，待遇比我當小吏時好得多。我吃了很多肉，天天想著肉味，日子甚爲逍遙。儘管我後來才知道，當間諜的風險極高，這樣的角色又卑劣又陰沉。敵人對間諜恨之入骨，必定凌虐至死，我聽過最恐怖的酷刑，都是用在間諜身上。

公元前二六二年，楚國奉行親秦路線，割州陵給秦。

再過不久，又盛傳秦國整頓兵馬，囤積軍糧，數目龐大，前所未有，風雨欲來，即將傾盡國力討伐趙國。

我的第一個出國任務，就是入趙搜集情報。

如果以春申君的門人身分直接進入趙國，這絕對會惹人猜疑，不幸出事會連累主子，此舉極爲不智。所以，在春申君的親信引薦之下，我會先投入荀子的門下，然後借荀子門生這個身分，通過趙國的關卡檢查，潛伏國都邯鄲，伺機行動。

我也是在荀子的門下，遇見了他。

有些人的人生，丰采奪目，燦爛得好像滿天星斗綻放。他就像一顆渺遠夜空的銀漢裡疊暴光芒，遂又光盡而滅的耀星。

他——

是我這輩子唯一的知己，也是我最大的敵人。

10

我至今記得，那是個緋紅色的黃昏。

朱色的門檻，殷紅的簷角，赤色的夕陽，彤霞繞繞不絕。

一些男子披著曲裙寬袍，一些男子身穿灰色褐衣，頂著高冠，腰繫博帶，在朱色的門檻前等待。

從遠處來了一乘駟馬車。

駟馬車，就是四馬拉動的車，對連吃飽都成難題的窮人來說，買得起和養得起四匹馬的人，當然非富則貴。

在駟馬車停定之後，從車上走下的是個兩鬢花白的男人，身穿葛衣，足蹬破鞋，看他的打扮竟不像甚麼達官貴人。

這個葛衣人就是荀子，當世名師，那句著名的「人性本惡」，就是出自他的口中。荀子周遊列國之後，現下受邀留在楚國授徒，講學之餘，常常有高官貴族找他宴會飲聚，一出門短若數天，長則半月。

那時，我剛拜入師門不久，輩分不高，聽了老師回來的消息，便跟著幾個師兄出外相迎，幫忙搬東西。

幾天前，老師帶出門的書簡不多。我一聽此言，如釋重負，在紙未發明之前，書眞是很重的東西。不過，可能因爲得來不易，我們這種識字的文人都很渴求知識。

每次荀子從富人家中回來，都會領回不少禮物，如果是果物的話，我們這些當徒弟的就有口福。所以，當我們看見遠處的駟馬車一顛一顛的，在泥路上壓下沉重的車轍，便猜想老師帶回來的東西不輕，饞嘴的傢伙忍不住垂涎了。

可是，馬車一到，車簾一開，我們都發現自己猜錯了，惋惜之中又有幾分驚歎之情。

荀子這次帶回來的，竟是一個人。

少年身材瘦削，面色白皙，神清骨秀，上身是乾淨的新衣，頸繫紅絲巾，腳穿蟠螭紋鹿皮靴，雖無綾羅綢緞，但也隱隱透出一股非凡的貴氣。就是長得略嫌矮小，不過單論一張臉，說他是我見過最貌美的男子也不爲過。他看來身輕如燕，但帶來的行李甚重，大都是衣物和書簡。

荀子笑說，這是他新收的弟子。

我對那公子做了個拱，他只是點頭回禮。當我開口說話，他卻悶聲不響，目光低垂向地，竟然有點怕人的樣子。我不由得費解，一個有教養的讀書人，怎會做出如此忸怩和無禮的舉止？

那公子高舉衣袖，指著自己的嘴巴，又搖了搖手。

「他不會說話？是啞巴？」

我才會意過來，那公子已縮著頭繞過我，怪裡怪氣，緊隨在荀子身邊而行。

其他人問起那公子的來歷，荀子守口如瓶，不肯洩露半句。

那公子好像第一次出遊，對楚國的風土人情大感興趣，不止陶皿和樂器，連路上的車轍都要研究一番。我不知如何與啞巴相處，但有幾次和他目光相接，他都漠然而對，神色間隱現孤高傲慢的氣質。

荀子對待學生，本應一視同仁，但那公子的待遇與眾不同，竟可獨佔一房，請來童僕侍候，專人倒尿。那公子吃的飯菜也比我們好得多。有些老兄看不過眼，將一口痰啐在地上，抱怨起來：「想不到連名滿天下的荀子，也要對一個公子哥兒關愛備至！」在我們面前，荀子也沒直呼其名，而是以「小公子」相稱，顯得有點卑謹。

誰也看得出來，小公子的身世一定不簡單。

人人都在背後私語：那小公子是何方神聖？是甚麼貴族的後人？

其實，小公子並不招搖，沒有炫富，但貴氣都是顯露在細節上。古時人人都留長髮，行過二十歲的成人禮，就要戴帽，未冠的年輕人都會用布束髮。我未冠，用來束髮的只是條爛布，哪像小公子這麼講究，用的是綺繡綵緞，就連放緞帶的漆盒都是圖繪彩飾的奢侈品。

外出，遇雨，就只有他會撐傘。

說實話，我對這種出身富貴的人殊無好感，和其他人一樣，雖然有點嫉妒他，但心想這種膏粱子弟只是來玩玩的，難成大器，也就懶得跟他打交道。當然，我也不懂如何和一個啞巴好好溝通。

學府裡有片小樂土，就是藏書浩瀚的書房。我有個習慣，愛在書房秉燭夜讀，在那裡關門睡到天亮。早上醒來，我聽到木片咚咚擦撞之聲，一睜眼，矇矓所視，赫然驚見小公子在翻我的東西，他竟捧著我寫的書簡，看得入神。

「不問自取，是甚麼來著？」

小公子陡然受嚇，回頭看我，「咿啞」叫出一聲。

我瞪著他躡手躡腳離去的背影，皺了皺眉。後來跟管炊房的廚娘聊天，她說近日不見了幾件炊具，她懷疑是小公子偷的。我說怎麼可能，小公子那麼富有，怎會偷這些爛東西？理由何在？我姑且答應了廚娘的委託，故意繞過小公子房外的窗戶，往裡頭溜了幾眼，便回去報告，不見任何贓物。

翌日，荀子要找小公子，卻到處都找不著人。其他弟子輩分比我高，當然要使喚我這個新來的小伙子幫忙尋人。

我先到馬棚，看了看，點算一下馬匹。我暗自尋思：「沒有乘馬，小公子一定走不遠。」這種尋人的手法也是間諜術之一。我來到後山，蹲了下來，看到泥地上有拖物行走的跡象，便闖入山林裡尋蹤。走了一會，推開屏風似的茂葉，就在林間一片遼闊的空地上看見小公子。

人與人之間有股奇妙的引力——這是我後來才知的真理。

我與小公子四目交投，只見他握著削刀，左右腿夾著一塊薄木板，周遭的空地橫七豎八擱置著一堆木材。

正奇怪他在這兒偷偷摸摸做甚麼，我腦裡突然閃過一個念頭，忍不住衝口而出：

「你在做木鳶？」

小公子本來對我的出現不感到驚訝，直到聽到這麼一問，面色才微微一變，似乎被我識破甚麼隱祕一樣。

「哦！東西原來眞是你偷的。」

難怪府裡最近有些小東西離奇失竊，柴房的良木少了幾塊，炊房裡又不見了勺子，還以爲是被野狗和老鼠叼走了，果然是有家賊。至於爲甚麼看穿他在做木鳶，原因無他，只因我最近研讀墨子的祕卷，恰好讀到一篇造木鳶的周詳記載，覺得有趣，便抄錄下來。小公子翻過我的書簡，所以知道了這樣的事，好奇貪玩，便急欲造出一隻會飛的木鳶。這樣說來，墨子那卷書突然不見，一定就是他取走的，還害我找了老半天。

「你這個小賊，在這裡等我！別走！」

留下這句話，我就回頭直跑。

小公子雙眼中仍然是倔強的目光，沒有半點乞饒。我尖腮長目，長得不像甚麼好人，大概他以爲我會回去告發此事。所以，當我提著一籃木匠工具過去，他臉上一副難以置信之情，又用一雙充滿靈氣的眼睛骨碌碌看著我。

「這是魯班尺，這是楔子……」

我逐一解說這些工具的用法，還挖苦小公子，笑他之前的方法太笨了。

和他一樣，第一次看見木鳶的描述，我也很想造出一隻木鳶。

「我不敢盜用家物……如今有你代勞，他們一定不會罵你……我們合作吧？」

由瞧見小公子做出這種壞事的一刻，我不由自主，就對他生出了好感。

因爲我感覺遇見了同類，小公子異想天開，行爲脫軌，和我一樣是不流世俗的怪人。

「我會做木工，但技術不精湛，丟了老祖宗的面子。我先祖代代皆爲楚人，亡父說，祖父是個名工匠。他的工藝超群出眾，當年獲楚國大臣賞識，就當工頭，主力造攻城器械。我長大後才明白事理，他的愛國心被利用了，爲君爲國，間接殺害平民。有人詛咒他絕子絕孫，他的四個兒子果然只死剩一個，就是吾父。最後他也戰死，只剩下我和母親相依爲命。我的祖父沒傳我甚麼，就死了，聽說是當了代罪羔羊，死在敵國的牢裡……而挑動戰爭的諸侯大臣，都倖免於禍，繼續笙歌作樂。」

我一邊和小公子做木鳶，一邊有感而發：

「我聽過有這樣的說法，祖先葬在哪裡，會影響後人的福運。如果眞是如此，難怪富人愈來愈富，窮人愈來愈賤。我亡父的屍骸和一堆倒楣鬼亂葬，相信我的命也好不到哪裡去。我不妨直說，我很討厭你們這種貴族。在你們享樂的同時，有沒有想過你們的榮華和銅錢都有血腥味？是不是吃飽坐著沒事做，就想學學仁義禮智，良心好過一點？」

我愈說愈氣憤，漸漸發現潛藏在內心的信念：

「聖賢認爲人性可救，人人接受教化，民智一開，就不會做壞事……可是，知識是危險的力量。人變得太聰明，就會有能力做出更大的壞事，因爲人的貪慾是漫無止境的。人之性惡，其善者僞也。這是老師的理念。人性是惡的本體，偏偏又有善的枷鎖，眞諷刺啊……」

本來我個性內斂，不會對任何人透露這些離經叛道的心聲，但每次當我說完，小公子都輕輕點頭，回以默許的微笑，似乎深深認同我的想法。

我也不知爲甚麼，竟會對一個初識的人放下戒心。

「我覺得，只有用恐懼，才能令人抑制惡性……用最大的惡來治惡，如此才能天下太平。」

當天做的木鳶失敗了，飛不起來。

小公子親自將無用的木鳶踏成碎塊。

炊煙裊裊而起。

回去的路上，小公子忽然走一步停一步，像個瘸腿的人。我回頭一看，發現他左腳沒有鞋子，再往遠處張望，只見一隻皮靴脹破了，零落掉在地上。

小公子滿臉百般無奈之色，好像在耍性子一樣。

我便脫下自己的麻線鞋，放在他面前。

「你是公子，吃不得苦。這是窮人的鞋子，你愛穿便穿吧！」

山路之上，夕照墨林，我赤著腳，小公子在旁亦步亦趨。

然後他悄悄告訴我他的名字：

「韓、非。」

11

在漫漫人生中，我聽過不少可憐人自嘆自艾：「老天不給我機會！我是大材小用、懷才不遇。」又或者抱怨生不逢時，自以爲活在一個最糟糕的時代。無論是太平盛世或者亂世，總有人守株待兔，日夜殷盼世界會遷就他們而變。

在那些懷才不遇的人之中，可惜「不遇」者居多，「懷才」者寡。

我聽過不少妄語，見過不少奇才，擁有驚世才華而無法伸展抱負的智者——就是所謂天才中的天才——韓非是其中一個。

他是眞的生不逢時，活在一個錯誤的時代。

當時，我的眼中，韓非是個長得秀氣的少年，有一雙很迷人的眸子。眼睛是很奇妙的部位，可以顯露一個人的神氣和性格，中國畫裡忠臣與奸徒之別，往往在於雙眼的畫法。當你與韓非對望，你會覺得他這個人毫無機心，亮晶晶的瞳孔裡，有著純潔而善良的靈魂。他長成這樣，就算身穿男裝，也常常被當成女人。

可是，在這張無辜的臉下，卻藏著驚人的智慧和謀略，他不太會說話，所以沒有太多人察覺他深藏不露的學識。

那天，在那一片緋紅色的墨林，韓非當了十天悶葫蘆，才第一次開口說話，當眞嚇了我一大跳。他這小啞巴裝得眞像，騙倒所有人。我有點愣怔，又有點惱恨，差點就要指著他的鼻子大罵：

「原來你不是啞巴！」

韓非露出天眞無辜的神情，略帶輕俏之意，一點也不像在求恕。

「我、不、會、楚、語。」

這一說話，我才發現他咬字結結巴巴，怪腔怪調，原來有口吃的毛病，難怪不喜與人說話。第一次見他，他指著自己的嘴巴，我才一直錯當他是啞巴，這樣回想眞的不算欺騙。吉人之言寡，但他的緘默也實在超過一般人的極限，所以我料定他是順水推舟，多多少少心存隱瞞之意。

「我、想、和、你、聊、天。」

此話寫成古語，應爲「欲與爾同聊」。可是，這樣寫的話，太過矯揉造作，語言只是思想表達的方式，所以我要記錄的只是思想而已。

韓非口中的「聊」，也不是眞的開口閒談，而是我倆輪流握筆，蘸著墨，在竹片上寫字，我一語他一語。我腰帶上有陶刀，有時寫錯字，就可以用刀削掉錯字。而令我驚奇的是韓非的文思，他思辨緊密不在話下，更厲害的是從不帶陶刀，因爲他不曾寫錯一字，下筆即成文章。他不懂說楚語，但竟然通曉楚文和其他國家的文字，看來這個天才的語言天賦只限於讀寫方面。

當一個人極度聰慧，往往難尋知交，對凡夫俗子睨以白眼。韓非就是這種人，無法好好融入這個世界。初次舞文弄墨，我和他都在互摸對方的底蘊，各有洞見，暗自佩服，彼此互睞青眼。

荀子後來跟我說，他多年前遊歷四方，路經韓國，就知道韓國出了一個神童，可惜只能睹其文而無緣見其人。

這個神童就是韓非。

多年之後，在宴會之中，韓非竟在荀子面前出現，懇求老師收他爲徒。

得到韓非的信任之後，我終於有機會借閱他的文章。他寫的字異常細小，一條條木牘結集成冊，也不會太重。

我一讀之下，竟然無法自拔。

自相矛盾、買櫝還珠、濫竽充數、吹毛求疵、守株待兔、老馬識途……眾多留傳後世的成語，都是出自韓非寫的寓言故事。韓非的文筆精練，旁徵博引，語言汪洋恣肆，觀點驚世駭俗，洞悉人性之深，有如一把鋒芒畢露的利刃，直刺人心的痛處。可是，其文中的理念主張霸道，有違孔孟以王道治國的論點，但相比那些滿嘴仁義道德的僞君子，韓非就像出自黑暗之中的鬼才。

法。**勢**。**術**。

韓非深信萬物世事皆有一套亙古不變的規律，人的命運以至國運的盛衰皆有跡可尋。他筆下的《亡徵》篇，列出了亡國的四十七種徵兆。這就是韓非熟諳歷史和諸家典籍，繼而思辨出的結論。

他相信的是法律和制度，而不是人性。

我一讀再讀，愣住了很久，第一次感到挫敗，第一次衷心佩服一個同齡的人。

「他……竟然如此深不可測！」

儘管韓非和我最親近，惺惺相惜，但我心知肚明，我和他僅止於學問上的交流。我對他的背景一無所知，只是間接從其他人的口中得知他是韓國貴族的後裔。

「我眞是無法理解你。刻苦求學的人，最大心願都是出人頭地，坐享富貴……但你已經擁有這一切，爲甚麼還要來這裡吃苦？」

韓非聽了，一笑置之，看穿了我這種套話的手段。

雖然同處荀子門下，但我和他各懷所圖，在最初相識的時候，都不敢向對方傾訴太多私事。但我對韓非有好感，沒想過在這個滿是儒生的地方，竟然可以遇見如此有趣的朋友。我和韓非一樣，厭惡孔子的學說，厭惡崇古成癖的迂腐思想。無怪乎日後世人納罕不已，沿襲儒家道統的荀子老師，竟教出兩個法家的代表人物。

在荀子舍下的時候，我看了很多書，不少是稀貴的古書。韓非自小就博覽群書，這一點令我非常羨慕。有如珠寶，知識在這時代是很昂貴的東西。我還記得小時候，和其他稚童冒著凜冽的寒風，揹著疊滿木片的布袋，走很遠的路，就只爲了向人家借書，抄錄一份複讀。「背書」一詞，今義解作牢牢記住書的內容，但在古時，就是一個人能「背」起多少書的能耐。

有一次，我和韓非翻查古書，曾粗略點算過一遍，歷代君王之中，竟有一半並不是老死和病死的。既然不是自然死亡，就是死於非命，有的被毒死，有的被絞死，有的被餓死……言則，一半以上的君王不得好死，人主之疾死者不能處半。

「堯帝舜帝，禪位讓賢，天下傳頌，是不是？」

很多讀書人都對孔子的話深信不疑。

「這是假的。」

因爲韓非，我窺見了歷史的殘酷眞相。

「舜帝原名叫姚重華，別說是賢君，連正人君子都稱不上。他本來是堯帝的女婿，篡位之後，還逼堯帝說是禪讓，誅殺所有異己的人，坐穩尊座之後，便害死堯帝，沉冤千古。甚麼仁義道德，甚麼公道人心，都是假的，只要手握權柄，連聖人都會站在他那一邊，千秋萬頌，誤導世人。」

在那個時代，殺人簡單直接，掩埋屍體也比較容易，一切仇恨都可以在血刃上得到解放。也只有智慧開竅的人，懂得在殺人之後，編撰出一大堆美麗的謊言。只要沒有人站出來糾正，謊言就會變成正史。

最大的保護來自權力和財富，這是千古不變的金科玉律。故此，人人好之，爭奪權財，鞏固權財，然後將一切傳予後代。沒錯，這是人類文化最特別的一點，一個人死了之後，還會留下權位和龐大的財產。如果你覺得韓非的文章有道理，你就會明白，這些遺產將有可能種下禍端，招來難以倖免的不幸。

韓非寡言內斂，很難相信別人。我和他之間的緣分只有匆匆七年。在我認識他的第四年，同床共寢，他才對我敞開心扉，吐露自己的身世。

韓非生於大家族，不計同父姊妹，兄弟已有二十幾個，過節時齊聚一堂，喜氣洋洋，笑語盈盈，連宅外人也感受到這個家族歡樂的氣氛。

到了他九歲的時候，尚在人世的兄弟，只剩一個。

12

「厲憐王。」

古無虛諺。

諺語就是一代代傳下來的短語古訓。

我總是說，我們是很特別的民族，可以讀得懂幾千年前的古文，甚至連我們日常言談，大多數耳熟能詳的諺語和成語竟在幾千年前已存。

不過，韓非筆下這一句有點難解。「厲」通「癘」，即痲瘋病人，這樣可憐的人反倒同情大王，箇中道理絕非一般人所能理解。

「堯者，德也，仁聖盛明曰舜，天下至孝……我最尊敬的孔子說得眞好，人生在世，該當以堯、舜兩帝爲模範！」

韓非有個仁慈的哥哥，名「舜」，同一個生娘。韓非六歲時，韓舜已行過冠禮，戴著屬於成年人的帽子。韓舜學識淵博，韓非很愛黏著這個哥哥，嚷著要聽故事。堯舜兩帝的事蹟，就是哥哥跟他說的，所謂一上神檯變神仙，人云亦云，吠影吠聲，關於聖帝的劣行，百姓根本不會考究。

韓氏是有封地的貴族。

有土地就有稅收，有稅收就能坐享其成，以逸待勞，富甲一方。千百年來，有錢人打的都是同一副如意算盤，同一道板斧大行其道。韓非的父親是富貴命，一出生就是長嫡，古來傳嫡不傳庶，傳長不傳賢，這是炎黃子孫的宿命。如是者，韓父甚麼都不用做，就從先祖手上繼承了龐大的家業。韓父自問不是愛國人才，難得今生富貴，自然要揮霍盡興，聲色犬馬，娶來一妻眾妾，兒女滿堂……這也是古今富人如出一轍的宿命。

正室乃名門望族之後，是賢妻，卻不是良母。她的身體不知甚麼緣故，遲遲無法牛育，但由於她精明能幹，日理家業，拉攏人心，所以在夫君身邊也得寵。

正因爲大娘無後，韓舜雖然只是小妾的庶長子，也成了家族的繼承人。

二十幾個兄弟之中，亦以韓舜最能幹，秉性渾厚，而且有個很特別的才能，令他深得人心——他是發明天才，除了開發農耕工具，亦研造兵器。年輕時，他徹夜不眠造好新的弩矢，試用給韓非看，笑著說：「天下之強弓勁弩皆從韓出。」在哥哥笑意洋溢的臉上，那種有如朝日初升的光輝，令幼小的韓非畢生難忘。

韓舜接管家族，自是眾望所歸。

一切都很美好，直至大娘的兒子出生之前。

這是身爲庶子最大的悲哀。就算那是個乳臭未乾的娃兒，嫡子就是嫡子，傳宗繼業，天經地義。哥哥韓舜有沒有不甘心，或者懷恨在心，韓非當時尚小，根本不曉得，不會捲入大人的鬥爭。

大娘恃勢凌人，各房的親人紛紛靠攏，受她擺布，孤立韓舜。群眾永遠站在利益的一方。韓舜再有人緣，也敵不過一份立嫡的遺書，二十個兄弟趨炎附勢，一一與他疏離。只剩韓非不理會別人怎麼想，依然黏著韓舜。有次他看著哥哥撫著馬匹，自語道：「人比起畜生，根本不如畜生呢！我給我的馬餵食，在我危難時，馬兒都會與我同生共死。這種節操，百人中難尋一個。」

韓舜負責管馬廄，亦在馬廄旁設立工場，禮聘工匠，精研弩弓。即使大娘屢屢欺到頭上，韓舜亦沒有氣餒，全心全意在工場裡敲敲打打。後來韓舜索性向大娘表明心跡，不會爭家產，無奈這番話弄巧成拙，大娘對他的戒心反而更重了。

「我不想爭了。我要靠自己的努力，來得到韓王的賞封！」

可是，一場大火，燒光了韓舜僅餘的一切，包括愛駒和受命趕造的弓弩。藏著最後希望的工場，化成一片埋在灰燼下的焦木堆。甚麼都沒了。那場火未必是大娘放的，但當一個人自怨自艾，都會亂想一通，將矛頭指向自己憎恨的人。

韓舜無法如期交出軍方要求的弩弓，向父親求助。父親怕怪罪下來，就叫韓舜去頂罪。韓舜深明大義，便與家族劃清界線，帶著妻兒親赴國都，用當時最流行的方式，揹負荊條請罪。誰也不知他受到怎樣的辱罵和處罰，但家人都知道這倒楣鬼禍不單行，在回程上遇劫，連同妻兒落入土匪手中，逼上盜窟，變成了肉票。

韓非後來偷聽下人說話，知道大娘故意誇大土匪勒索的銀碼，又危言聳聽，父親便放棄贖回兒子。土匪來要財勒索，碰了一鼻子灰，人人都說韓舜一定凶多吉少。大娘貓哭耗子，說很後悔沒跟土匪討價還價，提出「平價買回全屍」的意願。

半年後，哥哥竟然逃回來了，破衣襤褸，血痕斑斑。

家人大都心虛，並無太大歡喜，將韓舜當成痲瘋病人一樣。這時韓父已在病榻上，痴痴呆呆。儘管大娘已代子獨攬大權，依然不忘韓舜是心腹大患，既不讓他見父親，又無理取鬧，言語涼薄。

那幾天，韓舜就睡在新的馬廄裡，挨冷受餓。親人之中，只有韓非不避嫌，偷偷溜到馬廄，笑嘻嘻掀起衣口，端出暗藏的白飯。

「哥哥，吃飯囉。」

韓舜接過那團黏稠一般的白飯，怔怔地瞪視很久，然後咬了一口，沉著臉對韓非說：「有人要對爹不利。明天，你守在爹身邊，無論如何，千萬不要出廳堂。」韓舜一臉認眞，韓非必然信以爲眞，點頭應允，也沒想過自己弱小，才是要被保護的人。

一年一度祭先祖，家規有令，座無虛席，喜氣瀰漫。就在齊聚一堂的時候，有群土匪闖門而入。他們手上都拿著韓舜造的「連弩」。

矢如雨散。

一個不留活口！

外面喧嚷哀號，韓非正欲出去看看，就碰到奪門而入的老婢，將他抱回父親的寢室裡。老婢的胸脯抖得好像打雷一樣，冷汗一滴滴淌下來，將韓非放在床邊之後，捏了一把冷汗，正奇怪汗水怎麼是紅色的，就看見側腰上中矢的地方染滿血水。

老婢身子變冷，然後僵直，死在面前。

父親的咳嗽聲愈來愈大，濁痰橫飛，到後來咳出了鮮血，依然無法掩過外面淒厲的叫聲——那是宰人的聲音。

韓非掩著耳，躲在床邊。

父親氣絕身亡。

殺戮聲也煞卻了。

當時韓非腦裡一片空白，用盡僅餘的力氣，蹣跚走出寢室，睜眼看著廳堂，眼前是極爲駭人的噩夢——

昔日在廳堂裡笑意盈盈的哥們，全部都變成了死狀恐怖的屍體，有的肝腦塗地，有的斷腰截臂，有的頭顱不知滾到哪裡去。生前水火不容的兄弟，死時都疊在一起，地上的血跡彷彿聚流成多條在昏暗中閃爍的血溝，就像整個中國的版圖一樣，川流不息。

韓非看出了插在屍體上的箭矢，都是出自哥哥造的連弩。

如果一個人死的時候，有多少人爲他痛哭，就是對他一生的評價……韓非的父親死時，二十個兒子爲他流的不僅是淚，而是鮮血，一聲不吭成爲了陪葬品，相信韓父泉下有知，亦會歡慰一笑。

韓舜被土匪綁住，家裡人不救他，他的心在那時冷了、死了。韓舜清楚，自己的最大價值在於血緣，爲了活命，爲了妻兒，就向土匪提出他的陰謀，裝作逃難回來，內應外合，殘殺家人，只有他信任的親屬可以逃過一劫。奪嫡之後，韓舜就像昔日的舜帝一樣，籠絡人心，口角美言，把自己塑造成英雄一樣，回來拯救被滅門的親人。

只要手持權柄，就算做出獸行，老天也會讓這種人活得好好的，甚至非常好。

世上有種天才，是恐怖的天才。

哥哥做的是對的，還是錯的，韓非難以定論。

比起其他人，佃農在哥哥管治之下，一定活得更好，更加富裕。國家也多虧了哥哥精製的弩弓，出口兵器給鄰國，換來苟且的安穩。

在慘劇發生之後，韓非變成一個啞巴，整整三年沒說話。他自此害怕睡覺，怕作噩夢，逃避與人接觸，沉溺在書經的世界裡，將孤憤訴諸文字。

韓非只是個筆名，不是韓非的眞名。

在那個封閉的世界裡，他只是著書立說，並無野心要幹一番大業。可是，像他那種擁有奇命的人，一定不會被歷史遺忘。就在韓非十六歲那一年，一個來歷不明的間諜，將他捲入錯綜複雜的歷史洪流裡……

13

這些事，都是韓非後來告訴我的。

韓非的哥哥是個有名望的愛國忠臣，又是慷慨解囊的豪傑。五湖四海，黑白兩道，來巴結和投靠他的外人不少。這些人之中，有的是俠義之士，有的是無賴之輩，有的是赫赫名流，更有的是亡命天涯的逃犯，帶來各國內部的重要機密。

一個晚上，韓非跟著哥哥，到地穴見一個人。

韓非的家族有個地窖，藏著一堆家族史和祕籍，只有韓非和他哥哥知道那個隱祕的入口。有人說，中國有科技而無科學，重實用而輕理論，這是很獨到的見解。自古以來，就有一些玄之又玄的祕術存世，得其一二，足以安身立命，甚至榮華富貴此中尋。人人皆有藏私之心，故此不少祕學相繼失傳，又或者只有局部殘章傳了下來。地窖裡藏書眾多，主要是世間罕有的工藝典籍，連魯班碩果僅存的祕譜亦在其列。

那地窖對韓氏一族而言，意義重大。

哥哥竟讓一個外人窩藏在那裡，又將家裡其他人蒙在鼓裡，韓非便知此事非比尋常。哥哥一再強調，謹記守密，否則會招來殺身之禍。

走入祕道，點亮鼎裡的篝火，韓非很快就看見密室涼席上躺著的男人。席上有個豹形席鎮，本作壓住席角之用，但那人奄奄一息，為求一點舒服，仰臉就枕在那席鎮上。在冰冷闃暗的地窖之中，那人渾身抖個不停，雙腿卻動不了，看來是斷了，不知是否傷口膿腫，從衣物裡散發出一股混濁的惡臭。

韓非膽子頗大，也嚇倒了，是因為那男人的容顏——他只有半張臉。另外半張臉，額頭沿嘴角到顎都有火燒之疤，一隻耳朵也潰爛了，面目全非，但從結疤的程度看來，應是很久以前的舊傷。

男人年約四十，方臉粗眉，頸繫麻巾，有種綠林大盜的氣魄，但怎麼看也不像很壞的人，只是每當韓非瞧著他的醜臉，感同身受，心中會惻然作痛。

哥哥帶來膳食，看著那男人狼吞虎嚥，同時向他問話：「我再問一次，你之前所述可有虛言？」

「千眞萬確。」

「坦白說，我不太相信。」

「你是我的救命恩公，我不會騙你，也沒必要騙你。」

席上的傷者仰著半身，用炯炯堅定的目光看過來，誰也不會懷疑這一雙誠懇的眼睛，儘管其中一邊的眼珠在火疤下顯得醜陋可怖。

哥哥沉思了半晌，手指不停在掐鬍子。

「你是說，上黨郡守不願降秦，違抗王令，將上黨獻給趙國，促成韓、趙兩國合力抗秦的局面……是因為上黨郡守接受了秦國的賄賂，才故意這麼做？怎麼可能？太不合理了，韓王本來就要把上黨獻秦，以息戰禍，秦國怎會從中作梗，放棄不戰而得的土地？」

韓非聞言，亦不禁為之驚訝。

自三家分晉以來，晉分成趙、魏和韓三國，韓國始終是諸國中最弱小者，西有強秦，夾在楚、魏之間，四面環敵。要在這樣的夾縫裡求存，韓國一直採用親秦的外交策略。區區一個寂寂無聞的上黨郡守，竟敢自作主張，將秦兵矢志侵略之地送給趙國，他是吃了熊心和豹子膽嗎？莫非真的另有內情？可是，秦國乖張違常，使計將囊中物讓給趙國，這又是何理？如果上黨這塊地只是一個餌，韓非能想到的唯一解釋，就是秦國故意挑起戰禍，找藉口來攻打趙國。

——但這樣做，又有何所圖？

就像下棋一樣，韓非很想勘破這個局。

哥哥再三盤問，地窖那傷者都答不出來，只是沉沉呼氣，乏力地搖頭，在昏暗的篝火中閃爍著困惑的目光。

「我只知道，秦國傾盡國力，正在進行一項巨大的陰謀……」

至於是甚麼陰謀，那人又說不出來。就算是回溯歷史的史學家，也未必知道這背後的詭計，因為祕密永遠掌握在極少數人手中。

但韓非很清楚，就算那人能證明所言屬實，哥哥也不會向韓王上奏。不怕一萬，只怕萬一，如果韓王身邊有奸臣立心不良，讒言佞語，後果將不堪設想。哥哥是家業的繼承者，是人民愛戴的一方之主，命繫無數人的禍福，做人處世，尤其在國家大事上，都須規行矩步，不可不慎言。

哥哥匿藏這個從秦國來的逃犯，無非是因為這個人擁有的知識——原來這身受重傷的男人以前是秦國的間諜，現在就是秦國追捕的叛諜。

秦國貴爲軍事強國，重兵鐵騎的背後，亦有一個最強大的情報組織。有傳言云，秦國的間諜技術至少領先諸國三十年。地窖裡那個叛諜，資歷匪淺，官職不低，由此可見有一定的地位和能力。要是從他口中套出秦國的間諜架構和間諜術，對國家來說是莫大的功勞，帶來難以衡量的利益。

韓非受了哥哥的囑託，每天偷偷潛入地窖，手攜一盞銅燭燈，細聽對方一言一語，結撰重點，筆錄成文。每次走入地窖，韓非都有種墜入迷霧的感覺，而地窖中那人就像仙人一樣，講述一種前所未聞的學問。

間諜的工作分爲兩部分，前者是勘查機密，後者是傳出密信，各有其難，故此衍生出專門的間諜術。舉凡祕術，都是超出大眾一般的認知，好比「瓮聽」這種竊聽器，竟可用來探聽地道所在，又譬如將牛皮箭囊吹足氣後，附地枕之，便可聞數里內的人馬聲。甚麼陰符陽符，甚麼烽燧水漂，如何跟蹤躡跡、喬裝易容、讀唇術……還有諸般密寫字驗的巧妙手法，彷彿爲韓非開拓一片未知的祕境，思想在這片暗鬥的世界裡馳騁。

在韓非念頭奇多的腦袋裡，當時應已想到這些間諜術加上他家族世傳的發明工藝，或可超越前人，創出嶄新境界的祕術。舉例說，造出一隻會飛上天的木鳶，本來只是無實際用處的玩具，結合間諜術，就可以發展出一種獨特的傳信手法（在這個時代，造紙術尚未出現，所以造不了紙鳶）。

「太有趣了！」

我可以想像，韓非初時只爲好奇，到後來聞道入迷，每天起床第一個念頭，就是期待在地窖裡聽到的新學問。

韓非對那人的關懷，也不算是虛情假意。他負責送飯，清理便溺，偶爾扶傷者上去曬日光浴。由於這個秦國叛諜身分特殊，家裡其他人，除了哥哥，都不可有半點知情。韓非雖然出身世家，自小受人服侍慣了，但他還是做得了這種照顧人的差事，漸漸也不怕那人的醜臉。

但有一點可令韓非受不了，就是那人身上的臭味，每次湊近，都像有一團糞便撲臉而來。那種臭的程度，已非筆墨所能形容，和正在腐爛的死屍不遑多讓，臭得韓非失去食慾，日漸消瘦。

韓非曉得他有洗澡，懷疑臭味發自他的衣物。可是，韓非嫌他臭，送他新衣，他都不肯換，奈何不得，韓非便只好當成一種人生的磨練，繼續苦忍下去。

話說回來，那秦國叛諜看見韓非的模樣，本以為這小傢伙不會有甚麼大作為。但當相處日久，他終於看出韓非絕頂聰慧，擁有驚人的天賦。他很清楚自己的利用價值所在，所以每天只會吐露一點間諜術，插科打諢，留有一手，無意傾囊相授。根據韓非的敘述，這男人眼中常常有股仇恨之火，令我這聽者想到，他最後改變初衷，授以畢生所學，就是暗暗期盼韓非會替他報仇雪恨。

當然，也有可能，那叛諜有預感大限將至，便藉韓非之筆記下他所知的一切，只為報恩，根本無意栽培韓非成為一個間諜。

這數月下來，男人的傷勢毫無好轉，身子愈來愈虛弱，體味愈來愈臭。

韓非到地窖看他。

暗處，男人依舊躺著，咿啞唔唔，喉頭就像笙竽般嗚噎著低婉的呻吟聲。他已連續三天食不下嘸，褲襠裡有失禁的異味，雙眼滿布血絲……韓非曾與死亡爲伍，便知這些都是將死的先兆。

地窖裡瀰漫著晦暗鬱苦的氣息，韓非想帶這個垂死之人出外透透氣，可是他已走不動了，渾渾噩噩，處於垂死的彌留狀態。

他口中唸著夢囈般的話。

一時喊著：「不可能報得了仇……他有妖魔庇佑……除非能解開眞相……」一時又喊著：「不可能的……爲甚麼會這樣？他們都死了，死個精光，爲甚麼只有我沒死掉？爲甚麼……」

哀怨聲在密室裡迴繞，有如殘章斷簡，弄得旁人一頭霧水。

韓非自知不必回應，也不知如何回應，只是一直陪伴在側，緊攥著他乾癟的手掌，通宵達旦照料這個垂死的可憐人。

地窖裡只剩下沉重的鼻息，席榻上的男人眼皮闔攏。

正當韓非以爲靜歇下來，可以好好睏睡一會，那男人的身子又猛地兀起，張著滿是蛀牙的大嘴，幾欲嘶吼，不停疾呼：

「我要報復！我要報復！我要報復！」

——誰是你的仇人？

韓非悄聲問道。

男人伸指在席榻上亂劃，圓睜著眼，乾瞪著空茫茫的牆角，半昏半醒之際，喊出一個名字：

「范睢……」

韓非第一次聽到這名字。

「不，他現在叫張祿，到了秦國他就改名換姓……」

這個名字如雷貫耳，韓非當然不會不知了，張祿就是當今秦國的丞相。秦國間諜由丞相直接指揮，官僚上下容易結怨，這中間的過節，韓非沒有過問，也猜出了幾分。

眞正令韓非驚奇的是那人之後的話：

「他……是我們的頭目。我的部下……都死光了。一定是范雎做的。他的外號……是『黑巫術士』……祕術是眞的！只要背叛和得罪他的人，一定逃不了慘死的命運！」

14

「黑、巫、術、士？」

韓非很少開口，這時終於按捺不住。

古人稱謂較為複雜，由姓、氏、名、字、號五部分組成。姓氏沿襲祖先，名是父親取的，字是本人立冠之後取的，外號則由自己或別人而取。

無可置疑，「黑巫術士」這外號一定和范雎有莫大的關連，暗示了他那不可思議的力量。

以韓非所知，歷來秦相有兩種人，一種是善外交的說客，一種是管內政的賢才。

外交者，縱橫捭闔，譬如張儀和樗里疾；內政者，富國強兵，商鞅和百里奚都是當中的佼佼者。天佑秦國，百年來薪火相傳，任秦相者都是絕頂的人才，將秦國的勢力推向無敵的高峰。奇就奇在這些名相，其出身大都貧寒，百里奚是秦穆公用五張羊皮換回來的俘虜，商鞅是從魏惠王手中死裡逃生的遺珠。然而，正是這些販夫走卒，這些別國不會重用的卑微鼠輩，挫敗了各國那些出身名門、飽讀詩書的重臣。

范雎是前者，外交型的秦相，能言善辯，出走各國——計傾天下的「遠交近攻」策略，就是由他想出來的，既是構思者又是實施者。

「范雎是秦國丞相……此外，他還有另一個身分……他是秦諜組織的頭目——間諜之王。」

那男人漸漸回復了神志，仰著頭，沒灼疤的半張臉向著韓非。

他氣若游絲，但字字清楚，彷彿在交代重要的遺言：

「我認識范睢很久……是他其中一名下屬，遵從他的指示做事。他是甚麼人，老實說，我不太清楚……可以和他交心的人也不多……秦王（所指是秦昭王）和他談過一席話，即拜他爲客卿，這樣的事誰都覺得很奇怪。可是，他眞的很精明，很能幹，很會談判……只要大有作爲，誰也不會再追究他的過去。我不知道是不是眞的，但我眞的有這種感覺……每個和范睢接觸過的人，都說丞相身上有股神祕的氣息……他好像妖魔，又好像神仙。」

「我在秦國做事的時候，常聽到這樣的傳言，說甚麼范睢會使巫術，造反者不得好死。我聽了，當然以爲是哄人的把戲……如果用巫術可以殺人，那麼直接殺害敵軍的主帥，豈不是不戰而勝？何須號令我們來收集軍情？范睢這樣做，是謠言惑眾，是煽動人心，好教我們每一個人都對他忠心耿耿。」

「范睢這個人，鋒芒太露，而且很記仇。一飯之德必償，睚眥之怨必報……這是范睢刻在座旁的銘文。范睢本來是魏國人，可是在魏國不受重用，主子須賈嫉妒他的口才，和丞相魏齊串通，誣陷他叛國。魏齊濫用私刑，將范睢打得半死不活的，全身骨折。人人都以爲他死定了，用葦席捲著他，扔他到糞坑裡，並輪流往他身上撒尿……原來范睢還沒死，還剩下嘴巴能動，便苦苦哀求糞坑旁的卒吏救命，結果死裡逃生，改名換姓，輾轉入秦……當時救了范睢的卒吏，在范睢名成利就之後，欠恩報恩，眞的得到重金酬謝，現在變成大財主。」

「這男人，因為仇恨之火而變得強大。秦國用他為相之後，果然變得空前壯大。幾年前，秦國欲攻魏國，魏王派了須賈來求和，不是冤家不聚頭……范睢故意裝作寒酸落魄之狀，來到館驛，謁見須賈。須賈大驚，尚未知道范睢已是秦相，憐他衣衫單薄，便取綈袍慨贈。就是這件贈衣，救了須賈自己一命……范睢當了須賈的下人，親自為他執轡駕車，前往相府。來到相府，須賈知道范睢就是當今秦相張祿，真是嚇得魂不附體，當即脫個精光，雙膝跪著，由大門蹭到正堂，叩頭叩到爛額。」

「范睢作弄和折辱了須賈一番，又留他一條蟻命回去稟告魏王，喝令：『速將丞相魏齊的人頭送來！否則我將率兵屠戮首都大梁！』結果如其所願，魏國很快就將魏齊的人頭包得好好的，快馬送到秦國。這些事，我都是從別人口中聽來，也不知是不是真的。」

如此一番話，可是榻上那人鼓足了力氣，斷斷續續吐出。

他有時痛得面容扭曲，說話幾度中斷，韓非在旁靜聽，費了一整晚的時光，才將一言一語不嫌冗贅地記敘下來。

范睢，即是世人認識的張祿，由一無所有到摘下魏齊的人頭，這種快意恩仇的事早已廣傳天下，儘管有很多君子呵詬他心胸狹窄，還是有不少人為他拍手稱快。

榻上那人接下來說的，就是絕少人知道的祕聞：

「這是我親身的經歷……范睢會用祕術殺人這件事，絕對千真萬確。雖然我一直幫他做事，但我的主子另有其人……我曾立下重誓，不可透露主子之名，宮廷內部鬥爭，大抵都是這回事。常常有些來歷不明的人來找范睢，從那些人的衣著、口音，都可看出不是本地人……我的主子收到密報，懷疑范睢叛國，便唆使我和七名手下，乘著范睢不在秦國期間，到相府搜索。」

「當然，我們不敢做得太張揚，只是草草編了個急借公文的理由，登門造訪。范睢沒家人，他的下人竟很難打發……更令人不解的是，既然丞相不在，守衛何須如此森嚴？唉，我也是在那時候心中有了偏見，一心認定府上有不可告人的祕密，因而鑄成大錯……」

「我叫手下幫忙掩護，好讓我獨自偵察。亂打亂撞之下，竟然眞的找到范睢府中的暗室，實在僥倖……錯了，是不幸……這地方如此隱密，我自以爲會找到范睢叛國的證據，結果甚麼也沒找著，暗室裡除了藏書，便再無他物，連稍微像樣的貴重物器也沒有……這也是我疑心未釋的原因之一，一個人挖空心思建暗室，只爲了藏書，這樣的事誰會相信？唉，到了今天，當我來到這個地窖，我終於恍然大悟，這世上確有人將學識看得比金錢財富更重……知識才是無價之寶。」

「暗室裡藏書眾多，都與祕術有關，應是范睢經年累月蒐集而來。我只知名目，對內容一竅不通，總之很清楚不是我要找的證據。我就是死心不息，發現一冊翻開來的書，那書由百多條小竹片串聯成冊，全是刀刻字。我瞧串聯此書的皮繩快要斷了，最爲破舊，便知是丞相最常翻閱之書，而書上所載深奧難懂，怪不可言，令人懷疑是甚麼暗語。我便猜想：『此書會否藏著甚麼隱密信息？』可是，我根本讀不懂，翻到最後，只認出那書的署名是『鬼谷子』……」

榻上那男人說到這裡，突然不再說話，死了一樣。

隔了半晌，他的瞳孔微微放大，卻好像瞎了，目不正視韓非，只張著帶腐臭味的大嘴巴，對著空落落的窖壁說話：

「記得我教過你甚麼嗎？在勘探敵情的過程中，最難亦是最關鍵的一步，就是如何傳出密報。完成不了這一步，無論你之前做得多好，都是前功盡廢。我知道，那一冊書對范雎來說必然意義非凡，可是，你想想，書是那麼顯眼的東西，帶出去的話，一定過不了門衛那一關……最後，我不取一物，就離開了暗室，全身而退，和部下撤出了范府，就像甚麼都沒發生一樣。」

「我作賊心虛，請示主子之後，便獲遣派到韓國這邊，與手下同行。可是，在離開秦國的國境不久，一夜之間，我的手下全都暴斃。七個人，疑是毒藥輒發，初時腹胸劇痛，然後腫脹如甕，流血而死。這時候，我終於相信，范雎眞的懂巫術，可以隔空殺人……但我想不通他殺人的手法！我難過得想死！是我的錯！如果不是跟著我，他們也不會慘死！我承認錯怪好人，不過這等小事，范雎就要殺人滅口，他也恁地心狠手辣！」

韓非記到此處，執筆之手倏地停住，而我相信，當時他心中一定充滿了疑懼。要不是韓非熟悉此人，一定以爲此人瘋了，在臨死前胡言亂語。

——雖然難以置信，但范雎懂得鬼神莫測、統御死亡的祕術！

那男人苟且活了下來，但遭范雎派來的刺客追殺，負傷逃亡，爲了活命和報仇，便投靠來韓非哥哥這裡。

在他嚥下最後一口氣之前，兀自喃喃吶吶：

「我想不明白……在逃亡的時候，我們一直共處，日同行，夜同寢，吃的東西都一樣。如果是下毒和詛咒，我也應該遭殃……我就是想不明白，一直以來，爲甚麼只有我沒死掉？我和我的手下有何不同？怪哉、怪哉……」

男人垂死掙扎，滿額大汗。韓非端近水盆，正想取布洗臉，男人忽地抓住他的手腕，炯炯的目光卻瞪著水盆裡的倒影。

人將死時，迴光返照，腦裡變得一片澄明。

突然間，那人一邊咳嗽一邊大笑，舉拳向天，連喊兩遍：

「我想通了、我想通了！」

然後他用力捏住韓非的手臂，竭聲叫道：

「我沒死掉，不是范雎不想殺我，而是他殺不了我！我小時遭遇火災，我的臉以前就毀了！他未見過我眞正的臉，所以殺不得我……他的祕術奧妙在於面相！一定如此！」

換而言之……

范雎只要看過一個人的臉，就可以殺人？

這是個很可怕的結論，但韓非想了想，也覺這樣的推測確實可以成立。

「我死了之後，你可以親自葬我嗎？葬我之時，請答應我，爲我更衣……」

那男人斷氣了。

韓非遵守承諾，親自打點他的後事，只讓家僕張羅一些做不來的雜事。

——最難亦是最關鍵的一步，就是如何傳出密報。

在察看死者遺衣的時候，韓非終於領略到這番話的眞正意思。

臭不可當的遺衣內側，竟然印滿一灘灘凝固已久的墨跡，黑底白字。

這些拓印來自范雎暗室裡那卷最神祕的竹簡。這確實是很聰明的妙法，無須搬動沉重的書冊，就將書冊上的文字印在衣上帶走。衣上所載之文，斐然成章，一段一訣，疑是一種古老的祕術，那人自己無法讀懂，所以傳給韓非，希望他能解開箇中眞相和秦國的陰謀。

墓碑需要一個名字。

——**尉繚**。

這是那只有半張臉的男人，死前告訴韓非的名字。

15

如果後世有人不識長平之戰，我可以斷言，這個人根本不算讀過中國歷史。

長平之戰是發生在戰國末期的最大戰役，秦國和趙國兩雄以舉國的兵力對決，肇因是上黨歸趙，趙孝成王接受了韓國的獻地，搶走了秦國叼在嘴邊的肉。

當時秦國已是天下第一強國，根基厚實，但位居西陲，始終無法突破韓、趙和魏的壁壘。秦王嬴則，即是後來的秦昭襄王（簡稱秦昭王），是位雄才大略的明君，但年事已高，正爲繼承人一事煩心。山東六國的人自然期盼秦是強弩之末，出來一位昏君，斷送父老打下的一片江山。

秦國太子是安國君，這傢伙淫媟好色，所以六國的權臣都很安心。

觀其時勢，秦國力最強，而趙國次之。論當世四大名將，秦有白起、王翦，趙有李牧、廉頗，以軍事力量來說，只有趙國可以和強秦匹敵。所以，長平之戰影響深遠，要是由秦國取勝，勢成一秦獨大的天下格局。

在趙孝成王六年（公元前二六〇年），只要是身在趙都邯鄲的人，都一定會聽過趙括的大名。他是趙奢之子，而趙奢是趙國已故名將，與藺相如和廉頗爲前朝三大重臣。藺相如現在病危，無力救國。廉頗老矣，人人都擔心他不中用，現在這位大將正在長平故關守城，開戰至今，屢戰屢敗，故採取堅壁自守的消耗戰術，弄得邯鄲城裡的人民心焦如焚。

當時，我和韓非也在邯鄲，並且安頓了一段時日。荀子是趙國人，國家有難，匹夫之責，這趟渾水是非蹚不可的了。

難得有這種機會，我和韓非各懷目的，跟著荀子乘車趕路。四個輪，三匹馬，兩行向北的轍痕，還有無數在薄雪上的蹄印，過了城衛那一關，我們來到了趙都邯鄲。

韓非和我在趙國的日子，也算是一段愜意和逍遙的時光，有年輕人的精力，又沒有大人的重負，走每一步都是身輕如燕。這陣子，我讀了很多書。當間諜，生活並無稀奇，與常人無異，只是偶爾要暗中寫信，向春申君的人報告城中異事，趙國根本不算甚麼龍潭虎穴。

戰事期間，謠言紛紜，人心惶惶，但人人如常過活。城裡的年輕男子愈來愈少，倒也不是甚麼異事，因爲壯丁都要臨時從軍，到戰場上和秦軍廝殺。眾人皆知這是國家存亡的決戰，四周瀰漫著一股末日的氣氛。酒舖裡的酒賣得特別好，醉漢尤其多。商人知道是發財的良機，哄抬物價，販賣人口。貴家子弟都盡情逸樂，淫聲浪語，過著頹靡的生活，享受女多男少的好處。

「你有聽說嗎？趙奢之子趙括快要上陣了。他父親生前的威風，歷歷在目。虎父無犬子，聽說趙括已盡得其父的眞傳，甚至已超越了其父。趙奢生前和他談兵，也自嘆比不上這個兒子。天才兵法家打敗秦國，拭目以待！」

「名將之後，確是相貌堂堂，少年英雄，意氣風發。我有緣見過趙括展露才藝。他和別人談論兵法，一舌敵眾，言談不凡，所有對手都對他甘拜下風！」

「這館子裡，前幾天有個術士，說甚麼亡秦之人是姓趙的，又批了趙括的命，說他有英星入廟這種上上格的奇命，命剋秦軍，相反廉頗的命格就受制於秦……難怪秦軍一點也不怕廉頗。趙國人才濟濟，趙括就是人才中的人才！趙王怎麼還猶豫不決，不撤下老骨頭廉頗？」

每當我和韓非在外用膳，總是聽到趙人嘰哩呱啦談論趙括，煩得要命。韓非用雙手捂住耳朵，耳不聽爲淨。我笑著說：「我已將眾人的讚美之詞倒背如流，立時可爲趙括立傳。」如果眞的這樣做，說不定可以發財，趙括現在聲名大噪，如日中天，已是趙國人民的民魂英雄，聚訪在趙括宅外的未婚女人多如牛毛，冒名騙財的媒人氾濫成災。再這樣下去，趙國就要建廟，來讓民眾瞻仰這位託世的天將——人人好像都已忘記，這個叫趙括的小廝從未上過戰場。

荀子有時上朝議事會帶我同去，連我也不知爲甚麼，就成了他的得意弟子。有人問過荀子對趙括的評價，荀子引用自己的名言回答：「青取之於藍而青於藍。」這是不得罪人的說法。我看，荀子也看不清趙括這個人，眾人皆醉他亦醉。

年輕的趙孝成王繼承了趙惠文王的王位，這位少主與趙括可謂惺惺相惜，兩顆年少氣盛的心相遇，都急於在世人面前證明自己。趙孝成王識英雄重英雄，獨排眾臣的異議，一意孤行，任命趙括披甲上前線，取代廉頗。有人反對，趙王惱羞成怒，居然在眾臣面前信誓旦旦：「誰反對，就拉出去斬首示眾！如果我錯了，我就砍頭！」

在我身邊，只有韓非是清醒的，他早看出整件事很不對勁，趙括成名得太快——天曉得是不是秦國的間諜混入人群，到處散布謠言？朝中又有多少大臣收了秦國的賄賂，在趙王耳邊讒言禍國？

那一次之後，我終於明白人言可畏，操縱了輿論，就是操縱了人的思想。戰前，間諜都要做好情報工作。我們這種當間諜的人，可以是逆轉大局的無名英雄，也可能只是毫無作爲的小人物。

其實，很早有人洞悉秦國間諜的把戲。我曾和一個同僚密談，據他打探回來的情報，聞說有人僞造了一封趙奢的遺書（這個聰明人很可能是趙奢的舊部）。趙括之母發現了遺書，就上書趙王，出面阻攔自己的兒子帶兵上陣。趙老太太是識大體之人，又確實記得丈夫生前說過：「兵乃死地，那可是人命耶！趙括把用兵說得像玩遊戲一樣，罔顧兵士的生死，這種人絕對不能帶兵。」母親上來貶謫兒子，本來很有說服力，但凡說之難，在於君心難測。如果趙王接納了這瘋婦的意見，自己的面子往哪裡放？豈不是承認本王毫無識人之見？

病危在床的藺相如也看出了端倪，奮筆疾書，反對重用趙括。可是，趙王只以爲藺相如老糊塗了，在幫他的刎頸之交廉頗求情，結果沒有重視這一番忠言。

長平故關，石壁長城，由丹朱嶺至馬鞍壑，兩側山勢綿延，只有中段的關口可通，乃南北往來的要衝。

數月來，廉頗據守故關，在百里石長城上布防，烽火連堡壘。這名身經百戰的老將披著百多斤的甲冑，持著研磨得發亮的長戟，仍然虎虎生威，氣不喘色不變，經常獨自站在城牆上，在半空五彩幡幟之下，遙望秦軍的方向，殷盼在有生之年與秦國最強的名將白起一決高下。

可是，趙括來了之後，就要他交出掌管軍權的帥印。

廉頗壯志未酬，就在一片黯然的夜色之中走下台階，神情落寞至極。

此事是我後來聽一個小兵說的，他當時剛好在長平駐守，有幸見識一代名將的威嚴。趙國傾盡國力出兵，後來只剩二百餘個小兵活著回來，此人竟是其中一個倖存者，眞是一條吉星高照的命。

趙人期望戰爭盡快完結，結果戰爭眞的極快完結。換上趙括不久，改守爲攻，不到半個月，就傳出趙軍被圍困的壞消息。

在兩軍爭持的重要時刻，秦昭王親臨戰場，爲秦軍增兵，發表慷慨激昂的演說：「秦不遺餘力矣，必且欲破趙軍！」另一邊廂，趙王在宮中尋歡作樂，曠廢隳墮，很多大臣見了，心中一定都在嘟噥：「你去死吧！」

再過四十六日，斷糧，趙括率兵突破失敗，全軍覆沒。白起坑殺降兵，還故意放生二百多人，讓他們回國散播恐懼。

趙王期望證明自己，結果證明了自己是個昏君。也多虧了趙括，我們才有「紙上談兵」這麼好用的成語。

我花了點小錢，灌醉了那活著回來的小兵，他忍不住透露：「哼！趙括是該死的！如果遵從廉頗大人的戰術，打消耗戰，秦軍必敗……趙括魯莽出攻，害死我很多兄弟！可是，眞正罪大惡極的人不是他……我們這些殘兵，回來稟告趙王的時候……你猜他怎麼說？他親自接見我們，面色很恐懼、很慌張……很後悔犯下了彌天大錯。然後，他目露凶光，問我們秦軍坑殺了多少人。眾人報了一個數目，趙王就說：『四十萬。』我們之中，有人出來糾正：『錯了。沒這麼多。』沒想到……趙王沉著臉，誣陷他訛傳軍信，就命人拉出去斬首。哈哈，我是活下來了，活得很內疚。以後有人問我坑殺之數，我也只會這樣回答——四十萬。」

一如趙王所料，噩耗震野，舉國號泣，人民爲秦軍坑殺的惡行暴怒，而沒將矛頭指向自己。至於那個砍頭的賭誓，下臣隻字不提，深恐趙王耍賴起來：「對啊！我說要砍頭，卻不是砍自己的頭……」那些直斥其非的下臣就會老命不保。

世人只知秦軍之罪，卻無視趙王之過。

如果眞的到過長平的遺址考察，便知當地山勢聳拔，地形險狹，絕對容不下幾萬人迂迴騰挪，遑論要坑殺四十萬人！試問究竟要挖多大的坑，才能掩埋四十萬人？荒山野嶺，往哪裡買鍬買鏟？有那種人力物力挖坑，何不動員攻陷趙國？

當時，趙國的人口只有二百萬上下，如果一半是女人，四分之一是老孺，男丁餘數是五十萬人左右。如果長平之戰死了四十五萬男人（戰死五萬，坑殺四十萬），那麼全國只剩下五萬男人，男女比例爲一比二十。家家戶戶爲了延續香火，豈不是每個男人要娶二十個老婆？

至於趙王報大了多少倍死亡人數，只有天曉得了。

悲夫……

以前，魏國有個大臣叫龐恭，辭行前，向魏王進言：「今一人言市有虎，王信之乎？」市內有虎出現這種事，魏王當然難以相信。龐恭又問：「兩人言市有虎，王信之乎？」這時候魏王開始猶豫了。龐恭追問：「三人言市有虎，王信之乎？」魏王終於耐不住了，回答說：「寡人信之。」故此三人成虎，人言可畏。

世人大都是愚昧的，容易受騙。尤其在這個時代，布衣黔首所知全憑口耳相傳，大眾對一個人的評價，往往來自謠言，而不是思考的結論。即使是識字的人，對前朝所知亦來自史冊，而史官奉王命記事，筆鋒一落，千古共傳，口述同一則歷史的人都變成了共犯。語言，文字，具有意想不到的破壞力。

相信韓非也看出來了，我憤世嫉俗，最痛恨諸侯貴族有錢人。

「偏偏是這種人，主宰國家的利益以及蒼生的命運。他們已擁有土地，幾代人用之不盡的財富，卻依然貪得無厭，使盡一切手段，來保住自己高高在上的貴位。他們沒有念及那些含血耕耘的人民，也不理會暴屍荒野的士兵，甚至連我也甘爲下奴，爲這種人賣命，眞可悲也！」

韓非的眸子裡有股深邃的悲哀，他放下了笛子，留心聽我講話。

從他的笛裡吹奏出來的樂聲，從來只有悲曲。

他的文章，就是倡導君臣鞏固權勢，舞弄法術來駕馭臣民。

「愛國心、憤怒和仇恨……在權術之下，只不過是一堆助長野心的薪火。既然如此，你爲甚麼要愛國？這樣的國家值得你愛嗎？」

韓非良久不語。

我知道，他心中沒有能說服我的答案。

16

就在長平之戰結束之後十年，我和韓非在歷史上失蹤。

無論在任何史書上，都找不到關於我倆在這十年間的記載。荀子也是突然一覺醒來，就發現不見了兩個徒弟，莫名其妙，滿腦子謎團。不過，他經常要思考人生哲理，也許早就將這樣的小事拋諸腦後。說不定其他弟子會以爲我和韓非有「龍陽之好」，一同「私奔」去了。

接下來我要說的，就是歷史完全沒有記載的事，都是我親身的經歷。

在此，再交代一下背景：秦軍在長平大勝之後，向東北進軍，在邯鄲城百里外的野地據守。其時，援兵未至，如果秦軍直攻邯鄲，趙國非亡國不可。可是，軍事史上最詭異的事情發生了，白起竟然收到秦王和范雎發出的神祕軍令——撤兵休整。秦軍一圍邯鄲，就圍了兩年多……聰明人應該已看出，秦王和范雎的最終目的不在滅趙。

那大約是發生在長平之戰結束後兩個月的事。

在邯鄲城中已嶄露嬰孩嬴政的影子，只是當時旁人尚不知這嬰孩將會成爲千古一帝秦始皇，也不知那伙人暗地裡進行的陰謀。

兵荒馬亂，但我和韓非依然留在邯鄲。

那是我整輩子艷遇最好的一年，城裡絕少年輕男子，我布衣葦帶，一副窮酸相，也有趙女向我獻媚……趙女之美，在七國中首屈一指。至於有沒有發生下文，我是不會告訴任何人的。

可是，如果韓非與我同行，我就頓時失威，女人只會撲向他那邊。

俊秀的韓非穿起寬襦大裳，頸圍長巾，翩然俊雅，一看便知是富家公子出身。古風開放，沿途趙女不顧儀態，就好像餓了半輩子男人一樣，動情的目光緊緊盯著韓非。有幾個嬌媚賣俏的姑娘，衣著頗爲光艷，疑是落難的閨秀，也過來聊天示好，臉不羞耳不紅地說：「爺啊！你要娶奴家回去當愛妾嗎？」連我也在旁看得色心大動。

但，韓非不爲所動，態若寒霜……

這個年紀可以牢守色戒，他眞是可以成仙了。

女人如此飢渴，如果以爲她們荒淫，你就是大錯特錯了。她們這麼做，只爲求一夕溫飽。邯鄲城中的百姓，都幾乎到了絕境，拿人骨當柴燒，交換孩子當飯吃……怪不得女人都想嫁有錢人，可以吃飽，又可以穿絲綢。我有次在街頭，看見幾個骨瘦如柴的男人，用棍硬生生敲死一個皮光肉嫩的稚女，那稚女只有十歲……我流下了眼淚。

韓非個子小，秀頸微骨，好像怕被吃掉一樣，出入都要我相陪。正如我之前說過，他會和我交朋友，或多或少，其實本著利用我的居心。

那年深秋，我常常看見韓非和一個奇怪的江湖術士往來，低聲私談。兩人說的話夾雜不少術語，對當時的我來說，只聽得一知半解。我只知道，那術士是個風水師。他長相齷齪，穿青衫戴涼笠，身上好像有股銅臭味，一見韓非，就露出見錢眼開的態度。

他將一卷帛書交給韓非，低聲說話：「大爺，我在城外西北二十里之地，找到你要求的風水寶地……眞是千山萬水，我遍尋龍脈山巒，才找到合乎你敘述的地形。秦軍在外，這可是賣命的勾當……那座山，狀如巨大的寶鼎籠蓋大地，確是難得一見的寶穴。到這個馬廄，找這人，就有兩匹我乘過的老馬。帛書上有路途的指示……謝謝大爺打賞，先人葬得好，世代昌榮，富貴綿綿！」

韓非給風水師的報酬相當豐厚，是一錠黃金……我在後面怔怔看著，良久說不出話。

待那人走後，我忍不住問：「你幹嘛騙他啊？幫先人找墓？你祖宗世世代代爲韓人，怎麼可能葬在趙國之地？我認識的韓非，可不是這麼迷信的人。」

韓非狡黠地笑了笑，沒有回答。

我對那個晚上的回憶很深刻，陪同韓非取馬，買了鍬鎬，弄到很晚才回邸舍。馬廄的車夫擐繫韁繩的時候，指著韓非的背影，悄悄對我說：「他好輕。這麼輕的男人，應該命不長。」此人直言無諱，我瞪了他一眼，一直很記得這番話。

翌日，發軔，我和韓非出城。

車馬轔轔，巍巍山峰，沿途行人幾乎絕跡。這也難怪，這時勢趙人不敢出城，不幸遇上盜匪或秦兵，下場必然九死一生。

韓非決定冒險，自是有不可告人的祕密。我懶得過問，只是默默爲他執轡駕車，車頭兩匹老馬，車上只有兩個人。

篷車單轅雙輪，咯吱咯喳在綠意盎然的林道裡快馳，迎面飛來幾片枯葉，秋天的陽光透林而入，孤光石上流，凋影路盡頭。

韓非需要幫手，故請我同行，更允諾如果事成，會有豐厚的酬勞，一夜暴富，世世乘車食肉。在他眼中，我應該是個很想飛黃騰達的人，天天想著如何發財。我沒多想，就答應了他，不僅是單單受不住利誘，同時出自一顆好奇之心。

我很想知道韓非的祕密。

至於那番爲先人找墓地的鬼話，我是寧死也不會相信的，當然，這個想法只放在心裡，不會當面拆穿他的謊言。

韓非坐在左席，手裡拿著那風水師寫的竹簡，按圖索驥，向我指示路徑。

我瞥見韓非手上還拿著一個奇怪的銅盞，盞裡有條鐵葉，形同小魚，置入水盞，無論馬車面向何方，浮在水上的葉尖都指向同一個方向，令我嘖嘖稱奇。不過，我都是盯著太陽來判斷方向，曾到過那裡的老馬亦知道該怎麼走。

如此走了大半天，約二十里路，來到一處山麓。

遠方有座山嵐瀰漫的高山，察其形，似乎就是韓非要找的奇山。這樣的山形也許獨一無二，但山腳這一帶有何特別，我可看不出來。眺望過去，在這平坦開闊的高嶺之上，都是一堆忽隱忽現的丘陵。偶有幾隻斑紋奇怪的蝴蝶，亦不足驚奇。我感到毫無頭緒，只依著韓非的指示繼續走。

又過一會，在河曲之處，韓非叫我歇馬，眼中有欣慰之意，透露了他的心聲：「就是這裡！」

我倆下車，將馬拴縛在水泉旁吃草，倚樹而坐，靜待白天逝盡。

時近黃昏，霞光火紅，在金黃色的斜暉下，野草和花瓣變得像生鏽的銅器，然後日暮消失在群嵐的後方，蟲聲唧唧，墨影由淺趨濃，像烙在大地上的刺青。

依這時間看來，我和韓非來不及回城，要在野外露宿一晚。

韓非依然是老樣子，無論我問甚麼，他都裝聾作啞，含含糊糊語焉不詳。

我知道，他在等待，就是不知在等甚麼。

頭上的葉子在陰空下閃閃爍爍，葉子之上有星光。

烏雲曀霾，夜色黝冥，月光流過了雲漢。

在這樣的時刻，韓非的目光竟然神采飛揚起來。

韓非沒說話，逕自站了起來，打著火把。他向我打了個眼色，然後由我提著皮袋，緊隨在後。鍬鎬在車上，皮袋裡只裝著挑刀、油罐，一個銅燈盞，還有一些我未見過的奇怪器具。

顯然而見，韓非在做一件隱祕的事，但我就是想不通：他爲甚麼要等到晚上才行動？四周荒野一覽無遺，人跡罕至，根本不必鬼鬼祟祟等到晚上，在日間行動不是更好嗎？

有很多事情，都是韓非後來才告訴我的。韓非當時所做之事，原來就是風水師擅長的祕術——**尋龍點**穴。

我後來知道，韓非所用的祕法，名爲「古傳天心十字定穴眞法」。《韓非子·有度》中，曾述及一件名爲「司南」的儀器，青銅方盤，中心是個光滑如鏡的圓面，外刻之字是子、寅、卯、申、辰、酉……即是十二地支。在夜黑寂靜的丘陵之上，韓非就拿著這樣的東西，有時看著星空沉思，有時察看「司南」上指示的方位，一步一步沿著嶺坡來回走動。

天星成象，地理成龍。

在一高壟之地，韓非斂步而立，仰首注目滿天的星斗，月光在他黯淡的眸子裡變成了寒光。

——原來等到晚上，乃爲了觀星定位。

天上的星星密密熒熒，縱然在平常人眼中大同小異，但在天文學者或占星師的眼中，每顆亮星都有獨特非凡的意義。

我跟在韓非身後，漸漸看出了端倪，腦中冒出一個可怕的想法。

「你……你不是在找風水寶地……你是在找墓地？」

韓非神態異常凝重，臉上微有興奮之色，聽見我的問話，自知無法再瞞下去，便輕輕點頭答應，目光復又回到上方的星空。

點穴必須準確無誤，不得有半點馬虎，不能偏高偏低或歪左歪右。我曾聽風水師說過：「若差毫釐，謬諸千里，非但無福蔭祐，更且釀禍立至，骨骸不安子孫寒！」聽完這樣的話，子孫莫敢不從，豈可不厚葬先人？

只要遵循風水之法下葬，貴族的墓穴亦即有跡可尋。

倒行逆施，點穴法便是尋墓之法。

橫龍、直龍、騎龍、迴龍、臥龍、死龍、隱龍……橫琴、玉几、眠弓、倒笏、按劍、席帽、娥眉……這些玄之又玄的術語，彷彿只有風水師才能解讀，但說穿了，只不過是描述山脈地勢的暗號或者比喻。

我不知道韓非的線索從何而來，但他博學，精通此道，並出錢請風水師助其察山川河嶽，尋找他要求的地形。那風水師顯然不明就裡，只知道要保密。當韓非來到這裡，觀天文，運用心法，步罡踏斗，遂而在這片廣闊的嶺麓之上，找到準確的位置。

堪爲天道，整片星宿就像是一張藏寶圖。

可是，只有極少數人能看懂。

韓非愈走愈慢，終於在一片草坪上停步，氣未喘定，就已經蹲了下來。在手把的火花中，他好像發現了甚麼驚人的事物，「咿啞」一聲叫了出來。

我趨近一看，那是一個洞，只容一人穿過，黯黯如井口，直通地底深處。

「這是甚麼？」

「盜、洞……」

韓非結結巴巴地說話，有違平時，他是眞的感到驚訝，目光中盪漾著困惑的異采。

下方，是一個大墓，由這規格看來，此墓不同凡響，應屬顯赫非凡之人。

我湊近韓非，幾乎要碰到他的鼻尖，大聲喝問：「這是誰人之墓？」

韓非雙眼直勾勾地看了我一會，吁一口氣，然後挪開目光，直視著盜洞裡那黑不見底的深處。

然後，他才一字一頓道：「趙、惠、文、土。」

17

大漠蒼蒼山月小，趙王墓枕青山老。

當「趙惠文王」四字由韓非的口中溜出來，我驚訝得說不出話，亦很清楚，我們現在做的是亡命的勾當，等同與趙國全國人民為敵。挖人家的墓已是傷天害理的惡行，現在挖的還是前任趙王的墓，絕對是十惡不赦的重罪。

庶民死，叫「墓」。

天子死，稱「陵」。

韓非會挑這時候下手，就是乘著趙國處於亡國的邊緣，無力再顧王陵的看守。有些星星，秋冬才會出現，再者打探消息費了不少時日，所以韓非在邯鄲一直等到現在，就是為了發掘趙惠文王的王陵。

「你是不是……喪心病狂？為甚麼要做這種事？」

我肯定，韓非盜墓一定不是為了求財。

卻見韓非悶聲不響，垂頭盯著地上那個盜洞，一副苦思的模樣。只有那盜洞打下的位置是泥土，四周俱是石頭。漫山遍野黃草及膝，這裡遠離民家和主道，若非有意探勘，根本不會發現這樣的一個小洞。

我蹲了下來，伸手摸進黑洞裡，發覺垂直的洞口左右各有踏足點，容人交替踩踏，應是故意挖成，像一道向下的階梯。既然已有盜洞，也就是說，有人比我們捷足先登，打通了進入墓室的盜洞，而且手法相當高超。

「有人曾來？」

跟我一樣，韓非正在思索這問題的答案。

不一會，韓非有所行動，竟下決心要下去看一看。只見他從皮袋裡掏出銅燈盞，灌油進去，用火把點火，接著將燈盞擱在洞旁。他冷冷盯了我一眼，指著我手上的火把，示意弄熄它。然後他二話不說就鑽身入洞，先進了下半身，再小心翼翼拎著燈盞，動作不是很俐落，笨手笨腳，一看就知不是箇中高手。

我在心裡琢磨：「說甚麼一夜暴富，世世乘車食肉……原來就是盜墓。貴為一國之君，趙惠文王的陪葬物豈止萬貫？盜王宮，也沒這麼多好東西，盜有錢人的墓，卻可成就子孫三代的富貴。唉！有錢人貪戀人世，將財寶帶進土裡，結果不就是惹人犯罪，死後哪來安寧？」

我該跟著韓非下去嗎？這問題我沒想多久，就有了決定。不幹白不幹，反正都已經來了，命賤的人都比較大膽。我捻熄了火把，心想總要帶著武器防身，從皮袋裡取了挑刀，便伸腿踏進了盜洞，跟著韓非爬到下方。

還好我和韓非身材瘦削，不難通過地洞。洞道也不算深，沿壁攀下，交替踏了十多步，鞋底就碰著實實在在的地底。

韓非提著燈，前前後後照來照去，四周上下都是烏黑潮濕的石磚，而洞口的下方堆滿泥巴和碎礫，氣氛陰鬱得令人窒息。

不用韓非解釋，我也知道現在身處在地下的墓道。

這種陵墓，也不是甚麼迷宮，只有一條直路，斜斜通向下方。墓中隧道全用方石砌成，燈盞在這裡失去了原有的光亮，目光所視只有兩步之遙，韓非小心護著燈火，唯恐透壁而入的涼氣滅了那點紅焰。

我和韓非屈身進入墓道，在黑暗中摸著牆，一點一點往裡頭蹭。走了十多步，便在一團黃光與黑影的相交點，看見一對鏤刻花紋石門扉，頂上彩繪朱色雲紱圖案。

那石門微開了一半。

單憑這一點，已可證明有人來過。

韓非透過門隙窺看裡面的動靜，我也盯了一眼，黑色的縫隙裡悄寂無聲。韓非和我互望一眼，確定無礙，便緩緩貼身竄入門縫。

石門之後，竟是一片開闊的中室，中室左右各有一門。

雖然韓非應是第一次幹這種事，但他好像很熟悉王室地墓的結構，舉燈照向右側的門，低聲道：「東、耳、室。」同時，左手在半空中指劃，指著左側的石門，又嚷道：「西、耳、室。」

以我所知，耳室通常存放陪葬物，或者會有殉葬的牲畜或人。我聽過這樣的傳言，秦穆公死時舉行人殉，要身邊的活人陪葬，毒死了妻妾妃嬪，殺害三位大臣，百餘屍首縱橫相藉，也不知他們是否真的可以在冥府團圓。

我細心留意韓非的表情。看來他對兩邊的耳室不感興趣，就算不怕鬼，如果看見一堆白骨或者未腐化的爛肉，也不是甚麼美事。韓非只盯著正前方的石門，如果我沒猜錯，門後就是墓陵的主室。陽宅講究坐北朝南，想不到陰宅也是一樣，主墓室向北，除了墓主的封棺，亦會窖藏最貴重的陪葬品。

韓非欲走，但走不了幾步，我就攔了在他的面前。

「你有何所圖？」

到了這地步，我哪裡還按捺得住？就算不問個徹底，也要弄清楚韓非的目的。在這靜得可怕的密封空間，只有我和韓非兩人的喘息聲，不知是否精神緊繃，他的胸口起伏很大，白皙的臉上毫無表情。

直到昏黃的火光晃了三晃，他倔強的目光終於軟化，對我釋出了善意。

「我只取一物。其他全歸你。」

韓非的話聲緩慢而婉轉，字句含糊，竟是一種我未聽過的怪聲。我怔了一怔，曾疑懼有鬼上了他的身，可是眼前的他神態如常，並無異狀。

「只取一物？你要的是甚麼東西？」

「一塊黑石。」

我呆若木雞。韓非無暇顧我，徑直走到石門前，擱下燈盞，俯身推門，但他不夠力，我便過去幫忙。沒想到這石門比第一道石門厚得多，每次合力使勁，石門軋軋微動，只能推出寸許。

「由種種跡象看來，此墓已有人盜過，值錢的寶物早就一件不剩，席捲而空，難道不是嗎？」

韓非繼續用那種奇怪的聲音，來回答我的疑問：

「盜亦有道。一般盜墓賊不會盡拿所有財寶。一般的盜墓賊，也未必會拿走我想要的石頭。」

合我倆之力，終於推開石門，眼前登時一亮。

墓室爲方形，邊長約十公尺，上覆方頂，矍然高廣，中置一個彩漆雲紋的木棺槨，四側堆滿陪葬品。一眼看去，最矚目的是和眞馬一樣大小的青銅馬，一雙雙青眼在黑暗中閃爍著磷芒。有馬，當然有策車的人，數十個泥俑栩栩如生，僕男婢女角巾素服。絹織品完好如新，陶具、樂器、酒罇和漆鼎不計其數，用竹篋籠著，塵封不動。朝石室的內壁望去，擱滿了竹簡木牘等物，重疊積累，縱橫雜列，藏書浩瀚，至少百卷以上。

這裡就是趙惠文王的墓室。

一進來，我就罵了句髒話，活人買不起的東西，死人的墓裡琳琅滿目。

目光沿著石壁掃過，仍見一些閃著金屬光澤的東西，但在微弱的火光下，無法立刻辨別是銅抑或是金。我心情激動，期望韓非的預告成眞，會在這裡找到值錢的寶物。至今還沒動手，我已想著如何將寶物變賣，發一筆財，貪念蓋過了一切恐懼。

就在我胡思亂想的時候，韓非倏地雙膝蹲下，燈盞擱一邊，雙手伏地朝趙王的棺槨拜了一拜。

古人盜墓，不爲求財，就是爲了洩憤。我起初還揣測，韓非會不會和趙王有甚麼血海深仇，所以才來挖他的墓，鞭屍報復……現下看著韓非的舉止，便知這番想法不對。

我感到愈來愈好奇：「韓非真的只是進來找一塊石頭？那究竟是一塊怎樣的石頭？」

韓非站了起來，開始動手，沿著壁下那堆陪葬品摸索。我緊隨在他身側，不由自主瞥了趙王的棺槨一眼。今年是趙孝成王七年，也就是說趙惠文王是在七年前死的。槨就是套住棺木的外框，相隔七年，趙惠文王的殘軀應該保存完好，就是不知之前的盜墓賊進來，有沒有侵犯亡王的安魂。

金盞金勺、寶劍寶鼎、琉璃珠、玉器……我屏神斂息，目光貼著地面，已發現不少想要的東西。

突然，腦後出現了奇怪的咯咯聲，就像石頭磨擦的聲響。

韓非本來只是木無表情，現在卻面色蒼白。

「動、了。」

低沉陰惻的話聲在密室裡繞迴。

「發生甚麼事？」

我的目光隨著韓非的手指看過去。

那棺槨的頂蓋真的動了。

18

在死氣瀰漫的地底墓室之中，疑神疑鬼，一點風吹草動也足以驚魂。

可是，絕對不是幻覺，我和韓非親眼看見，那棺槨的頂蓋霍地動了一下。

屍變。

這是刹那浮現在我腦海的念頭。

誰也不曉得那片黑暗的空間裡，躲藏著甚麼鬼怪；又或者趙王的殘軀回魂，化成厲鬼，跳出來向冒犯他的盜墓者索命……

如果有人跟我一樣親歷其境，他也一定動彈不得，怵然爲之變容，腦裡只充滿一堆可怕的念頭……就在我和韓非大駭之際，忽有一團黑影由棺槨後方躍出，披頭散髮，展露四肢，芒履黑衣，逕直向著掀開的石門直奔。

我張皇失措，圓睜著眼，無法理解發生了甚麼事。

「那是活人！」

韓非在我背後推了一推，我還未弄個明白，已一股腦兒朝外直追，穿石門，過中室，甚麼也看不見，那黑衣人早已在絕對的漆黑中消失得無影無蹤。眼前沒有一點光源，我摸黑衝向外面的石門，雙膝撞牆，痛得哇哇大叫，才發現石門緊閉，已被人在外面拴上，雙手竭力向前推也推不動。

回想剛剛發生的事，大不尋常，我只感到茫然費解：「陵墓是死人之地，怎會有人躲在這裡？莫非剛剛那人就是先來一步的盜墓賊？」

我呆望著紋絲不動的石門，背後突然出現呼吸聲，回身一瞥，就是韓非。他全身映著燈火的紅光，衣履一片通紅，面色極爲難看。

「他是甚麼人？」

「不、知。」

問了也是白問，韓非也料不到會有這種怪事，跟我一樣感到困惑。我認識他快兩年，還是第一次見他露出這種沮喪無助的表情。

我們再嘗試推開外面的石門，根本推不動，堵死了。我拍門踹門，弄得自己手腳發疼，那門仍是牢不可破。我和韓非到東、西耳室走了一趟，發覺都是絕路，陵墓頂部是封死的夯土。唯一的活路是那道石門。受困在此，沒人來救的話，我倆就會成爲和趙王同墓的枕邊人了，我亦相信趙王不想享受這種「齊人之福」。

我跟著韓非回到主墓室，在棺槨的後方，發現一袋乾糧、一囊水和油罐，還有吹熄的燈盞。韓非善於觀察和推敲，他盯著對方遺留的東西，漸漸就對那人的身分有了頭緒。

「他不是盜墓賊。」

「何以見得？」

韓非指著乾糧和水囊，我便會意過來。假如我是盜墓賊，抱著速進速退的心態，不會帶這種東西進來，更不會兩手空空離去。由此推想下去，內外兩道石門都有古怪。那人匿藏在墓室裡，聽到石門掀開，便察覺有人進來，又乘著我們驚慌之際衝出去。當他到了外面的石門，那石門只掀開一條小隙，只要他一推，很容易就會閉上。只要善用地形，整個地下陵墓頓成一個巨大的陷阱，就像捕獸籠一樣，困住入侵者。

「如此看來，他是守陵人？」

對於我這番見解，韓非只是搖了搖頭，然後壓著聲音說：「守陵人……絕不會走進墓室。」

「不是來盜墓的，又不是守陵的，那會是甚麼人？」

韓非用幽祕的眼神盯著我，緩緩道：「跟我……懷著相同目的……的人。現在……不是解釋的時候……事急……我需要你幫忙。」

這個韓非，果然有很多事瞞著我。我看著地上的糧食，心想困在這裡也許還能撐上幾天，但事後才知道這想法是過分天眞，當時的處境原來非常危急。如果不是韓非的判斷正確，我一定活不過那個晚上。

「你要我怎麼幫忙？」

「幫忙找一塊黑色的石頭。這是唯一活命的希望。」

韓非叮囑，厲言正色。

石頭、石頭……到底是甚麼奇石，值得韓非和其他人不惜一切，幹著這種盜墓的勾當？

墓室的陵墓品多不勝數，如果逐件逐件細看，只怕等到燈油燃盡，也未必找得到韓非所說的石頭。才找了一會，韓非就焦急起來，一頓足，低聲自怨自艾：「一定不在這麼顯眼的地方！」毫無解釋，他就停止在那堆陪葬品上搜索，轉而在墓室裡走來走去，竟沒片刻停歇，看得我不明所以。

我的腦袋可靈光得很。這時我也看出一點端倪，剛剛那身分不明的怪人，應該也是爲了那塊黑石而來。不過，既然他會留在這裡，也就是說他仍未找到黑石。我忽又想到，主墓室的石門比外面的石門厚重兩倍，憑一人之力難以關上。恐怕對方有同伙，他們一定會回來，圍困這裡……我愈想，愈覺得處境岌岌可危。

韓非在墓室裡躑躅，毫無新發現，時間也過了很久，燭光愈來愈弱，呼吸亦漸漸變得困難。我們唯一未察看的地方，只剩下趙王的棺木。

到了這地步，我和韓非也不在乎任何禁忌，合力將棺槨頂蓋推到地上，又用力掀開內棺木蓋。在木蓋訇然一聲落地之際，我倆也看到了，棺中的趙王高冠博袍，屍體死去數年依然豐肉嫩膚，可是不幸遇盜之後，原來瞑目安詳的面容如今變成淡綠色，唇破顎裂，從嘴裡不斷滲出反光的腐液，沾濕袍服，發出令人作嘔欲暈的惡臭。

「水、銀。」

韓非惜字如金，只說了兩字，那些從趙王嘴裡流出來的腐液就是水銀。我也聽過，有錢人入殮，屍身灌水銀，三十年不腐。可是，看著眼前這具死屍的慘狀，我就知道盜墓賊懷疑屍口藏寶，便連死人也不肯放過，摳開死人的嘴巴。當燈光照到屍首肚腹的位置，卻見一截血腸從袍上剖開的口子裡散出，看得我心驚肉跳，可憐堂堂一代趙王，因爲厚葬而引狼入室，也眞是咎由自取。

棺裡一片狼藉，卒不忍睹，我也不想多看。可是，韓非卻目不轉睛，極爲專心地細察棺裡的一切。我很快發現，他的著眼點不在趙王的屍首，而在棺材的結構。韓非好像發現了不得了的事，臉上是掩不住的驚喜之色，「啊喲」一聲喊了出來，聲音中充滿了天眞的愉悅。

我問是甚麼事，韓非就說，這副內棺太淺了，尺寸頗爲奇怪，這個高度的內棺，根本不會用這麼高的外槨。我心想，正常人才不會在意這樣的細節，但韓非注意到了，證明他的觀察力超乎常人，令我佩服不已。

接著韓非和我開始在外槨上摸索。

那外槨的造工相當細緻，四面都是雕畫，作用就和墓誌銘一樣，記載了墓主生平經歷的大事。我湊近臉去看，聞到一陣幽香，便知是上等木材。我後來知道，這種木材叫金絲楠木，乃天下極品，百蟲不侵，一斤的價值比一斤黃金還要貴，單是將外槨上的木雕畫拆下來變賣，已可賺到一世衣食無憂的財富（而我肯定會有不法之徒做出這樣的事，所以日後考古學者發掘趙王陵，只會找到一具剝皮掉殼的破棺槨）。

我不太熟悉趙國歷史，從那些木雕畫之中，只看出最有名的故事——完璧歸趙。

趙惠文王生前得楚和氏璧，秦昭王聞之，使人遺趙王書，願以十五城來交換和氏璧。但世上豈有這等便宜的事？趙國認爲秦昭王存心欺詐，便派藺相如帶璧出使秦國。藺相如眼見秦王無意割讓城邑，便持璧近柱而立，恐嚇秦王，欲與玉石俱碎。秦王妥協，並答應齋戒五日，來迎接這塊有「天下所共傳寶」美喻的和氏璧。藺相如趁這期間偷偷出城，懷璧潛逃回趙國，可想而知，秦昭王野心受阻，當年必定勃然大怒。

畫中所繪，其一是趙惠文王得璧時的情景，設九賓於廷，眾多文臣武將拱立。

韓非一直盯著這幀畫，盯了很久，喃喃自語：「怪哉怪哉……」

我也看出來了，這幀紀念得璧的雕畫，畫上竟沒有最重要的和氏璧！

韓非的目光裡有了異樣的光采，他在雕畫上摸索，好像觸動了甚麼機關，棺槨裡竟發出了金屬物的撞擊聲，然後向橫一推，那雕畫分成上下兩截，下側的木板竟可移動，沿槨邊凸出。當下側的畫板移到某位置，人身重新拼合，竟與上側的畫板構成一張新圖——趙王的手上竟多了一塊稜角發光的璧玉！

造出這副棺槨的工匠巧奪天工，移開下側嵌板之後，亦同時露出一片不施漆繪的方板，方板上有握環，竟是一個抽屜暗格。

我看得瞠目結舌。

暗格裡，有個金漆錦盒。

將眞正的寶物隱藏在寶物裡——這是極高明的心理陷阱。盜墓者在亢奮的心情下搜掠，一打開趙王棺木，看見五光十色的寶物，滿心歡喜，自以爲大功告成，就不會再察看細節……殊不知眞正價值連城的祕寶卻在棺底。

蹬蹬蹬。

石門後出現了腳步聲，聲音愈來愈近。

韓非趕快將錦盒藏在身上，然後撿起地上的燈盞，遠遠照向石門。

有個人影在紅光裡出現。

紅光由這個人的下身照上去，方口翹尖履，腰繫白緞帶，黑色的緇衣，尖腮邪眼，白髮飛揚，單看容顏卻不像個老人，年過四十不惑，未近六十花甲。

這個人的臉上，有一絲詭祕的笑容，全身散發著一股妖氣。

19

眼前此人，白髮黑衣，眼圈很深，有股笑裡藏刀的敵意。他目光凜凜，有如冰面上的冽霜，提著燭光熾盛的銅燈，透過虛茫一片的光芒直視我和韓非。

他一言不發，全神貫注凝望著我和韓非的臉。墓室，形成了對峙的局面。

「你是誰？」

我低聲呢喃，無法掩飾心中的恐懼。

「范、睢。」

此話不是出自眼前的白髮男人之口，而是來自我的身旁。我斜眼睨著韓非，他說話時嘴巴竟沒張開，聲音卻像由腹部發出，又是那種怪裡怪氣的話聲。老實說，我聽得一臉惘然。當時韓非未向我透露他的身世和任何往事，所以我不識范睢這個人，不知韓非喊的是對方的名字。人如其名，范睢身穿寬袖的黑衣，兩袖在半空振晃輕揚，看起來真的就像睢這種禍鳥的翅膀，一對黑色的翅膀。

范睢聽罷韓非的話，微微感到驚奇，然後嚷道：「這位公子，文光射斗，能用點穴法尋到這裡，又一眼看出我的身分，本事可不小呢！我見過這麼多人，若要我列舉十大奇才，你一定是其中之一。」

韓非嗤之以鼻，反諷道：「想不到高高在上的秦國丞相會親自過來，來這種鬼地方。范大人料事如神，四個月之內，秦大勝趙，都是你的功勞。不愧是間諜之王，你的反間計已成，將會名留千古。只有昔日的孫子上陣，才有本事當你的對手吧？」

即使我一無所知，也聽得出來，這兩人正在言語上較量，互相試探對方的底蘊。范睢外貌陰沉，聲音卻凌厲宏亮，口齒伶俐，有股不怒而威的莊嚴。但眞正令我驚訝的不是他的出現，而是韓非的異常。韓非平日口吃，這時說「腹語」，聲音雖由腹部發出，但句句一氣呵成，毫無窒礙，好像變了另一個人。

我心中的驚愕已非筆墨所能形容，無法搭腔，只有旁聽的份兒。

范睢冷眼瞪著韓非的臉，又瞟著我緊握的挑刀，靠著石門，也不敢越雷池一步。彼此之間相距十步，如果我上前偷襲，唯恐范睢會竄入門縫溜出去。石門後有窸窸窣窣的腳步聲，可見來者數眾，范睢的人布下天羅地網，一一駐守在中室和墓道。

范睢面朝韓非，審問一般的語氣：

「邯鄲的間諜向我密報，城裡有人在打探趙王陵的事。我就曉得，有人懷著跟我一樣的意圖。我眞幸運，終於困住兩隻兔崽子了。」

「你這麼做，就是說你找不到要找的東西。」

「嘿。」

范雎雙眼亮了一亮，然後繼續盤問：

「我欲奪之物是何物？」

「秦國不惜一切攻打趙國，又不欲滅趙，放棄吞併趙國土地的大好時機……志不在地，志在趙惠文王的墓，乃爲了和氏璧而來！」

和氏璧，又稱爲「卞和之玉」的至寶。

「和氏之璧，井裡之厥也，玉人琢之，爲天下寶。」

我第一次知道和氏璧的故事，就是在老師荀子的文章裡讀到的。荀子見過和氏璧。如此說來，韓非繞道到楚國，借拜師求學的藉口，就是爲了追尋和打探和氏璧的下落。

在那一刻，我只感到難以相信，兩國大動干戈，傷亡枕藉，怎麼可能只是爲了一塊璧玉？想到此處，我忍不住瞥了韓非的左袖一眼，隱約可見袖子鼓起一物，就是不久前從棺槨暗格裡取出來的錦盒。

范雎眼也不眨，看著韓非。

「精彩。普天之下，居然有人能洞悉我們的陰謀。你果然知道和氏璧的祕密……當年我不在秦國，讓藺相如這狡猾的小人帶玉逃脫。嘿，我早就勸過秦王，用十五座城來換和氏璧，其實絕對值得！那次失之交臂，可惜也，強奪不成，只好等趙惠文王死了，再來挖他的墓。」

「只要做得夠隱祕，得玉之後，你們全身而退，世人從此不知和氏璧已入秦國。此計甚是高明。」

「一塊玉有這麼大的價值，你不覺得很奇怪嗎？借問公子，和氏璧爲甚麼有這麼大的價值？」

「因爲和氏璧是一本書。」

范雎齜牙而笑。古時，牙齒皓白整齊的人少有，所以這個人的皓齒格外引人注目，深不可測的笑容有股蠱惑人心的魔力。

「你果然知道……公子所言甚是。和氏璧是一本書，藏著天地間最奧祕的眞理。千金百裘、采邑碧城、罕世珍寶……這些東西的價值都是有限，總有一天化爲塵土。只有知識，才是眞正無價之寶。」

一塊玉就是一塊玉，怎可能是書？難道在玉上刻字嗎？如果只是文字，爲甚麼不可抄寫轉傳，非要得到這塊玉不可？這些都是我當時無法解答的疑問。就在這次遭遇之後，我和這塊璧玉結下了不解之緣。一切撲朔迷離的疑問，在我接下來的人生都有了合理的解釋。

范雎凝視著韓非的臉，又注目在我的臉上，接著道：

「智慧是先天的，知識是後天的。才能是天生的，而『術』就是學習得來的力量。我的嗜好是蒐集祕術。爲了得到祕術，我不知已拷問和殺死多少人……你們可能覺得很荒謬，但既然有人爲權爲財殺人，爲何不可爲了知識而殺人？」

韓非忽然打岔，說起不相干的事：

「你懂『相人之術』。」

我第一次聽到「相人之術」，大惑不解。

范睢卻睥睨著韓非，一副佔了上風的模樣。

「對，我很會看相。只憑一眼，我就可以看出一個人天生的才能。一個人的命運，亦會反映在他的面相上。我一看你，就看出你是個聰明絕頂的奇才，萬中無一的天才。可是，你本人應該明白，你是永遠不會受重用的人才……可惜，可惜，眞是太可惜了！」

范睢連說三聲「可惜」。

他剛剛那番話有弦外之音，說中了韓非的痛處，令韓非面色驟變，噤聲不語。

「在相學上，男和女的面相看法有所不同……腹語術不是用腹部發聲的，這只是一種口技，眞正發聲的地方是聲帶和舌頭。公子，你裝聾作啞，又在我面前用腹語術，到底是不是在隱瞞甚麼？」

一瞬間，范睢話鋒一轉，揭穿對手的祕密：

「韓非……不對，這不是你本名。你的本名是——」

范睢頓了一頓，逼視著韓非，才緩緩說下去：

「韓阿房。」

我愕然地看著韓非，而他——**她**正在緊緊咬著下唇。

20

我擱下先入爲主的偏見，定眼一看，韓非在燭火中映紅的面龐，瞳眸流盼，果然就是一張清秀的女性俏臉。

這一年來我不是沒懷疑過韓非的性別，但她眞的掩飾得很好。韓非根本沒口吃的毛病，這樣說話只是怕露餡。她少與其他人說話。我由始至今將她看作男人，未曾查驗下身，所以才一直受騙。

後世的人常常有所誤解，以爲「韓非子」是一個人，其實「韓非子」只是一個書名。自秦以後，歷代王朝治國理念都只是儒法兩家之爭。韓非身爲法家的代表人物，在諸子百家中嶄露鋒芒，卻不收一徒，亦無「子」的尊稱，箇中原因昭然若揭——只是久而久之，不再有人深究，從沒想過韓非極有可能是女兒身。有人說，女人心如蛇蠍，比男人更精於揣摩人性，也許正是這番緣故，韓非才寫出一篇篇辛辣峻峭的文章。

我們是如何判別男女的？看著一個嬰兒的容顏，很難說出嬰兒的性別。除了生理上的性徵，就是看一個人的衣著和毛髮。古時男女皆蓄長髮，冬夏皆穿長衣，故此女扮男裝並非難事。看過陝西出土的兵馬俑，我們不難發現，領巾是這時代極爲尋常的衣物配件，只要好好遮蔽喉結，韓非的喬裝便毫無破綻。

范睢不只看出韓非的性別，還說出她的姓名。

韓非身分敗露，卻顯得非常冷靜，目光如冰，不再裝神弄鬼，用眞正的聲音說話：

「你調查過我？」

這是女聲。我怔怔地聽著，呆呆地瞪著韓非。她的聲音嚶嚶清脆，一番話說得巧舌如簧。

「女人始終是女人，有婦人之仁。如果妳不是爲尉繚立碑，我也不會懷疑到妳的頭上。尉繚是叛徒。他很精明，揭發了我的祕密。他只以爲我心胸狹窄，一定想不透何以招來殺人滅口之禍——我要殺他，是因爲他盜走了我的祕術。我親自挖他的墳，撿拾遺物，循著線索追查，更派人潛入韓府。可是，妳出走之後，我的人就不知妳何去何蹤。原來妳喬裝成男子，難怪我一直找不到妳。」

「你今天逮著我，只是巧合？」

「眞的算妳倒楣，自尋死路。有些星星在這幾天才出現，幸好我算得比妳快，先來一步，不然一定無法引妳上當。既然妳我一樣衝著和氏璧而來，當然會在這裡遇上，只不過，我沒想過在邯鄲打探趙王陵的人就是妳。」

「哦，原來如此。你千辛萬苦下來，找不到和氏璧，便差遣下人留守此地……守株待兔。噫，我一時鬼迷心竅，心急進來，這次眞是活該！」

「守株待兔是個笨方法，但對妳這種聰明人來說，聰明反被聰明誤，嘿嘿！」

由於我和韓非在麓嶺等了半天，也不見有任何人蹤，便不曾懷疑陵墓裡有人……哪裡想到會有人帶著糧食駐守墓室！原來范睢爲人老練，工於心計，帶下屬進來之前，還搜查過歇在樹下的馬車，讀了那風水師寫給韓非的帛書，所以一進來，便道出了韓非的身分。

知道太多祕密的人都須死，范雎一定不會讓我倆活著出去。

忽聞「砰」地一聲，一個打開的錦盒墜落地上，韓非竟在這時亮出底牌，對著范雎說：「雖然我晚來一步，但我找到你要找的東西。」一見，她手上果然掏著一塊黝暗無光的神祕黑石！

我實在無法想像，天下至寶和氏璧竟是這樣子，通體黑透，大巧不工，乍看下，眞的只像一塊平平無奇的怪石。奇就奇在璧玉有違一般人的常識，竟然不是圓形或環形，七稜八角，玉上亦不見有任何雕文和符畫。

范雎悻然瞪著韓非，啐道：「我有眼無珠。還以爲和氏璧不在趙惠文王的墓室，想不到眞是看漏眼。妳想怎樣？」

韓非道：「藺相如昔日對秦王怎樣，我便對你怎樣。」

言下之意，就是用和氏璧要脅范雎，不然就來個玉石俱焚，人亡玉亡。

「如果讓妳帶著和氏璧出去，反正也得不到，我爲甚麼不在這裡殺了妳？我只要關上門，妳就會餓死。」

「我餓死之前，砸碎璧玉，一塊塊吞進肚裡。」

「嘿。我們就試試看吧。」

范雎打算將我們關上幾天，等到我們精疲力竭再來談判。可是，就在他半個上身退出墓室之前，韓非卻叫住了他。

「且慢。我知道你會『面相殺人之術』。」

范雎驀地不動。

「我知道你的詭計，你看了我們兩人的面相，然後一出去，就會用你的祕術來殺人吧？我是不會讓你得逞的。」

「如果我單看面相就可殺人，我放了妳出去，妳亦難逃一死。」

「我不怕死。我知道，你的祕術有時間限制，我至少有七天可活。你相信你的部下嗎？難道你不怕他們知道你的祕密？你讓他們留守這裡，我會想盡辦法，披露你的祕密。」

聽完韓非的話，范雎踏前兩步，站回本來的位置。這位神祕的丞相為了守住祕術的眞相，不惜殺人滅口，可見他把祕術看得比生命更重。韓非急於證明已揭開祕術之謎，只有這樣做，才可令范雎心存顧忌，帶來重新談判的機會。

「嘿。尉繚曾是我最優秀的部下，一反目，他就是我的心腹大患……他果然洩露了我的事。」

「尉繚從你暗室取走的祕術，名為『星曜面相之術』。除了教人解讀面相，亦可透過一個人的面相，來推斷一個人的出生時辰。只要有了出生時辰，你就可以施法。」

這樣的事簡直匪夷所思。我曾聽說出生時的星相決定人的一生，也就是說，星曜在天上的位置影響個人的命運。有種叫「陰陽師」的奇人，只要運用太極陰陽五行的高深學問，就可以憑著個人的出生時辰，來計算其時天上的星曜組合和排列。可是，這時代的人欠缺準確的計時系統，所以難以記下精確的出生時辰。差之毫釐，謬諸千里，這道理在論命上亦然。

所以說，如果有陰陽師能發明一種祕術，可從一個人的面相來反推出生時辰，以相斷命，這將是劃時代的一大突破。

韓非徐徐道：「你的殺人祕術應該是一種蠱毒。只要有仇人的頭髮、指甲……總之是身體的一部分，就可以施術。你選拔間諜的時候，應已收集了所有諜員的頭髮。在馬車裡，你亦可找到我的頭髮。以我所知，只要在仇人出生的時辰餵蠱，給它吃仇人的頭髮，蠱就會吐絲成繭，七天之後破繭而出，變成飛蟲，就會追殺仇人，死纏不休……毒發、腫脹、內臟出血……這些都是中了蠱毒的亡徵。范大人，我說的對不對？」

范睢衷心讚歎：「精彩絕倫。公子上知天文，下知地理，單憑那麼少的線索，抽絲剝繭，竟可推想出這一切，我眞是心悅誠服、五體投地……只可惜，妳是我的敵人。」

韓非卻道：「你才是世外高人！異想天開！將兩種不同的祕術結合，從而創出嶄新的祕術。」

這兩人你一言我一語，勾心鬥角，在性命攸關的衝突中對陣，互相稱讚對方的奇術和智慧，竟有惺惺相惜之態。范睢因爲遇見了同道中人，喚起了好勝心，才忍不住跟韓非針鋒相對。蠱術，面相之術，皆見於古籍，可是施術之法是祕中之祕。蠱術加上面相之術，就是絕對強大的黑巫術。

當時的我只是個旁觀者，卻彷彿已被兩人扯進「術」的世界。

范睢放下手中的燈盞，整個墓室恰似日暮沉沒一樣，光芒如熊熊烈火由地面烘照上來。然後我乾瞪著眼，看著他伸手摸了摸腰帶，取出一個精緻的小銀盒。

「這銀盒裡的東西，就是『蠱』。」

他不疾不徐地說。

21

蠱，殺人的蠱。

不知范雎在弄甚麼玄虛，他朝我走近，面無畏色，立在我的刀尖之前。這時我只要瞄準他胸口一刺，他即死無疑。可是，我很清楚，單是殺了他，還是無法脫出困境，唯有留住他的命，才有談判的餘地。

「妳相信這位友人嗎？」

范雎指著我說，問得相當突兀。我和韓非大眼瞪小眼，丈二金剛摸不著頭腦。韓非問：「信又如何？不信又如何？」

「如果妳相信他的話，我們的交易就可以成立。」

范雎一說完，就蹲下身子，貼著地面將銀盒推出，滑到我的腳邊。我撿起銀盒，交給韓非，她疑心有詐，沒有立刻打開，滿臉疑惑，靜待范雎的解釋。

「銀盒裡的蠱是眞是假，妳明察秋毫，一眼便可看出吧？沒有任何東西比自己的命更重要，但妳的命對我來說不值一文。殺了妳，毀掉和氏璧，對雙方都沒有好處。我知道，妳冒死尋求和氏璧都是爲了保住自己的國家吧？我可以上書秦王，請秦王立誓書，以易和氏璧，只要秦王和我一天未死，都不會出兵攻韓，確保韓存。」

以和氏璧來換取韓國的和平，確是兩全其美的博奕。

韓非聽了，微微動容。

范睢眼神幽深，與我對望，問起我的名字。我只告訴他我姓李，心中惶惑不安，關切地瞧了韓非一眼。今晚受韓非連累，惹出殺身之禍，也不知她會不會念及我，答應范睢提出的交易。

「我將妳關在這裡，由這位李兄弟出去，帶著和氏璧及我的親書去見秦王。當年秦王見過和氏璧，可辨眞僞。李兄弟等秦王允諾，才交出和氏璧。我會在書簡裡寫得明明白白，叫秦王回書一封，我一見回書，便即放人。」

范睢心思縝密，早已設想我倆的顧慮，便指著韓非手上的銀盒，隨即又道：「當然，你們懷疑我會背約，到時殺人不放人，這也無可厚非。爲了釋慮，我想到一個方法。除了妳手上的銀盒，我還有另一個銀盒，各含一蠱。要是我沒料錯，妳讀了我的『星曜面相之術』，一定反覆試驗，結果萬試萬靈，對不對？妳如今瞧著我的臉，應可算出我的出生時辰。我們互給對方一根頭髮，各自施法做蠱。蠱成繭之後，混在一起，就分不出哪是你的，哪是我的。李兄弟出去的時候，就將蠱繭藏在一個只有他知道的地方。」

聽到這裡，韓非和我亦恍然大悟。

依照范睢的做法，只有我知道蠱繭的所在，除非我和韓非眞的脫險，否則我一定不會解除蠱毒之咒。七天之後，范睢也會陪著死。兩蠱同放一盒，由於無法分辨哪隻蠱是殺范睢的，要放蠱的話，就要一起放，連韓非也殺，因此范睢得以自保。

破蠱之法很簡單，就是不要打開銀盒，一直密封，將蠱繭埋在地下三尺的深土。蠱的生命力極強，在盒裡不會死去，卻也不能飛出去。范雎已瞧見韓非的臉，要殺她很容易。蠱毒發作，必有徵兆，要是韓非感到身體有異，只要在死前託命，找人掘開深藏銀盒的封土，一開銀盒放蠱，就可以向范雎索命。

「我這種蠱，是天下最毒之蠱，製蠱之法極爲耗時，百隻毒蠱在同一皿裡互相噬食、殘殺，最後死剩的便是此蠱的蠱母。蠱是小得看不見的飛蟲，水淹不死，火燒不死，籠也罩不住，一旦破繭而飛，便再無其他破法。」

范雎說得厲言正色，令人不得不信。

韓非想了一想，質疑道：「秦王言而無信，你我同歸於盡，也無補於事。」

「總好過秦王得不到和氏璧，大怒之下，即滅韓。」

「我怎知蠱術會不會失靈？」

「我可以抓一個人回來，讓妳試試殺他。現在，妳已別無選擇。」

在這樣的談判，范雎完全佔著上風。其實他說的大有道理，我們爲了活命，眞的已別無他法。哪怕和氏璧眞的價值連城，我也不能帶著它共赴黃泉。再者，和氏璧看來那麼硬，也不知能否眞的摔碎，范雎要不是不容有失，也不會開出這種條件。這期間，范雎寸步不離墓室，韓非考慮了一會，苦臉顰眉，嘆息一聲，便答應了范雎的交易。

我們三人仍然共處一室。范雎和韓非在彼此監視之下，用對方的頭髮來餵飼蠱的幼蟲。蠱一吃了頭髮，過不多時，就會結繭，我親眼看見，始知世上有如此奇妙的祕術。范雎在寅時出生，韓非在辰時出生，所以我們一直在墓室裡靜待。等到兩繭成形，范雎置於同一個銀盒，搖了搖，就由我帶著那銀盒離開墓室。

臨行前，我看了韓非一眼，她向我淡淡一笑，眼如秋水，似有話要說，但在范雎監聽之下不便說話。她始終沒有對我解釋一切，也欠我一聲道歉。

在清晨的日光下，范雎和一眾部下與我保持著一段距離，撤出陵墓，退到一邊。范雎叫人備馬，讓我自行上馬策騎。原來范雎等人全都僞裝成獵戶，掩人耳目，在林野間行動。在我換回秦王的文書回來之前，范雎會一直派人把守，囚禁陵墓裡的韓非。

我乘馬奔馳，身在叢林，確定無人察覺，便在一株參天大樹上摸索，找到一個小洞，放入蓋子敞開的銀盒，再以葉片遮蔽。

七天，這是期限，假如我來不及回來破除蠱咒，韓非和范雎就會一命嗚呼。

相信聰明人也想到了，范雎的計畫有個大前提，就是韓非必須信任我。如果我李斯是個賣友求榮的小人，帶著和氏璧潛逃，就只有我成爲最大的得益者。和氏璧出自楚國，失落已久，只要我向楚王獻玉，楚王一定重重有賞，賜官封爵，福祿無疆。

人性本惡。

這是鐵一般的事實，即使是醜惡的靈魂，也可以閃出美麗的光輝。

我內心沒有經過太大的掙扎，就做出了少數人會做的抉擇，哪怕是賠上自己的性命，也要拯救韓非。我在貧苦之中長大，當然明白富貴的機會一生難求，但我始終深信，世上有些東西比財富地位——甚至比生命——更加寶貴。

那時，我有一顆年輕飛躍的心。

我義無反顧，不分晝夜趕路，帶著蓋上相印的公文，越過趙秦的邊界，一路上暢通無阻。馬不停蹄，過了一個驛站，又過了一個驛站，換了兩次馬，不用三天，就到達了秦國的首都咸陽。

到了秦國，入咸陽宮，我竟獲秦王親自接見，拜為上賓。楚人趙人都說秦昭王是個惡名昭彰的暴君，但這名老者對我的尊重，令我畢生難忘。在秦昭王的眼中，韓這種小國只是螻蟻，是存是亡無關痛癢。秦昭王簽書立誓，往後在他的有生之年，眞的沒有出兵伐韓。

我沒有久留，手執秦王的親筆書簡，六天之後，回到那片落日如紅的麓嶺。

趙王陵外，守著兩人，我託一人傳話。然後他燔煙為燧，縷縷烽煙上飄，等不多時，范雎就騎著黑馬在我面前出現。

范雎笑著打量著我，又是那種詭異古怪的笑容。我衣衫襤褸，一身骯髒，也不知有甚麼值得他好看的。他忽然感言道：「一死一生，乃知交情。一貧一富，乃知交態。許多人在年輕的時候，以為自己朋友眾多，四海之內皆兄弟，當他們年屆不惑，才發現莫逆之友，屈指數不出一個。」

一打開墓室的門，只見奄奄一息的韓非躺臥地上。

她在潮濕陰涼的墓室感染了風寒，害了一場大病。

「愚不可及！你爲甚麼回來？」

一看見我，韓非竟露出駭異之色，繼而怒目睜眉，可是身子虛弱，站不起來，不能掄起拳頭來揍我。我愣在當地，千辛萬苦趕回來，沒想過會受到韓非的責難。

原來韓非早有捨身成仁之心，暗裡賭一把，就是賭我不會回來，不會爲她這個萍水相逢的人犯險。只有這樣做，和氏璧才不會落入秦國。可是，我的所作所爲違反理性，破壞了韓非的大計。

若比智力，韓非和范雎不分軒輊，但說到做人的歷練，閱人眼光之準，韓非就遠遠不及范雎。

「嘿。妳是眞的看不出，還是假的看不出？天下熙熙，皆爲利來！天下攘攘，皆爲利往！妳沒錯，世人爲利而生，人是理性的，賣友求榮是人之常情。可是，我比妳看得更透——這傻子愛上妳了，男女之情就是最不理性的。」

乍聞此言，我只感到尷尬難當，一直醞釀在心中的感情，連我也沒有察覺，卻被范雎這局外人一語點破。

范雎瞧著韓非，又瞧著我，笑曰：「眞有趣。這小子是甚麼之才，妳會面相之術，相信也看出來了——百官朝拱，文星拱命，他是從政的人才，成就無可限量。」然後走近我，好像看透了將來一樣，許諾道：「李斯。我會記住你的名字。如果你想大有所成，來秦國找我，報上你的名字，我必厚待和重用。」

最後，他仰天長笑，拂袖而去，只留下我和韓非。

22

年少的我根本不明白，爲甚麼會對一個人一往情深，繾綣不能自拔，甚至看得比生命更重。後來，終於有個天才靈魂學家解答了我的疑問。這個天才深感人世間的疾苦，然後在菩提樹下禪定得道，頓悟了靈魂的祕密——因緣。佛陀這一尊稱，本來並無宗教意識，只是解作「徹悟宇宙、人生眞相者」。

人類最不合邏輯的情慾，就是愛情，但假如你能計算兩個靈魂之間的引力，我敢保證一切皆有理可尋，正如化學家可以寫出準確無誤的公式。這也解釋了某種人特別容易愛上一種人，我們又爲甚麼會一見鍾情，有些人很醜，卻很有異性緣……甚至可以解釋，我們爲甚麼喜歡某作者的書，爲甚麼喜歡某歌手的歌聲，因爲文字是心靈的煉粹，歌聲就是魂魄的吶喊。

我在那株做了記號的參天神木挖了個很深的坑，埋掉了藏著蠱毒的銀盒。范雎一諾千金，只要我們不披露他的祕密，以他尊貴的身分，也犯不著跟我們同歸於盡。

由墓室出來之後，韓非久病不癒，瘦得只剩下骨頭一樣。她的喉頭腫脹，說話吃力，變成眞的啞巴。由那時開始，她的聽力就變得很差，要專心看著別人的嘴唇，才能好好對話。

她在床上那悲憐的身影，我總是無法忘懷。日以繼夜，我守在病榻旁。她澄明的眼睛變成一潭死水，由於長期臥病在床，骨頭咯咯作響，脆弱得好像會折斷一樣。好幾個晚上，我以爲她活不過了，一邊抹走她額上的冷汗，一邊抽抽噎噎地抹淚。

有一晚深夜，她突然說：「我快要死了。」

我說：「不要胡說。」

她聲音沙啞，央求道：「我死了，請葬我在韓。」看見我傷心惋惜的樣子，她安慰道：「我本來就是個死了的人，我著書，只是為人生尋找一點意義。然後，我偶然知道了和氏璧的祕密，就希望為國家做一點事……」

我問：「妳不想活著回韓，見自己的親人嗎？」

她淒然道：「那是一個牢籠。我離家出走，成為自由的鳥兒，根本不想回去……我死了，他們也不會為我傷心難過。」

我怕她失去求生的意志，便說：「我呢？妳的命可是我救的。我這輩子沒甚麼朋友，就只有妳跟我談得來。過去兩年，我就像妳的小僕從一樣，天天混在一起。伯牙鼓琴，鍾子期聽之……不管妳是男是女，跟妳在一起，我就覺得快樂，早上醒來，最期待跟妳見面，都會期待做甚麼好玩的事。為了妳，我連命都可以不要了，難道妳就不可以好好活下去嗎？」

我知道，韓非和我親近，可能是利用我，可能是打發時間，可能是賞識我的才華……她不相信人性的光輝，不想和任何人有深厚的感情。當她看見最尊敬的哥哥醜惡的一面，心就死了，哥哥不殺她，只因她是女兒身。

古也好，今也好，只要是人，都會有哭笑的情感。韓非怔怔地看了我好一會，萬萬料不到我會有這樣的痴情，爲她傷心難過。

那晚，韓非沉沉睡去，鼻息像在草叢裡匍伏的小蛇，悄悄若有若無，一不留神，就會失去了蹤影——她後來告訴我，她怕作噩夢，由八歲開始，一直害怕睡覺，但那晚她作了一個美夢。

翌日一醒來，我枕著床邊，卻不見韓非在床上，回頭一看，竟發現她好起來了，正繞著雙腿坐在窗邊讀書。韓非懂得笑了，會想吃東西，就是不會死了。她的眼睛回復往日的清澈動人，面色蒼白，卻帶著淘氣，鬼頭鬼腦看著我。

「我忽然想起，我還有要解開的謎團，還不能死。你看這是甚麼？」

「這是帛書……上面寫著：某日趙王賞和氏璧，驚現怪象，以爲是神的默示，故託微臣，將『辟』……不，這裡有污垢，應該是個『璧』字吧？將『璧』上的原文抄寫下來……咦！這帛書妳是如何得來的？」

原來韓非困在墓室六天，覺得苦悶，便翻趙王陪葬的書物來看。在那堆書物之中，韓非就發現了這卷特別的帛書。想必是宮中的人不知底蘊，就將趙惠文王生前的藏書捆在一起，糊裡糊塗搬進墓室。那帛書上所載之文，除了卷首一段，餘下皆是一些常人讀不懂的奇怪文字，約四千字，極爲神祕。

不容分說，整篇怪文來自和氏璧。韓非和我琢磨了半月，以我倆的才智，還是無法解讀一個字。韓非有幾分失落，又有幾分欣喜地說：「雖然秦國得到和氏璧，但倘若他們讀不懂這些怪文，也是得物而無所用。」

我好奇不已：「這些文字所含的知識，究竟有多大的價値，値得世人你爭我奪？」

韓非嘆道：「我也不知道。也許，是前所未有的祕術，只要明白它的含意，就可以得到巨大的力量……斯，我需要你幫忙，跟我一起鑽研這些怪文。一定要比秦國的智者快……首先，我們要弄懂，這是哪一國的文字。」

韓非脫去了羅衣綾錦，換上樸素的民女服飾。

我從趙王陵那裡抓了一堆珠飾出來，託人變賣，有了錢，所以生活不成難題。

趙王陵遭竊一事，紙包不住火，趙國王室震怒之下，徹查此事，那中間的商人被處以酷刑，死前招供，我亦因此成爲趙楚韓三國的通緝犯。

整整七年，我和韓非隱姓埋名，結廬同居。

我曾打趣問：「我們這樣算不算結爲連理？」

她有點賭氣地說：「不算。」

我問：「爲甚麼？」

她躊躇了片刻，坦言：「我已有婚約。」

我詫然道：「誰？我一定要從他手上搶妳回來。」

她緘默了半晌，才沉聲道：「他是韓國的太子，下任的韓王。」

聽了這番話，我出神了很久，默默祈求這種隱居的日子不要結束，就算日子不富，也暗盼她會爲我留下。

那是一段年輕而美好的時光。

我們的廬屋在一座百花盛開的山崗。

人的一生有如春夏秋冬，按照生老病死的必然軌跡，周而復始，往生不息。生與老之間，我們生兒育女，看著另一段新生的生老病死，世代枯榮，禍福無常，人類就是這樣繁衍下去的。

我們不畏生，卻懼死。

因爲我們害怕失去，擁有就是一種負擔。

「任何東西死了，腐朽了，即使化爲塵埃，也不是眞的消失……有些東西會以死亡這方式重生……」

韓非觀察入微，在觀察中發現天地的眞理，總是令我驚歎。她發現把鳥屍葬在果樹下，翌年，那果樹會開得特別茂盛。韓非是屬於那時代的人，卻擁有超越時代的智慧，對任何事都要刨根問底，愛和我爭論。如果她活在現世，應該會成爲很偉大的科學家。

林田日落，夏桐花開。

如此過了第四年，我們在解讀怪文的過程中苦無進展，儼如一座絕巖聳立在眼前，磨破了手皮，也抓不到可以攀登的第一點。

我們四處尋訪學者，和偏遠民族的人打交道，可是誰也沒見過那些鬼文字。

後來我們終於明瞭，這種怪文可能不屬於世上任何一國，是無人會懂的死文字。

我早就失去了恆心，不了了之，只有韓非鍥而不捨。

直到有一天，韓非靈感忽至，提出了突破性的見解：「在整篇怪文中，我察覺了有個字最常重複出現，我猜這個字的字義，相等於我們的『是』……」她慢慢向我解釋，說得頭頭是道。

由那一天開始，我們改變了方法，由追尋怪文的根源，變成靠字驗來破譯那篇怪文。字驗，是破譯的技巧之一，絕對是易學難精的間諜術。

韓非和我的做法，和後世考古及語言學者破譯古文的方法如出一轍。考古學者辨別一種古老文字的眞僞，首先就是看看全文有沒有重複的字符。任何文字，只要是記錄思想的，都一定有理可循。無論翻開任何一篇文章，只要字數夠多，就一定會有重複的字，只要解開部分字的字義，其他字的字義亦會漸漸浮現。

當世兩大智者，即是我和韓非，決心要解讀祕籍上的文字。

說起來容易，做起來卻是艱鉅無比的苦差，經年累月，殫智竭力。幸好那些怪文和我們的文字系出同源，語法和用詞近似我擅長的楚文。破譯期間，我總是想起倉頡造字的傳說——倉頡是有四隻眼睛的神明，難怪有人說我們的文字是神傳文字。

那嚴冬，夜間好像特別短，完全晝夜顚倒著過，我和韓非聞道入迷，醉心在破解神祕文字的世界裡。

我們漸漸發現，那四千字原來只是和氏璧所載全文的一部分。

和氏璧蘊含之書，是一部稱爲《歸藏》的奇書。

古人言簡意賅，切中要害。

例如，現代人這樣寫：「甘蔗是甜的，瓜果是甜的，糕點是甜的……」免得囉嗦，古人就會這樣寫：「有糖，甜也。」直達本質。所以，單是寥寥四千字，已可表達博大精深的概念。富國強兵是治國的根本，兵書可以強兵，而這四千字所載的要訣，雖然未經實踐，但我深信只要賢君施行此術，必可富國，遂而建立強大的帝國。

字字琢磨，順理成章，本來一竅不通的怪文，全被譯成一部包羅治國之術的經書。

我和韓非爲這部書命名——

《帝王之術》。

成書的一刻，我倆站在通宵達旦的晨光之下，兩手互握，喜極同笑，有種心靈相通的感覺。

那是一段年輕而美好的時光，兩人一同追求學問的時光。

可是，正如夕陽一瞬即逝，有生必有亡，萬物皆有枯時，花無百日紅，都會有凋謝的一天……

23

當我沉湎在成功的喜悅而睡得香沉之際，韓非已帶著《帝王之術》的原書和譯文，登上馬車，不辭而別，到了一個我追不上的地方。

我是在寂夜醒來的。當我盯著空無旁人的睡床，內心好像掏空了一塊。直到我瞧見那堆焚化成燼的木牘，終於接受了事實，悲哀隨著清醒而來，無聲淚下。我呆站，直到天亮，聽見曉風吹過枯枝，打起嗚嗚的號子，淚就風乾了。

在空空的床上，曾有兩人的聲音：

「有了《帝王之術》，我跟妳回韓，就會得到韓王的重用吧？」

「只怕韓王未必會重用外人。」

「太可惜了！我們鑽研出來的法術，將來可以創造一個怎樣的國家，難道妳不期待嗎？」

當夜，韓非只是幽幽地低吟了一聲。要不是我興奮得過了頭，我就應該清楚，她有一顆熾烈的愛國心，寧死都不會轉投別國。

得到《帝王之術》這樣的祕術，無論是誰都會躍躍欲試。韓非比誰都清楚這祕術的巨大力量，遠勝諸子百家那些泛泛而談的學說，絕不能落入旁人之手。她比誰都更了解我，瞧出我不甘心一輩子歸隱，繼續這種窮困卑賤的生活，所以先下手爲強。當然，更有可能，她由始至終都只是利用我的感情。

在國家與個人之間，她毫不猶豫選擇了前者。

人在大時代之中載浮載沉，只不過是隨波逐流的孤舟，萬般皆是命，身不由己。

一把火，我燒掉了昔日的廬屋。

背著熊熊無情的烈火，我踩著破爛的草鞋，又再踏上孤獨的路。

當時的我近乎一無所有，身上最有價值的東西，就是一卷憑記憶寫下的《帝王之術》，殘缺不全，遠遠及不上韓非擁有的全文。

韓非選擇了她的路，我也選擇了自己的路。

眼前的路，是一條流血的仕途，無數人踏著骷髏前進，到最後也只是淪爲其中的孤魂。

我輾轉流浪了數年。

這幾年，我到過很多地方，民怨就像一段噩夢般的旋律，永無休止。

黎民唯一所求，就是戰亂休止，根本不在乎哪一國獨得天下。他們已有所覺悟，一個人要是有財有勢，就會無可避免地欺壓比他弱小的人，從而獲益更大，地位更加鞏固。這是人性，千古不變的人性。富人乘車，馬匹撞死你的子女，如果他願意賠償你，這是你的福氣，不是你的不幸。因爲在這樣的時代，權勢大大凌駕於法治之上。

戰火燒過的土地，戰馬踏遍的土地，都不宜耕作。饑荒之時，人民無物可吃，就拉不出糞便，沒有糞便，土地更加貧瘠，人民就更餓了。窮人交換孩子來吃，這可是我的親眼所見，並無誇張，史書亦有記載。有個孩子被宰前，對父母說：「可以先把我的腿砍下來，煮成肉羹，分我一口嗎？餓，很痛苦……」

在這醜惡的世界，根本容不下美麗的人性。只有徹底改變這個世界，才能喚醒美麗的人性。

數年之後，我赤著腳，越過了黃沙紛飛的大漠，才來到了秦國。先師荀子說過，秦國民風樸素，治之至也，果然並非虛言，途中飢寒交迫的時候，全靠秦國農民的救助，我才一路撐到咸陽的城門。

入城時，我三十三歲，衣衫殘破。城門的侍衛瞧著這樣的我，必然難以想像，他日我會以丞相的身分出城。

十多年前，荀子曾問過我：「你欲投誠何國？」我直言不諱：「六國皆弱，無可爲建功者。只有秦王欲吞天下，稱帝而治，故斯將西說秦王。」十多年後，我的見解依然沒有改變，亦念念不忘當年范雎說過的話。

可是，此一時非彼一時，我來到秦國，就聞說秦莊襄王駕崩的事。短短三年之間，連死兩任秦王，舉國都在一片哀慟的氣氛之中。

接著繼任的秦王是個十三歲的少年。

他姓嬴名政。

幼年登基不是奇事，奇就奇在三年前，在位的秦王仍是秦昭王，他是嬴政的曾祖父。

當今丞相是呂不韋。呂不韋的門客都知道，秦莊襄王（嬴異人）能登上王位，都是全靠呂不韋在幕後策畫。呂不韋由商人出身，但誰也無法仔細道出他發跡的經過，只知道他因「販賤賣貴」而「家累千金」。

在眾人眼中，嬴異人只是個沉溺酒色的沒落王族子弟，除了哄女人了得，根本一無是處，如果由這種人當國君，秦國一定走上亡國之路。任何王子都想成王，可惜他沒這個才幹，也未必有這樣的運氣。

只有呂不韋看得見異人的利用價值，他賭注極大，好像預知嬴異人一定會成功，傾盡一半以上的家財來幫助異人。

秦昭王時，繼任人是安國君，而安國君受了華陽夫人的煽惑，立了嬴異人為太子。在位五十五年的秦昭王高齡身故。

秦孝文王安國君順利繼位，經過隆重歡騰的登基儀式，過不了三天，突然駕崩，英年早逝。一切來得太快，快得就像有人買通了閻羅王來索命一樣。

舉國弔喪之後，嬴異人以太子的身分登上王位，呂不韋任相，趙姬為后，三人都得到了夢寐以求的一切。

三年後，秦莊襄王嬴異人神祕死去。嬴政登基。

由他即位的第一天起，開始修築自己的陵墓。

一個十三歲的小伙子，還沒有長高，就開始修築自己的陵墓……

我隱隱覺得有內情。

如果安國君和嬴異人長壽，嬴政可能一輩子也坐不上王位……

但兩人都巧合地卒逝。

這麼多巧合加在一起，實在很難令人盡信這是天意，這種巧合，我反而懷疑是人爲的巧合……

奉天承運——

帝王都會說，他們奉天命統理天下。

一切，就像冥冥之中自有天意。

一切，又像是人的所爲，有人在背後布局和擺弄。

一切——

都是「那些人」的陰謀。

當他們瞧著趙姬隆起的肚子，就決定好了未來，要讓腹裡未誕生的生命登上帝位。在他們眼中，趙姬這女人只不過是個容器，而其他人都是用完即棄的工具。

24

丞相范雎，早在八年前就病逝了。

初到秦國，我依靠無門，並無感到氣餒。之後我成爲呂不韋的舍人，因爲賢才出眾，深獲重用，然後經他引薦給嬴政……史書上如此記述，民間關於我的故事，大都不會偏離司馬遷的說法。

在我入秦不久，其實發生了一件祕事。

其時，正確來說，早在嬴政未誕生之時，那些神祕的方術之士已在布局，秦國的宮廷正醞釀著巨大的陰謀。那陰謀就像個呑噬一切的漩渦，儘管我只是碰到陰謀的邊緣，也無法掙脫，不得不捲入其中。

我只是安插在呂不韋身邊的棋子。

想出此計的人，就是尉繚。「尉」是官職的名稱。這時在秦國出現的尉繚，和韓非昔時認識的尉繚，只不過同樣叫「繚」，卻是兩個不同的人。

那個傍晚，星浮月朗，有一乘有篷的華麗駟馬車停在別院的門外。當時我剛剛成爲呂不韋的門客，住在較爲破舊的別院，連涼蓆也沒一張，躺在稻草上倒頭就睡。呂不韋幾乎不來這裡，所以當門外出現這種寶車，看門的人都感到詫異。車上只有一個男人，他身姿高大挺拔，穿著雲紋錦衣，束彩帶，但最引人注目的，卻是一雙鑲珠的玉履。這個人下車，就向門人傳言，說要找我。

我出來，乍見這個陌生人，心中驚現一陣疑惑。

此人竟然對我作揖，極爲恭敬地說：

「請跟我上車。我的主人要見你。」

「你的主人是誰？」

「請恕我不能透露。」

他一臉委婉，有難言之隱，半點也不像在故作神祕。我也不是疑神疑鬼的人，連下人都穿成這個樣子，主人一定身分顯赫，要害人，也輪不到我這種窮鬼。

沿途的人紛紛看過來，他們心裡一定都在奇怪，怎麼一個身穿錦衣的貴人，竟會和一個衣不兼彩的褐衣書生並肩坐車？那人爲我執轡駕車，這樣一來，反而顯得我是個被褐懷珠的大人物，旁人看我的目光又敬畏又好奇。

「主人要我出題考你，回答對了，他才讓你見他。」

我心想，這主人古怪得很，明明是他找我會面，如今又要我答題，才肯見我，眞是豈有此理！那人不等我回話，逕自說道：「昔日秦穆公強大，秦昭王強大，以故王之霸，始終無法東併六國，何也？」

「因爲諸侯尙眾，周室未衰，六國有共同理念，合縱對付秦國。」

「依你所見，何時才是滅六國的時機？」

「如今周室式微，六國的國君都是昏君，大臣都是一堆貪錢的小人，他們的人民長年飽受欺壓，一點也不愛國。如今，就是萬世難得的最好時機，不能再怠慢了。」

那人卻沒說話，我問他有沒有答對，他只是眨了眨眼，模稜兩可地答：「我也不知道答案。」

馬車竟然進宮，那人拿出一個符印，城闕的門衛就讓我們通過。我們要去的地方原來是宮苑。宮苑是一片龐大的園林，南至終南山坡底，北界渭河，宮、殿、池、台散布其中。聞說秦王會在苑裡狩獵，由此可見苑林規模之大。

在鬱鬱蔥蔥的密林盡頭，卻見一所莊嚴大氣的宅第，三層屋簷疊疊向上。

歇車之時，我朝半空看了看——

在明朗的月色之下，簷頭的瓦當好像是個蛇的圖案。

進宅，頭上是一堆縱橫交錯的榫卯和斗拱，眼觀前方，在兩排柱子的後方，架起一張帷幔，帷幔映出一團模糊的人影，一人坐在堂上。地上有張涼蓆，上壓獸形鎮石，顯然就是給我坐的。帶我來這裡的人，跪拜之後，便繞到帷幔後方，向他的主子說了一些話，我隱約聽出是我剛剛在車上的回答。

「李斯——你終於來秦國了——我等你很久了——」

隔著帷幔，只聽其聲，不見其貌。這是陌生的聲音，我肯定以前從未聽過，對方是我不熟悉的人。

但聽他的語氣，他好像認識我一樣。

「大人，你是誰？」

「我單名一個『繚』字……這名字是我父母取的，剛好和一個以前令我吃過苦頭的人同名……」

我愈聽，愈困惑。

廳堂只剩我和帷幔後那人。

「秦未滅六國之因，你的見解沒錯，可是，還差一點。時機未到，是因爲我們在等待，等待眞命天子登基。一個國家的命運，全繫在國君的身上，君運即是國運。秦穆公、秦昭王……歷代秦王，大才槃槃，可是，他們都沒有足以吞併六國的強大運氣。」

帷幔後那人語語動人，字字驚心，可是，他的聲音充滿稚氣。

我一聞言，腦中掠過一個十三歲的少年身影——我未見過秦王，只知剛登基的秦王嬴政是個十三歲的少年。

「舉凡眞正的帝王降世，必有帝王的星象在天上出現……應該說，適逢帝王之星出現而誕生的人，他就擁有最強的運氣。」

「當今秦王就是眞命天子？」

帷幔後那人只發出「嘿」地一聲，諱莫如深。明明是完全陌生的聲音，卻令我有種熟悉的感覺。我開始思索對方與我見面的用意，但始終想不出個所以然來。

緘默持續了一會，我按捺不住問：「敢問大人是我認識的人嗎？」

「十年前。趙王陵。和氏璧。你認不出我嗎？」

我爲之驚愕，同時暗叫：「你……你是范雎？你還未死？」

密室中，彷彿有一股邪惡而神祕的氣息。

然後，從燈光透視的影子可見，帷幔後的人站起來，很矮，不及我身高一半。

那人緩步而出。

我全然無法相信眼前所見。

「范睢……尉繚……都只不過是一個稱謂。我這個人，超出三界之外，不在五行之中，本來不屬這世上……你問我是誰，用你們的語言，我也不知如何回答。我有一個名字，比較廣為人知——鬼谷子。」

在我眼前說話的人，竟是個孩童！

肉體不一樣，靈魂是一樣的——

他是個八歲的孩童，卻擁有不知幾百歲的智慧。

他也是擁有蛇形圖騰符印的人之一。

「我早就知道，你一定會來找我的。命運是一輛車，萬事皆備，就只欠一個車輪，而你就是我們的車輪。一輛車，要有兩個車輪才能驅動。命運已選定你成為我的繼承人。我的門派名為——**術數．紫微**！」

25

嬴政在十三歲登基，是爲秦王政元年。

當年，尉繚只有八歲。

到了秦王政十二年，嬴政二十五歲，尉繚亦成爲一個魁梧的青年。

這十二年間，宮廷鬥爭不斷，太后趙姬的老姘頭嫪毐有心篡位叛變，呂不韋的勢力如日中天，即使嬴政身在王座，他每天都在戰戰兢兢之中度過。當時，我已是嬴政身邊的人，和尉繚一左一右，成爲他的左右手。

進朝百官之中，只有尉繚不以眞面目示人，戴著兜帽頭罩，身穿甲冑，全身灰沉沉，陰陽怪氣的。他是嬴政身邊最得力的左右手，所以才獲准以這樣的奇裝異服入宮。

尉繚總是料事如神，一副無所不知的模樣。初次見面，他就能說出對方的隱私。預測未來數日的天氣，對他來說只是雕蟲小技。別人就算再感到疑惑，也漸漸懾服在這種神奇的力量之下。

軍事。兵法。計謀。

尉繚全部精通，而且深不可測，眞正瞭解實情的人都知道，秦軍戰無不勝，除了是一眾猛將的功勞，也是因爲他在幕後策劃。大將軍王翦跟我說過：「尉繚是我的恩師，他送我的兵書……不下於《孫子兵法》。我連他的一半也學不到，已無敵於天下。」

他對我來說，亦是恩師，教懂我從政的手法，還有外交上靈活高明的手段，包括陰陽學的祕術……只有很少人會直呼他的眞名「鬼谷子」（我有時叫他「鬼谷尉繚」）。嬴政對他又敬又畏，曾坦言：「幸好他是我這一邊的人。」

以我所知，鬼谷子是那些方術之士的一員，擁有相同的蛇形圖騰符印。這群術士暗地扶助秦王，同時在進行一連串的陰謀，他們精通一些超越凡人想像的祕術。

紫微斗數。

這是他們最強大的祕術之一，憑著一個人出生的時辰，就可以列出他出生時的星盤。而從一個人的星盤排列組合，又可以預料他的運數，準確描述他的外貌和奇能。所謂「相人之術」，其實就是以紫微斗數爲基礎而成的衍生祕術。一百零八顆星曜，各有含意，其特定的組合方式，稱之爲「格局」。紫微星爲諸星之首，即是北斗七星中的主星北極星，故曰紫微斗數。

後世有人偶然得悟部分口訣，另尋蹊徑，開創出另一套紫微斗數……可是，斷章節錄始終比不上全書，鬼谷子授我的祕學，堪稱是完美終極的版本，從未在外人面前曝光。

「運氣是可以計算的。」

鬼谷子已是我的半個師父，他一心栽培我成爲秦國未來的丞相。

通悟算術之後，我嘗試算一算嬴政的運氣值，結果得出一個很奇妙的答案。當時我正與鬼谷子在月亭乘涼，他提起樹枝，在沙上畫了一個我未見過的符號。那符號左右兩環交錯，看來像個從中扭曲的繩圈。

「這是甚麼意思？」

「這個符號是『無限大』的意思。無限大是一股終極的力量。有些星空奇象，萬年才出現一次……這個星盤之主，擁有最強的運氣。」

足以呑併六國的強大運氣——

原來就是這個意思。

儘管一個人的運氣再好，也不見得他是幸福的……我一直伴在君側，看著嬴政長大，如同他的兄長。他個性沉穩，很會斂藏感情，疑心病極重。他暴戾，但廣納大臣的意見，卻有一次下令連殺二十七位大臣，只不過因爲他們爲嬴政的生母趙姬說話。嬴政從不相信任何女人，認爲女人都是萬惡的根源，在中國歷史上，他是唯一不立皇后的皇帝。

他最大的興趣，就是讀書——我見過這麼多君王，只有秦始皇酷愛讀書。

有一次，我看見嬴政對數卷書愛不釋手，讀完又讀，更發出由衷的感歎：「嗟呼！寡人得見此人與之遊，死不恨矣！」

我一閱其文，書名是《孤憤》和《五蠹》。

著者是韓非。

過去二十年，我在秦國成家立業，再無韓非的音信。這二十年，她好像消失了一樣。但透過間諜密報，我還是知道，她以韓非的名義，不斷上書韓王，可是她的意見始終不獲重用。

我的官愈做愈大，一來是借助《帝王之術》帶來的啓蒙，二來是從韓非身上學到的智慧。昔日和她同處，我實在得益不少，到了學以致用之時，我的智力和才幹已遠遠凌駕在凡人之上。我不由感嘆，韓非比我強，如果韓王不是昏君，讓韓非大展所長，說不定可以傾覆我們的全盤大計。

智者，在人民中只佔極少數，這少數往往會被埋沒。

「舉世皆濁我獨清，眾人皆醉我獨醒。」

這就是我的同鄉，楚人屈原臨終時的遺言。

韓非生為韓國貴族的一員，和祖國有著割捨不斷的血緣，空懷絕學，卻不能擇主而事，這是她最大的悲哀……韓非比誰都更清楚，韓王不會重用女流之輩。她也許可以迷惑韓王，在睡帳裡掌政，可是像她這種倔強的女人，不會矯揉造作，又不再年輕，絕難得到韓王的歡心。

自古，女人的命運都是掌握在男人手裡，她們身不由己。

即使是韓非，也不能改變這樣的宿命。

我這輩子做了很多事，有些是對的，有些是錯的，人生總有遺憾。而我這輩子最後悔的一件憾事，就是在嬴政面前，說起我和韓非之間的往事。

嬴政沉思半晌，面上現出顧忌之色，便道：「韓非本身就是一本書，就算此人不肯對我效忠，也絕不可讓這本書落入別國的手中。」

傾國傾城的往往是女人。史書記載，嬴政知道了韓非的事，迅即發動一場伐韓的戰爭（急攻韓），戰爭的唯一目的就是索取韓非。好沒來由禍從天降，韓王誠惶誠恐，很想交人，可是根本不知韓非的行蹤。大軍壓境，全國上下都在找一個人，在此之前讀書人只閱其書，而不知韓非是何人。不管如何，我們這一著相當成功，這個奇怪的消息傳遍世間之後，一個身穿書生裝束的人終於出現在王宮，報上韓非的名諱，懇求韓王讓他出使秦國（韓王始不用非，及急，乃遣非使秦）。

秦王政十四年，滅六國的戰爭進入倒數階段。

還有三年，百萬銳兵就會浩浩蕩蕩走出城門，那些鑠鑠發光的銅劍必定會砍得鈍鏽，彩甲亦會染滿敵血而歸，戎驅踏過之處，都會歸入秦的疆界。這一年，韓阿房以韓非的身分乘車進入秦國，車上還載著嬴政夢寐以求的《帝王之術》全書。有了這本書，我們就可以解讀和氏璧上的祕文。

玉簾後，是故人的臉龐。

我不知她懷著甚麼目的，但她心裡一定瞭然，只要跨入咸陽宮門檻，就永無活著離開的一天。

二十年後，我和韓非在秦國朝廷重逢了，年紀已近五旬，歲月都在彼此的臉上留痕，我和她都不再年輕，白髮像種子一樣，一旦在頭上出現，就會愈來愈多。我默默看著她，雖然她老了，眼角有皺紋，但她的眼睛依然一如當初，烏黑黑，骨碌碌——就是這雙美麗的眸子，曾經迷惑了我。

她耳朵不靈，我頭髮全白。

單看長相，可以判斷一個人活多久。我看，韓非不是短壽的人，不會那麼早就死的。

可是——

韓非抱著必死的決心潛入咸陽宮。

其時，距離她的死期只有一年。

26

其實，間諜這工作，女人擁有與生俱來的天賦。

歷史上最有名的女間諜就是西施。

越王勾踐爲了復國，花了三年時間訓練西施，遣使她迷惑吳王，一破夫差國，千秋竟不還。西施獻身給骯髒的老頭，竊取最機密的情報。吳王爲西施造了春宵宮和大水池，但她始終不受所惑，不忘初衷。可憐一代美人爲國犧牲，下場卻異常悲慘——相傳吳亡之後，越國眾臣認爲她是妖孽的化身，怕她迷惑越王，便將她沉葬江底，死得淒美絕倫。

當間諜的人，很少會有好下場，這是犧牲個人來成就大體的志業。

但這些人——

無論古今——

都在暗暗推動歷史，改變了國家的命運。

有史爲鑑，由韓非決定要當間諜的一刻，已可預料降臨在自己身上的厄運。

韓非精通間諜術一事，嬴政是知道的，但他仍然讓這樣的人入宮，入朝涉政，就是因爲他深信韓非終有一天會歸順。聰明人，都會站在勝利者的一方，而不會飛蛾撲火。在嬴政眼中，韓非畢竟只是個女人。

十多年前，我們揭發了主持水利工程的鄭國，原來是韓國派來的間諜，要消耗秦國的國力來修築運河——這也是我寫《諫逐客書》的原委——結果我們成功令他歸順，修成鄭國渠，灌溉農田，結果「關中為沃野，無凶年，秦以富強，卒並諸侯。」奠定日後統一天下的基礎。

嬴政很賞識韓非的才幹，重用她，厚待她。在嬴政的心中，早就有了帝國的藍圖，三公之職將由我、尉繚和韓非掌印。

嬴政曰：「韓亡之後，韓非必然歸順。」

可是，在我們出兵之前，韓非會否出賣秦國，洩露機密，此事一直是我心中最大的顧忌和隱憂。

「間諜最大的特點，就是隱祕。再厲害的間諜，一旦身分曝光，也難以有所作為。」

確實如此。

我們不是笨蛋，眞正重要的軍機大事，根本不會讓韓非知道。

就算她知道了機密，也無法將密信傳出宮外。

阿房宮……這只是後人的想像。韓非在秦的居所，確實名為「阿房宮」，重建前只是一個軟禁她的奢華宮殿，位於禁宮的大片林苑之內。宮內耳目眾多，韓非無時無刻都在監視之中，我有時覺得，她和其他妃嬪的處境一樣，都失去了自由。

在韓非入宮的第一天，我就勸告：「妳的對手不僅是我，還有整個秦國。要在這裡有所圖謀，這樣的事絕對不可能。妳好自為之。我不想妳死。」

秦國的間諜組織天下最強，由尉繚和我主理，有了這樣的閱歷，我已今非昔比，韓非要瞞過我的機會微乎其微。

二十年前，我問過韓非：「你爲甚麼要愛國？這樣的國家値得你愛嗎？」

結廬同居的時候，韓非曾給我一個答案：「即使我化成了灰，我每一粒灰都是愛國的。就算我的國家是腐敗的，我也要以死上諫。」

我腦中出現那個在墓室與范雎對峙的身影，在她眼中我看不到絲毫畏懼。我就知道，世上有種人寧爲玉碎，也不會在強權面前屈服。群眾趨炎附勢，永遠站在勝利者的一方，可是她偏偏是群眾以外的少數。

我擔憂的事終於要發生。

秦王政十四年，韓非入秦後不到一年。

韓非入獄。

禁宮衛兵巡邏，在一個韓非不應該出現的地方，他們逮捕了韓非。而他們發現韓非的地點，相當接近那幢有蛇形圖騰瓦當的祕苑，當時嬴政正在那裡，和三位擁有蛇形符印的方士密會。

我應嬴政的傳召，趕到咸陽獄。

獄外重兵屯駐，事態遠比我所想的嚴重，門衛盯著我，說王上有令，只許我一人進入。我快步走過陰森的通道，到達盡頭，隔著木柵，看見寬大的牢裡只關著韓非一個。韓非看來已昏迷了過去，屈膝在地，雙手套著桎梏，頭髮一根不剩，可見她未審之前已被定罪，飽受一番凌虐。

牢房外，站著的人除了嬴政，還有三個穿著黑袍的人，就是深受嬴政信任的方術之士。最老的方士皺著眉，向嬴政道：「她很倔強，始終不肯說話。」

乍聽此言，嬴政一言不發，神色十分憂慮。比起國家的軍事機密，嬴政好像更擔心韓非知道其他更重大的祕密。

老方士用左手牽扯右袖，做成一個布兜。另一個方士，也有相當年紀，方顏白鬢，緩緩走過去，將一些東西放在布兜上。接著，他們叫我來看，我湊上前看了看，竟是一粗一細的竹管，還有幾塊磨得渾圓的透明晶石，質感就和琉璃珠一樣。

那人道：「從她身上搜出來的。」

老方士低吟道：「唔……鬼谷子不在，我們來不及等他回來，必須盡快拆穿她的伎倆……斯，你知道這是甚麼東西嗎？」

自三位方士入宮以來，過去半月，嬴政常常過去祕苑，與他們密談。當下他們極為關心的事，就是韓非會否竊聽了他們的對談，又是否有方法將密信傳出宮外。在他們眼中，我是鬼谷子的傳人，於是請教我的意見。

地牢點滿燈，燭光明亮，我滿頭大汗，端視著那兩根竹管和透明晶石。細竹管的頂端有個小孔，而粗竹管上也有相同的孔口，就是不知有何用處。竹管裡有嵌口，我心念一動，拿起那幾塊晶石，低頭揣摩了一會，便道：「這些東西……或者可以合而為一。」

我嘗試將竹管和晶石接合，很快就發現那小孔可容目光穿透窺視。韓非誕生於發明世家，盡得家族眞傳。我一邊拼接的同時，一邊嘖嘖稱奇，因爲我手上之物就是她登峰造極的傑作。

「這工具，太驚人了……」

嬴政和三位方士輪流接過組裝好的竹管，當他們發現這工具可將遠處的景物放大，不禁驚呼疾叫，嘖嘖稱奇。

這就是韓非的——

千里目術。

中國很多工藝技術，大都是工匠守之恆久的祕法，沒有文字記錄，日久便漸失傳。每當興建王陵，就會募集全國最優秀的工匠，日後爲了隱藏陵址，都會殺害工匠，一個不留活口。誰曉得有多少科學家埋沒在歷史裡？誰曉得有多少祕法就此消失？

數千年前，中國人已發現了玻璃，有了熔製玻璃的技術。有了玻璃，也就有了光學。周代人把取火的工具叫作「燧」，用凹面鏡聚陽光之熱來取火。墨家曾通過實驗，對平面鏡、凸面鏡、凹面鏡成像進行研究，留下關於光學的記載。可是，國人向陶瓷工藝這條路發展，竟忽略了玻璃的實用價值，只當成飾品，情況如同四大發明之一的煙火，外國人用來當武器，而我們拿來當玩具。

就算不明原理，韓非反覆嘗試，竟也造出了一具望遠鏡。

嬴政問道：「可以看見很遠……這麼說，她只能偷窺室中的動靜，而無法偷聽我們的對話？」

一般人會這麼想。

可是，我是內行人，自然明白，韓非所做的事才不會這麼簡單。

我心情沉重，回答：「只怕不僅如此……讀唇術。這是大部分間諜都會的技能。她也會……而且很擅長。只要她看得見嘴唇，就有可能知道你們的說話……」

有些術，單一使用已經妙用無窮，如果結合使用，更會創出不可思議的用法。當韓非發明了千里目術，以她的智慧，一定想到只要結合讀唇術，便是一種超越距離界限的「超竊聽術」。

間諜任務分爲兩部分：勘查機密和傳出密信。

接下來，我們必須揭穿韓非的伎倆。

整座禁宮就是巨大的牢籠，在嚴密的監守之中，韓非到底打算如何傳出密信？

27

古往今來，間諜都爲通信的方法絞盡腦汁。

郵驛最簡單，軍隊有「騎傳候」專管情報快遞；水漂也是一法，將密信藏入竹筒，浮江而下；也有間諜在城牆內向外射箭，在箭上繫著帛書；飛鴿傳書由宋代開始才普及，但我們曉得這方法，所以不容許任何飛禽進宮。

傳信的方法五花八門，有用人的，有借物的，甚至利用動物……

無論是甚麼方法，必須有媒介，才能送信。

說到這裡，任何人都應該清楚，我對這時代的間諜技術都瞭若指掌，除非有人能想出嶄新的手法，不然他一定無法在禁宮之中對外傳出密信。

當晚，一個個火炬齊集在阿房宮，我們連夜搜刮，找遍每一個角落。在韓非的寢室細察過後，並無可疑之物。部下紛紛向我報告，他們內內外外搜過，結果都是毫無發現。禁宮守衛森嚴，韓非沒可能出宮，所以務必借助特別的媒介，才可以對外傳達她「竊聽」回來的情報。我給韓非安排的婢女，全是聾啞不識字的丫鬟，絕無可能受其收買。

我暗自苦思：「一定有的、一定有的……她一心來勘密，不可能沒準備傳信的方法……」

單是處死韓非，還不能了結整件事，如果無法破解韓非的詭計，嬴政始終不會安心，我亦難辭其咎。

正當我感到一籌莫展之際，耳邊忽然出現一種嗡嗡的聲音。

室中有隻黃蜂飛來飛去。

「蜂？從何而來？」

「我剛剛……打開這個小漆盒的夾層，就有數蜂飛了出來……」

聽完下屬的報告，我心中頓覺有異。本來無人會在意那麼小的昆蟲，但在這節骨眼上，再細微的地方都不可錯過，我便命人捉住那些黃蜂。

黃蜂的翅膀上竟然有字，小得肉眼幾乎看不見。

如果單憑我片面之詞，很多人必會覺得不可信，但我保證親眼見過，眞的可以在蜂翅上刻字。毫芒微雕，自古有之，最早見於甲骨文。十毫爲釐，毫大小的字跡已是常人可見的極限。芒是毛的顚杪，韓非只要用一根針，便可以在蜂翅上寫字。

我年少時讀過韓非的文章，有一篇關於微雕的故事，衛國有一位奇人能在棘刺上刻一隻洗澡的母猴。我曾感到好奇，問韓非是否確有其事，韓非就說在棘刺上雕字不太可能，但他確實見過有人在米粒和果核上刻字。

韓非只差一步就成功了。

我們接著將黃蜂放出去，那黃蜂一直飛，飛出宮外，飛出城外，然後來到城垣附近的一棵樹。樹上結了一個蜂巢。黃蜂有歸巢本能，即使相距十里也無礙。如今眾人親眼看見如此奇技，不禁驚歎連連。

千里目術。

讀唇術。

毫芒刻字。

最後是**靈蜂傳書**。

術與術的完美結合，只有天才能想出來的祕法。

可是，靈蜂傳書有個很大的缺點，就是極爲耗時，要在蜂翼上寫字，整整一天也未必可以寫好一個字。幸虧如此，我們細心檢查了每一隻黃蜂，發現韓非洩露的情報不多，至於最近幾天嬴政和方術之士的密談內容，她一定來不及傳出外面。

黃蜂生命短暫，只有一年左右。所以，韓非不得不放手一搏，要不是急於求成，也不會太早敗露。韓非成功完成了勘密的任務，可是她和眾多失敗的間諜一樣，無法傳出最後的密信，一失足成千古恨，功虧一簣。

儘管如此，我佩服得五體投地。

「吾不如也！」

以一人之智敵眾，這是何等巨大的勇氣？

智慧，機會，奇術，韓非全都齊備，可是她欠缺了最重要的運氣。

當解開了一切詭計之後，我就知道，韓非已離死期不遠矣。

嬴政信任我，由我親自下毒手。

那一天，晨光詭譎，風中有絕望的氣息。

我沿著前殿的階級走向咸陽獄，右手提著的木匣裡，有一碗鴆湯。我忽然有種再也走不下去的絕望感，佇立在空蕩蕩的大殿之中，仰望著漫天灰雲，眼角的皺紋快要裂開似地，悲從中來，臉上涕泗交下。

年屆五十，我已髮鬢漸白，見盡了驚濤駭浪，看慣了腥風血雨，本已老練世故、心如鐵石，對人生不惑……這樣的我竟然哭了。

到了最後，盤踞我腦中的竟是眷戀悱惻的時光，一切對她的舊恨蕩然成空，餘下的是難以言喻的愛意。

牢中那雙黑溜溜的眸子，如兩簇快要熄滅的火光。

「對不起……我救不了妳……」

牢中的女人，嘴角露出淺淺的一笑，沒有一絲怨恨我的意思。

在國家與私人情義之間，她也會毫不猶豫選擇前者。

「年輕的時候，我活著，是爲了自己，現在我活著，是爲了別人。所以，我已經無法再像以前一樣，義無反顧，爲妳而死……」

如今，我已有自己的家室，我和嬴政已非一般的君臣關係，我的兒子娶了他的女兒，我的女兒全都嫁給他的兒子。

「我曾想過，妳當時離我而去，是爲了我好吧？妳不想看見我在寂寂平凡之中虛度一生……妳很想用帝王之術來改變世界，可是，妳也明白，只有秦王才會深諳此術之強大……」

即使身在絕望的牢獄之中，她眼中依然閃著堅強的光芒。直到死之前，這雙眼也沒有失去光芒，她爲自己的理念而活。

鴆是一種毒鳥，噬毒蛇而活，用其羽毛泡成的酒，毒性極快極烈，未入腸胃，已絕咽喉——呂不韋也是死於同樣的毒。

世人一定以爲我是嫉妒韓非，才下殺手。

當我看著她喝光整碗鴆湯，我也清楚，世上將會失去這個人。

「我看見……夕陽……花……」

她低聲呻吟，意識迷糊。

在陪伴她死亡的時刻，我腦裡同樣浮現過去的風景。回首往事，鬢髮彷彿由白轉黑，身軀的感覺亦彷彿回到年輕青春的時光。在絕望無光的牢獄裡，驟然感到溫暖的夕照，在相識的那一天，沿著逶迤的山勢和蔥蘢的樹林下山，我往來處張望，看見忸怩的小公子穿著我的鞋子，笑嘻嘻地一步步追上來。

我會將她葬在韓國，葬在一片百花齊放的崗嶺。

那裡將會是她安眠之所。

她垂死之際，再也說不出話，身子輕輕倚近我這邊，柔若無骨。不知由何時開始，她闔上了眼皮，臉上展現著笑容──在我看來，那是個極為淒美的微笑。

「我答應妳，我一定會用我們的理論，創造出最好的國家……」

牢裡的人早已氣絕，我在對著一具冰冷的軀體說話。

鬼谷子說過，人死後，魂魄會在死處徘徊七天。

然後魂魄的記憶會全部消失──只有極少數魂魄是例外。

後來，我也不知陪伴了多久，當燭光已滅，蠟炬已乾，我才走出了幽黑的牢獄。當天的陽光好像特別刺眼，在悶熱的宮殿裡，我一如既往，仔細審閱公文。無人直斥我冷血，因為無論是誰，都會跟我做出相同的決定。

我也有我的光芒，我雙眼閃著熾烈的信念，我要用沾滿鮮血的雙手，來改變這個醜惡的世界。

韓非死了。

死在我的懷抱裡。

她是我最好的知己，亦是我曾經最深愛的人。

當人死了，一切都會盡歸塵土，所有祕密，都會隨著遺體埋在土裡。

在我們成就大業的路上，再無人可阻。

28

韓非死後，我們第一個滅的國家是韓。

連弩自此成爲步兵的配備。

無垠碧天下，噬野沙塵飛揚，廣地上兵將列成矩陣，銅戟鑠鑠，目光熤熤，黑壓壓一片，儼如吞天蔽日的烏雲。墩臺城頭吹角，犀甲戎馬，軍令如山，片頃捲起世間萬里烽火，天下死人如亂麻。

大軍接連向宮中傳來喜信，攻無不克，戰無不勝，無人能破軍師尉繚的兵法。鬼谷尉繚與高𥸤烈，每當攻城掠地之後，又會多了一堆祕籍。

北攻趙，南伐楚。

彈指間，又破一城。

滅韓、滅趙……之後滅魏和滅楚。

那幾年，烽火狼煙，杜鵑像染血一樣盛開。秦軍踏過之地，都會多了一堆屍駭，一顆顆斷頭，一雙雙死不閉目的眼睛。

秦王政十九年，嬴政三十二歲。

這一年，咸陽宮中發生了一件奇事，有人行刺秦王，刺客的名字是荊軻。

亦如歷史所述，荊軻代表燕國的太子丹帶著地圖求見。秦王聽說燕國歸順，主動獻地，自然不敢怠慢，親率群臣，在朝中接見使者。咸陽宮門衛森嚴，荊軻和副手秦武陽在闕樓等候，經過搜身之後，一路跟著領路的文臣，一步步走向門高數十仞的正殿。

眼前，群臣圍立，王座上的秦王戴著高冕，眼縫細長，寬嘴厚唇，相貌不算驚人，但因爲長得高大，儀態間流露出一股威嚴的神氣。

秦武陽在十二歲就是著名的殺人犯，這樣的一個惡徒，野性的觸覺也特別敏銳，感受到一絲隱藏在空氣中的殺意，渾身發抖起來。

荊軻察覺有異，立時替他解窘：「北番蠻夷之鄙人，未嘗見天子，所以就被天子的天威震懾。請原諒。」

秦王沒怪罪，親臨桌前，叫來客打開地圖。

荊軻從秦武陽手中接過卷軸，倒繳著身，置於案頭，然後手法熟練地打開，當時人人都瞧得清楚，卷軸裡藏著一柄直身的匕首。

圖窮而匕首現，眾臣大驚，這時荊軻與秦王只有兩步之遙，秦武陽亦乘機衝前抓住秦王的衣袖。荊軻只要上前，持匕首突刺秦王的要害，秦王一定躲無可躲，即使神仙下凡亦來不及挽救。

可是，荊軻拔出匕首之後，竟向後方轉身，目露一股凌厲的凶光，直瞪向咸陽宮後殿的柱間。

那邊，有個深藏不露的魁梧男人，身穿繡金獸紋菱領黑袍，纓垂頷下。朱柱掩住他的半張臉，仍可見其單目深邃，斂藏著霸氣和殺意；天庭高聳，黑髮挽向腦後，結成一個大髻——他才是眞正的秦王。

秦王嬴政出巡，平民百姓看見的，其實只是嬴政的替身。嬴政只對高官親信露面，知情者都嚴守祕密。荊軻買通了寵臣中庶子蒙嘉，所以才知悉嬴政的眞正長相，憑著刺客的敏銳直覺，一眼就認出了嬴政。

荊軻行動迅捷，別人尚未反應過來，他已快步從人叢中闖出，然後不可思議的事發生了——他竟然雙腳離開了地面，騰躍凌空而起，越過群眾的頭上，如一個從殿頂俯衝而下的天兵，飛馳之勢，撲向嬴政。

鬼谷子在我身旁，他瞪著荊軻在遠處的身影，吐出兩字：「龍淵！」當時我還不曉得，尉繚口中所吟，就是荊軻手中那匕首的名字。

大殿之中，只有嬴政可以佩劍，荊軻可能洞悉了這一點，便將矛頭指向了正確的暗殺對象。與此同時，嬴政身前尚有兩名武士，本應可糾纏片刻，但在快得看不見的瞬間，荊軻的劍法如白蛇吐信般突襲，追風逐電砍出兩擊，抹過兩名武士的脖子。

兩名武士乾瞪著眼，脖子雖然沒有斷掉，但流出來的血竟然化成縷縷紅煙，冒出來的血氣向上蒸發，一抽搐，兩人就倒斃在地。

刃上有劇毒！

嬴政如臨大敵，本來從容鎮定，見了荊軻手中那匕首的神妙力量，不禁微微一怔。在這個危如累卵的關頭，嬴政已來不及拔劍，只好雙手合舉，用劍鞘擋住荊軻跨躍而下的一擊。

天轟一般的巨響！

這可無半點誇張，兩件刃器相交的一刻，地基竟劇烈搖晃，就像山崩一樣，出現訇然的巨震。贏政與荊軻身處的地面竟然下陷三分，周遭的殿柱亦出現脫漆的裂痕，眼前發生的一切怪象，無人可以理解。

那一擊威力之巨，超乎想像，但贏政擋住了。

荊軻自以爲萬無一失的一擊，挾著千斤重錘一般的沉勁，沒料到竟然弄不死贏政。不僅是他，在場中人，全都是第一次見識贏政的神力，所以他國的情報組織再神通，也不知贏政善武的隱祕。

贏政乘著荊軻遲疑的一刻，向後躲閃，繞到柱後。

我們都知道，贏政手中的劍是泰阿劍，只要他拔劍迎敵，長刃佔優，便可反擊。荊軻竭力嘶吼，不容贏政拔劍，一口氣猛刺十多下，手起刃落之處，直柱頓時裂開一塊。有種看不見的破壞力，如洪水海嘯般吞噬四周，梁柱盡毀，震塌大殿東北一角，隨即傾倒坍落，跑向那邊的大臣又退了回來。

樓頂內壁轟然崩塌！瓦礫瀰漫中，露出半片天穹。

只見天地陰沉，烏雲密罩，日光彷彿被天狗吞食。瓦礫隨風飄揚，變成一團落不下來的灰沙，剎那間只見兩個模糊人影在沙塵中倏來倏去，濺血的刀光和劍芒無聲交錯，誰勝誰負不得而知。日間晦暗，有如黑夜，但無人會留意天上的異象，眾人狼狽萬分，在塌瓦前屏息凝視，俱寂之際，就聽見一陣短促的慘叫聲。

大風吹走飛灰的一瞬間，我們都看見了，刺客荊軻正以單腳站立，長劍的劍尖停在他的胯下，血水如溶蠟般疾流。原來剛剛劍鋒斷其右股，將他整條右大腿砍下來了，如此重創，肯定活不長、死定了。

荊軻的臉上卻掛著一絲勝利的冷笑。

他的匕首深深刺入嬴政的咽喉。

這場惡鬥，本來就對嬴政不利，只要荊軻同歸於盡，也就完成了行刺的使命。帶著藥囊的太醫跑到前面，本來想救人，一時慌亂之下，竟將藥囊亂擲到荊軻的身上，可惜爲時已晚。荊軻仰天而倒的時候，也拔出了匕首，血花在漫天綻放之際，亦到了嬴政一命嗚呼之時。

「完了！」

我們都看見了，匕首貫穿了嬴政的咽喉，他必死無疑。

荊軻才笑了幾聲，就笑不出來了。

嬴政竟沒倒下，左手捂住頸部的傷口，縷縷血煙從指間冒出，但雙目依然虎虎生威，忿然瞪著荊軻。

荊軻心感不妙，發出垂死一擊，擲出手中匕首，這一擊的勁力大得驚人，刃身直沒殘柱之中。

嬴政躲開了，速度竟然比飛出的匕首更快，剎那間來到荊軻的身邊。

劍光綻放，血花暴濺！

一劍、兩劍……嬴政拄劍狂刺地上的荊軻，直到第八劍貫穿腦袋，眼中的餘怒仍然未了。血猶熱，但人已死。在嬴政再捂頸之前，那傷口看來不僅已止血，更好像癒合了一樣。我們都看見了，但我們都開始懷疑自己的眼睛，自思自想：「究竟有沒有眞的中刺？爲甚麼好像毫無損傷？」

最強的運氣，最強的肉體——

他是天命所歸的天子——

那種感動難以言喻，我和其他大臣心裡顫抖，如見神明，一同俯首下跪。

嬴政有點目眩，站立不穩，喚人來扶。常人中了那樣的毒，早就魂斷，但他休息半天就好轉了。他叮嚀旁人，好好留著荊軻的屍體，保持肉質鮮美。

「很快，我會滅燕國！我要餵燕子丹喝他的肉羹！」

然後嬴政傳召我，湊近我的耳邊，低聲道：

「斯，今天的事，不容洩露，你來善後……」

29

秦王政二十一年以前，嬴政的佩劍本來是泰阿劍，掛在咸陽宮的內壁上。但在荊軻失敗之後，嬴政因禍得福，得了龍淵劍，就對這柄短劍愛不釋手，還委託工匠鑄造御用的劍鞘，由我題字。

秦孫。

我知道，這是他宗族的名字。

一直到嬴政入陵前，他的佩劍都是龍淵劍，可是，我不曾再見此劍出鞘飲血，這麼強大的劍，到頭來只是件普通的飾物。

帝業鞏固，普天之下，無人能干犯嬴政，只有時間和疾病能奪走他的生命。

——偏偏這就是所有人無法倖免的。

人的歲數有限，有些宏大的事業就算雲集天縱之才，也無法在有生之年完成。人總有其極限，壽亦有其終時。可是，好像在秦國當王的都是固執狂，幾代國君都戰死沙場，一一抱著愚公移山的想法，今朝無法達成的偉業，遺志就由下一個世代繼承。

代代相承，各自完成使命，萬載千秋，將一個個顯赫的名字鏤刻在光榮的墓銘上。他們之間牢不可斷的連繫，乃是共同的信念，這種力量遠遠勝過血緣上的牽絆。

最後秦人勝利了，因爲秦人血液裡流著不屈的血液。

這樣的強國，讓我看見了野心與希望。

嬴政就是順天而生的霸主，在最好的時機，無負時代給他的最大使命。

「斯，我說啊！有些人值得活在世上，有些人根本不該活。如果殺壞人是功德，殺好人是罪行，我兩者皆做，只算是不過不失吧？那些滿口仁義的傢伙，我最討厭了，嘴上是王道，私下卻在剝削民脂民膏，虛偽無比。有人痛斥我的霸道暴行，可是，我只是用血腥的力量，迫使罪人在死亡面前懺悔。」

嬴政坐在王座上，臨風顧盼，把玩著和氏璧。

二十二年，王賁攻魏，引河溝灌大梁，大梁城壞，其王請降……

二十三年，秦王復召王翦，彊起之，使將擊荊……

二十四年，王翦、蒙武攻荊，破荊軍……

二十五年，大興兵，使王賁將，攻燕遼東……

秦國的間諜遍布各國。

六國之滅，弊在賂秦，一個腐敗成風的國家不愁找不到見錢眼開的叛者。

尉繚以他的蠱術，隨時可以幹掉任何一國的國君和重臣。他總是笑著說：「難得有昏君和奸臣在位，幹掉他們，豈不可惜？」然後他眨了眨眼，又再說下去：「我們這邊的間諜只是小卒，那些收了賄賂的賣國賊，才是最可怕的『間諜』。」

這番話實在是一針見血。

我會心一笑。

往往令一個民族蒙難的禍首，不是外人，而是自己人。正因爲很多人自私自利，眷戀在生的一世，求財的求財，縱慾的縱慾，這世界才會出現很多比惡鬼更恐怖的人。當我施行秦國的外交策略，我眞的很驚訝，竟然有這麼多高官國戚樂意接受賄賂，賣掉了國家，賣掉了人民，對他們來說竟像無關痛癢的小事。

當六國只剩最後的齊國，齊王還送來賀帖，寫甚麼天下以秦爲大，齊爲小……嬴政嘴角掀起了冷笑，懶得和這種昏君稱兄道弟，命令軍隊在滅燕之後，南下攻齊，俘虜了齊王和丞相后勝。

多年來，后勝一直接受我們的賄賂，他個人的財富，堪稱富可敵國。但我們毫不在乎，暗地取笑他的無知，等著看他的下場。當天下歸秦，他根本無處可逃，這種賣國賊終於受到審判和制裁，倒賠上性命，遺臭萬年。

可憐愚民都在盲目追求財富！

戰亂之時，齊國一直袖手旁觀，安據東北，不受干戈之擾，逸享長久的富足。所以齊人的平均財產都在秦人的兩倍以上。可是，愚昧的齊人根本不明白，眞正可以令國家變強的不是財富，只有愛國心，才能凝聚同一片國土上的靈魂。

有些人畢生追求財富，但在眞正巨大的力量面前，譬如死亡，所有金銀珠寶都不能用來換命。

在古鐘和秦箏的奏樂聲中，滿殿犀象之器，嬴政舉杯和眾臣慶功，豪言壯語：「在四十歲前，我送了一份禮物給自己，這份禮物就是天下！」

秦王政二十六年，秦掃六合而一吞天下。

我們終於做到了。

大臣眾議之後，創出「皇帝」這個稱號，功蓋三皇五帝。

嬴政非常喜歡這個主意，自此改帝號爲「始皇」，秦王政二十六年之後，史稱始皇二十七年。

我正式接掌丞相一職，便實踐《帝王之術》上的治國理念。

如此強大的術，只佔不到《歸藏》全書的十分之一。

有怎樣的制度，就有怎樣的文化；有怎樣的文化，就有怎樣的國家；有怎樣的國家，就有怎樣的人民。

一國之本在於政治——即治國之術——民眾大都愚昧，智者只屬少數，這世界須由精英統治，我們要建立一個「一帝專政的完美法治國家」。

祕卷上詳述的貨幣政策，與十七世紀以後才發展的經濟學理論如出一轍，有過之而無不及，化繁爲簡，更加精闢。當我們實行嶄新的中央集權郡縣制，學府頓時大亂，那些只會讀死書的迂腐儒者想到腦溢血，也無法想像廢掉分封制的國家會是怎樣的。

他們只會嘮叨：「過去就是最好的！從來沒有聽說不按照古人的做法，就會成功的例子……」

他們不敢吭聲，像在醬缸裡繁殖的毒蟲。然後當他們掌權，就會借屍還魂，用筆加害已死的人，獲得一種精神上的勝利。

由於時間眞的有限，我們只可以用令人民怨懫的方式，來促進一切改革。長城是用血肉築成的，這一代人的犧牲都是爲了後世的輝煌……

鬼谷子比我先死。他死前，曾對我說過，就在嬴政出生三年之後，又見帝王的星盤現於天上。換而言之，秦始皇嬴政建立的帝國，很快就會有人取而代之……後來，我知道此人就是漢高祖劉邦，他只比嬴政小三歲。

秦陵的建造工程本來由那些手執蛇形符印的方士負責。但他們開始信任我之後，就委派我督工，最後，就由我全權負責。

就算受盡天下人謾罵，我們一定要趕在朝代終結之前，動用一切人力物力來完成陵墓的工程……哪怕代價是亡國，我們也在所不惜。

只剩七年、只剩五年、只剩三年……

始皇三十七年，陵墓終於完工。

這一年，也是秦始皇在位的最後一年。公告駕崩之後，本來由扶蘇繼承皇位，但在趙高脅迫之下，我串謀篡改遺詔，助胡亥奪位，史稱秦二世。

「管他的。」

我在心裡嘀咕。

「誰繼位，誰就會慘死。」

在秦始皇的死訊傳遍天下之後，我又來到那座山上。

這時，距離韓非之死已經過了二十三年。

昔日韓的故土，現在已是秦的國土。

苦雨淒風，雲漢暗度韶華，枯草逢春之後，又再茂密地盛開，環山遍巒，像一片綠色的坑塘。在廬舍之側，花木叢生的密處，有座高大的土冢，墓的四周砌有石階，墓前豎立一碑，上刻「韓阿房之墓」。

我將韓非葬在這裡，四周種滿白梅的花崗。

在墓前，我說話：

「我希望在這片土地上建立一個美好的國家，世人平等，沒有諸侯貴族，沒有饑荒人禍，強不凌弱，眾不暴寡，耆老得遂，幼孤得長，邊境不侵，君臣相親，父子相保，而無死亡係虜之患。嚴州峻法，只爲了保護正直的人，天子犯法亦與庶民同罪。賞罰分明，貪官污吏一定會受到比死更難受的懲罰……」

我來見她最後一面。

那時，我亦知道自己大限將至。

30

在我死後，韓非之墓的眞相才被揭開。

如果我不是因爲有遺憾，臨終前有了合葬的念頭，那些開墓的人也不會挖出這樣的祕密。

五刑腰斬——

這是我的死法。

行刑者會割掉我的鼻子，斬下我的腳趾，沒錯，是全數十隻腳趾。然後行宮刑和斷舌之刑，將我狠狠折磨一番後，他們再在我的額頭上塗墨，寫滿罪狀，關在囚車裡遊城一圈，最後腰斬於市。

這還不夠殘忍，他們還要誅殺我的子孫，絕我後裔……只不過爲了奪我的權，奸臣趙高就要斬草除根，我知道，他的肉體載著最邪惡的靈魂。

在生前，我早已買通一名舊屬，將我的遺體下葬在約定之地。只要他肯這樣做，就會得到一筆可觀的報酬。結果他眞的遵守承諾，照樣畫葫蘆，錢財利誘，便有莽夫將我暴曬多日的殘骸撿起，再偷運出城門。

這名舊屬忠心可靠，受過我的恩惠，曾跟我到過韓非的墓前，聽著我說：「我欲與墓中之人並穴合葬……」當時他盯著名字陌生的墓碑，一臉惘然，大爲奇怪秦國丞相何以葬在故韓之地。

靈魂歸靈魂，肉體歸肉體，沒了靈魂，肉體只是個空的容器，骨骸只是一堆等待腐化的死物。

葬禮只是一種儀式，縱使我參透了天地之道，可是始終渴望償還此願，生前無法結成伉儷，但願死後屍骨並在一穴。

一切按照我的遺願，舊屬隱密行事，率領一眾抬靈柩的僕役，在當地人帶路之下，就找到了韓非的墓，前前後後還不過七日。

崗嶺高聳，雲浮碧野，土冢前聚集了一群人，當時的我已成孤魂，飄浮在遺體之側，目睹下葬時的情景。

重新挖開墓穴，依照男左女右的傳統規矩，拽著繩索徐徐放下新的棺柩，並置在舊棺的旁邊，橫架一條紅布帶……做完這些工夫，也只不過折騰半天。

事隔二十三年，當墓冢下的舊棺再次展現眼前，圓弧形的棺木絲毫不見腐朽的跡象，油漆鮮艷，光可鑑人。

正常人見了棺木，大都避忌，敬而遠之，甚至連一眼都不敢多看。可是，其中有人做慣這種事，略有見識，一見舊棺上的裂口，就發現不對勁的地方，細察一會之後，便斬釘截鐵地說：「這是曾撬開的痕跡。」

其他人聽了，可能半信半疑，或者根本不信。

終究是此人大膽，爲了證明自己的看法，便推開棺蓋，露出一個黑角，然後窺看棺裡的事物。

那人怔住了，啞口無言。

當其他眼睛一同望向棺內，才發現墓裡不爲人知的祕密——

深埋地下的棺木，裡頭只剩一堆零零落落的陪葬品。

棺裡，竟然沒有任何骸骨。

「哪有這樣的道理？」

「見鬼了！」

縱然無人敢言，但人人都是同樣的心聲。

鴆毒乃天下最烈之毒，絕無解藥可救，韓非死後，我和嬴政親自確認她已死，入殮的過程亦有親信監理，中間絕無動手腳的機會。

韓非已死，這是鐵一般的事實。

當時，開墓的人交頭接耳，他們覺得死屍有可能還魂，是死屍自己挖個墓洞爬出來。可是，棺木深埋在地底，只怕連活人也難以脫出，詐屍復活，絕對是騙人的鬼話。

在過去的二十三年間，一定發生了甚麼事，致使韓非的屍首不見。

如果不是鬼做的，就一定是人的所爲。

我肯定——

有人偷走了韓非的屍首。

墓裡有價值不菲的陪葬品，但寶玉尙存，即是說盜墓者不爲求財，而最終目的乃在韓非的屍首。再者，正常的盜墓者才不會尊重死者，補好盜洞才離開。韓非的眞正身分只有極少數人知悉，這情況也不像和人結怨，所以不會有人挖其屍首，鞭屍以洩憤。當然，如果眞的懶得深究，也可以只當是一件無聊的惡作劇。

我想起了韓非臨死前的笑容。

眞相的輪廓漸漸清晰——

我一直以爲韓非失敗了。

卻不知，我原來一直陷入她的計謀之中——

在孫子兵法的用間篇中，提及一種很特別的間術，名爲「死間」，乃是以死來成就全盤大計。

間者不能脫，必爲敵所殺，故曰「死間」。

「在勘探敵情的過程中，最難亦是最關鍵的一步，就是如何傳遞密報。」

這是最大的教條，間諜水準的高下，亦在其處理情報的手段。

韓非的奇計，必須以死來成全。

將眞正的詭計隱藏在詭計裡，這是極高明的心理陷阱。由入秦開始，韓非已抱著必死的決心，靈蜂傳書原來是煙幕，只是誘使我們中計的手段。在我們洞悉她竊密之前，或者在離開韓國之前，她已做好了萬全的準備，和別人早有約定，想好了將密信藏在身上的法子。她利用了我的感情，誘導安葬之地，一切經過精心布局，像我這麼機警的人亦不疑有詐。

就算我沒將她葬在故韓，那個——或者是那些——和她串謀好的伙伴，都會使盡一切手段來得到她的遺體；只要她變成了屍體，就會入土，而她的屍體便成了運送密信的媒介。

她利用自己作爲容器。

可想而知，當韓非竊聽到不得了的祕密，心中一定有這樣的念頭：「我一定要將這個祕密傳出去！」到了這一步，布局已就緒，她就將重要信息寫成帛書，捲成小卷，封密蠟，等待我們來抓人，然後接受處死。

死者入殮前須換壽衣，如何在赤裸的肉體裡偷藏密信，又不令人起疑，本應是很頭痛的難題。但韓非身為女人，她能想出男人想不到的手段，而這個手段只有女人才能做到……即使在後世，毒梟唆使女人運毒，亦會用上相同的法子。

女人就是天生的容器。

我們都以為人死了，間諜遊戲就是完了，沒想過要驗屍，百密一疏，一下子就掉入了最大的圈套。況且，時人尊重死者，不敢冒犯死者，這一連串心理詭計更加容易瞞天過海……欸！誰又會顧忌一具動也不動的死屍？

韓非行此險著，自知未必成功，死前亦要忍受一輪痛苦。

不過，她最終成功了。

她不惜一死來傳出最終的信息，死亡於她而言只是一種手段。

當時，在咸陽獄裡，我心有愧意，以為韓非臨死前那個笑容淒楚可憐，殊不知那是人生得勝的微笑。

對著不可戰勝的命運，她誓不低頭，甚至以死來做出反抗，在地牢裡那片漆黑的深處，肉體飽受凌虐，精神卻發出耀目的光芒。

活著，對多數人來說，是最大的追求，他們覺得，死了便是死了，甚麼都沒有了。

可是，對韓非這種人來說，死亡的來臨不是失敗而是勝利，是生命中最光榮的時刻。

至於是甚麼人帶走韓非的骸骨，密信又透露了甚麼信息……這些都是未解的謎團，死者已矣，難以求證……就算考古學家在古蹟原址考察，端詳著古物，不停提出假設，但無論他們如何言之成理，也無法尋獲遺失在千年以前的眞相……除非，這個人手握解開眞相的鑰匙。

卒於公元前二〇八年……

我的靈魂在世上飄泊了二千二百多年。

時機終於到了。

當那個可以和死靈對話的少女進入秦始皇的陵墓，也許我所隱瞞的祕密，一切就會呈現在世人的眼前。

通往秦陵深處的門扉正在慢慢掀開。

世人認識的我，史書裡記述的我，都不是眞正的我。

中國歷史上最大的陵墓，就在我監督之下完工，工匠悉數陪葬。

我是造墓主——

李斯。

一九八九年

「在沒有英雄的年代裡，我只想做一個人。」

人死後，記憶就會消失，而他們都在守護記憶。

不得已而爲之，也不得不爲之。

死亡只是一種形式。

有些東西，死了，反而不是眞的消失，

反而會誕生更大的意義。

有些事，不是一個人的事情，

也絕不是一代人能完成的。

一切信仰都帶著呻吟，

一切爆發都有片刻的寧靜，

一切死亡都有冗長的回聲。

但有一個夢，不會死，記著吧……

無論雨怎麼打，自由仍是會開花。

31

六十四，這是一個神祕的數字。

一九八九年，這是動盪的一年。紐約股市暴跌，波及全球金融市場，日本的泡沫式繁榮爆破。分隔東西德的柏林圍牆倒下，一下鎚聲，鑿破了深夜的鐵幕。世界敲響了自由鐘，吹起了改革之風。蘇聯軍隊撤出阿富汗，同年，這個權力高度集中的政治體制，國內開始醞釀一場解體的大風暴，煤礦工人大罷工。風聲鶴唳，整個世界就像在搖搖欲墜。

在這個歷史古都的市中心，廣場上聚集幾十萬人。無數橫額和旗幟在風中飄晃，由學生發起的示威活動已持續了個多星期。他們說，他們要爭取自由。他們吶喊，希望擁有民主。他們怒吼，不要再活在謊言之中。他們都是沒有武器、沒有力量的弱者，卻是專制獨裁的強權最害怕的對象。

有成千上萬的人潮，就有成千上萬的燭光，在風中點亮，鋪成光彩耀目的道路。

政府黨員為了穩住政權，出動軍警鎮壓，更有坦克車開到了廣場上。幸而，廣場上的氣氛大致是和諧的，沒有硝煙，沒有鮮血，示威者安分守己，連一塊玻璃都沒有砸破。四周飄揚著合唱的歌聲，民眾有說有笑，更有人向軍警獻上鮮花。那些晚上，他們的頭上是充滿希望的星群。

革命到了今天，凜冽的寒風吹緊，彷彿終於到了巨變的前夕。人潮愈來愈多，穿過寬闊的大街，紛紛擁向人山人海的廣場。

街頭溢滿喧囂狂躁的聲音，彷彿有股沉默的怒火正在膨脹。

窗內，范睢正坐在中國餐館裡，低頭翻著舊雜誌，偶然會察看店外的動靜。十一月的捷克斯洛伐克氣候酷寒，玻璃窗上凝固了一團水氣。有人在窗上寫了兩行字，都是范睢讀不懂的捷克文，顯而易見是甚麼口號。那些字痕，就像劃開了濃霧的破口，可容目光完全穿透，清晰看見街上那些年輕人的面孔，一一融入鼎沸不絕的遊行隊伍。

范睢的本名不是范睢，這只是個假名。當別人問起，他就會自稱是范睢，對，和那個古人同名。同僚都是這麼稱呼他的，久而久之，他就覺得自己的真名已經可有可無。其實，這是他在組織的一個代號。當他改了這個名，他就收到好幾疊印著這名字的名片，有來自不同公司的頭銜，雖然很容易令人混淆，但他很快就學會處理這堆新身分。

對他這種人來說，名字是多餘的，只是一種像外套的東西，可以隨時穿上，不喜歡就換新的。

范睢認人，也只會認住一個人的臉。

有人說，中國人無處不在，到哪都有中國人開的餐館。范睢身在此處，就證明了此言非虛。

這種中國餐館內外大都粉刷紅漆，招牌又大又明顯。一進店，常見長形的大櫃台，白瓷花瓶，花鳥畫屏，都是矯揉造作的古風。店內擺著木桌木椅，一組又一組酸枝木靠背椅，燈光忽明忽暗，一眼看去都是棗紅色的。桌面看來不怎麼乾淨，就像外國人眼中的中國菜，都是糊糊稠稠的。

外面鬧得沸沸揚揚，這家中國餐館依然開門營業，可是人客稀少，只有范睢和另一席上的一對老夫婦。

范睢一直觀察店外的動靜。偶爾，他會翻閱雜誌，雜誌封面是個土色的士兵。那張臉，不是眞正的人臉，像用黏土捏成，五官逼眞分明，表情嚴肅。這些從黑暗的葬坑中出來的假人，深埋在地底至少二千二百年以上。自從陝西省兵馬俑在一九七四年出土之後，八千個眞人大小的陶俑震驚了世人，外國傳媒稱之爲「赤陶土所造的地下軍團（Terracotta Army）」。

這些穿越古代的軍士俑，身材高大，千臉百態，個個神情、面容、髮式及服飾各異，肅然而立，氣勢龐大。剛出土時，兵俑身上原來有鮮艷的顏色，全是敷彩陶塑，可是不到幾分鐘就完全褪色。有專家研究過，這麼多個陶俑，竟無一張臉是相同的，可見並非由同一個模子倒出來，工程浩大，集合全國頂尖工匠，方可在秦始皇有生之年完成。

在飛機上，曾有一個外國人看見范睢黑眼睛黃皮膚，便跟他攀談：「這皇帝眞怪，爲甚麼要造這麼多兵馬俑？他想組織一支黑暗的軍隊嗎？」這個老外，以爲所有中國人都知道答案，殊不知親眼見過兵馬俑的外國人，也許比見過兵馬俑的中國人還要多。

如果范睢告訴別人：「我知道眞相。我知道隱藏在這些陶俑裡的祕密。」

別人一定不會相信。就算范睢眞的有這樣的心思，他都只會藏之於心，守之以祕，絕不會對人透露半句。這是他的職業習慣，要嚴守祕密。一個全球幾十億人也不知道的祕密，而只有他知道眞相，這樣的事確實是滿有趣的。

范睢總是在心裡嚷著：「那個時刻快到了、那個時刻快到了……」

布拉格舊城區有座古鐘樓，正面有上下兩個鍍金的圓盤，上方的圓盤是個很特別的時鐘，外環藍色圈刻度二十四格，內環是一些看不懂的天文符號。范雎第一次經過那裡，站在鐘下，竟不知道時間是怎麼看的，身旁的旅客皆有相同的疑惑。

雖然范雎此刻聽不見，卻想起了鐘樓的報時聲。

館子裡，快到下午打烊的時刻，老闆一臉不耐煩——只剩范雎一個客人。

老闆是個瘦削的中年人，老是皺眉，額上皺紋頗深，細眼。這張臉別說是外國人，就連中國人看了也不容易記得。他親自過來，繞著臂，臂上滿是青筋。他面色陰沉，問范雎還有甚麼需要。

「麻煩你，我還想點飲料。」

「先生，你想喝甚麼？」

「一壺碧螺春。」

有一剎那，老闆雙眼閃過異樣的光芒。「抱歉。我們不賣碧螺春。」

「給我凍頂烏龍吧。」

「茶葉要先泡幾次？」

「三次。」

老闆聞言，也不再多問，轉身就去泡茶。不久，他端來了放置茶具的盤子。茶盤上，有茶壺、釉杯、蓋碗、小茶簪、聞香瓶……還有一條鑰匙。

范雎將那條鑰匙收進口袋。他喝了一口茶，徑直往廁所的方向走去。他卻沒走進廁所，而是走下廁所對面的階梯，戴著黑皮手套，拿出鑰匙，打開地牢的門。

32

范睢有一張鐵漢的臉。

這張臉掩藏著他特務的身分。

雖然他只有三十歲，但他做這份工作已經九年了。他有一雙燥烈的黑眼睛，細眉鳳眼，尖臉，黑髮，就是一張典型中國人的臉。

與外國人眼中的中國人不同，他整個人散發出強悍的氣魄，硬錚錚的，身體線條如鋼筋一樣。而與大部分中國人最大的不同，就是他很有禮貌，懂得排隊，不會大吵大嚷，會掀著門等後面的陌生人進來。

范睢自學成才，說得一口流利的英語和德語，略曉法語和西班牙語。也是因爲這種強於常人的語言天賦，他還未從大學外文系畢業，就被國家招攬，成爲特務。國家挑選間諜的首決條件，乃是語言能力，想來也有一番道理，如果語言不通，根本連搭乘交通工具也成難題。面試是悄悄進行的，在范睢沒察覺的情況下，那些前輩已暗中跟蹤他，徹查他的背景和品行。

「我不會開槍，也不會打架。」

最初，范睢這樣回覆。

「呵呵，你特務電影看太多了！我們這種人，只不過是稍微有點危險的文員，負責處理情報，對任何有意顛覆和分裂國家的壞蛋秉公處分……你會有很多出國的機會。」

當年的畢業生找工作難，這是條件很優渥的工作。

經過這七年殘酷的磨練，范睢已是獨當一面的特務。

他會來捷克斯洛伐克，也是受了國家的指示，匯報在這邊發生的革命。

來到地下室，在左邊第二間小房間，沒關門，有個老頭。老頭滿臉黑斑，呆坐在床上，眼神冷漠，白背心四角褲，身上發出死鮑魚一般的濃烈臭味。那是一張殘破的舊床，床上懸著一條繩，掛著幾件襯衫，又黃又縐，看了就令人感到噁心，不想在此地久留。

范睢遞上一張人民幣鈔票。

老頭瞥了鈔票上的尾碼一眼，便說：

「有你的信。」

范睢聞言，目光中閃過異采，將下巴縮在長褸裡，轉過身，一雙銳利的目光便停在小房間裡的書架上。

書架上都是中文書，古書居多，雜亂無序，有時在上方看見《呂氏春秋》第二冊，第一冊卻在最底下一層。范睢蹲下，目光如針般無孔不入，就在書架倒數第二層，找到了《韓非子》這本書。

他逐頁翻開，終於看見一封信。

信上沒有寄件人的名字，但透過郵戳，可知這是由美國寄來的信。

范睢也不用猜，只看信封上的字跡，便知此信是由誰寄出。他心想：「字跡就像一張奇妙的臉，留著執筆者的意識，任何人都能認出自己的字跡……」范雎不會認不出自己的筆跡。信封上那串地址，就是由他親手所寫。

那是一個回郵信封，有范雎需要的情報。

一拆開，西式單行紙上是陌生的字跡。

只有一行字：

1989.12.31 11.11

很明顯是個日期和時間。

范雎眼裡掠過一絲興奮的喜悅，隨即將整封信藏在上衣的暗袋。

房間裡的老者不聞不問，不理不睬，好像無論來人做甚麼事，都與他毫不相干。范雎就從他眼簾底溜出房外。這樣的據點，稱爲「安全屋」，遍布世界各地。假如有一些店看來長年累月冷清，賓客稀少，老闆拍蒼蠅的時間比做生意多，居然還可以一直不倒閉……請勿見怪，這樣的店都有可能是專爲特務而設的「驛站」。

所謂狡兔三窟，像布拉格這種大城市，當然有幾處這樣的據點。

范雎走進了地牢走廊盡頭的房間。

這房間是儲物室，擺滿雜物，牆角布滿蛛絲，地上的舊報紙烏七八糟，菜籃疊得很高，如一根快將伸展到樓頂的危柱。目光穿過廢棄的紙箱，可見一面連牆的木櫃。

范雎拉開軋軋作響的櫃門，雙手伸進櫃裡摸索，然後整個人鑽了進去。

木櫃裡有暗門。

暗道後的密室中，覆蓋牆角的鐵柵後，囚著一個十三歲的少年。

在淡淡的明燈下，囚室是西式裝潢，巴洛克風格，隱約可見浴室裡有一個白色的獸腳浴缸。少年坐著的床，是一張掛著圍幔的鐵藝床，垂落鬆軟潔白的被褥。這裡，除了電視機的聲音，便再無其他聲音。這密室無窗，完全隔音，與世隔絕，彷彿是一片不屬於世上的淨土。

范雎敬畏地看著對方，對方也回望。

「洛桑赤烈。」

這是少年的藏語名字。

「你好。」

那少年輕聲回答，帶翹舌音的普通話。

雖然出生在藏族家庭，但他自小接受漢語教育，與西藏隔離日久，反而對藏語不太熟諳，只會唸不會寫。

電視上恰巧正在播放達賴喇嘛的新聞，都是聽不懂的捷克語。范雎每天至少看兩份報紙，單看影像，也猜出了新聞的內容——在剛剛過去的十月，第十四世達賴喇嘛獲頒諾貝爾和平獎。

范雎瞟著電視螢幕，打開話匣子：「如果是真正的活佛，他一定可以鉅細靡遺說出前世的回憶。西藏的轉世傳承眞是神祕的制度。人類任何政權都有一個弊病，就是奪權爭權，但活佛轉生，卻解決了繼承人的難題，避免宗教內部紛爭。」

「世上沒有完美的繼承制度。這制度，還是有它的缺點，致命的缺點……」

「嗯，只要宗教內部出現叛徒，捏造假遺言，假活佛冒充眞活佛，就可以中斷活佛轉世鏈。」

「雖然有這個致命的缺點，還是比你們的制度好。你們是僞馬克思主義，爲人民服務的官僚機構得到了權力，就會剝削一無所有的無產階級，永無止境的腐敗。」

少年只有十三歲，卻流露出成熟的大智慧。

范睢將少年當成好友，以親善的口吻說：「我有時會想，如果有人在世人見證下，可以準確無誤說出前世的回憶，那就是直接證明眞的有靈魂這回事。要是我們相信有來生，我們相信有報應，這一生就不會做太多壞事……佛祖當年悟道，就是解開了靈魂的祕密。」

少年一臉木然，目光散漫，好像缺失了一種神采。

「你們一定不會讓這樣的事發生。」

「抱歉。這是國家的決定。」

「因爲害怕政權不穩，所以就關住我？」

范睢聳了聳肩。

他覺得很對不起這個人，愧疚道：

「請你原諒我——活佛大人。」

33

夜裡除了窗外一聲緊接一聲的風聲，就是窄小木床的嘰嘰嘎嘎聲。

入夜之後，外面的街道寂靜。

廉價旅館裡的電視螢幕「噗」地一聲亮啓，微凸的玻璃面上閃過光束，然後漸漸浮現出略帶雪點的畫面。

范雎疊著兩腿，半仰半坐地躺在床上。腿下的床單頗為破舊，布紋像一個個怪漩渦，這種廉價旅館的床不會好到哪裡去。但范雎以前吃過苦，睡過草堆，躺過木板，所以能睡上這樣的床，已算不錯。有老兵問過他：「你打過仗嗎？你挨過餓嗎？你知道甚麼是窮到怕的滋味嗎？」由紅色時代（大陸文革時期，因紅衛兵而染紅，故稱之。）出來的人，好像都特別愛吃肉，每頓飯無肉不歡。

在范雎故鄉的農村裡，全村只有一台黑白電視，全村只有一個古董木鐘。

電視螢幕只有畫面，沒有聲音。

范雎提著遙控器亂按。

畫面一轉，螢幕裡出現一張溫順的臉。

范雎已在布拉格待了兩個月，天天看新聞讀報紙，不可能不認識這個人。

現在，如熾如烈的革命，領袖就是哈維爾。這個叫哈維爾的男人，與第十四世達賴喇嘛是好友的關係，所以亦是范雎監察的對象。

這個哈維爾眞是有趣，本身是作家、劇作家，卻投入政治運動，與其他作家和異見人士發表「七七憲章」後入獄，關押四年半，罪名是「危害共和國利益」和「顚覆共和國」。

在范雎的特務字典裡，任何名稱的政治恐怖，包括白色恐怖和紅色恐怖，都用了一個共同的暗語：「巫蠱」。只要國家機器記錄了一個人的臉和背景，哪怕這個人逃到天涯海角，都無一僥免，殺人於無形。

哈維爾發表了《無權者的權力》宣言，指出共產國家是「一個充滿假象的世界，每個人只能在謊言中求生。」哈維爾在文中反對極權制度：「它篡改歷史，歪曲現實，虛構未來；它揑造統計數字；它裝作尊重人權，從不逼害任何人；它假裝甚麼都不怕；它假裝從不弄虛作假。」

哈維爾是現在這場革命的靈魂人物。

電視畫面播出示威遊行的人潮，滿城燭光閃爍。

范雎下了床。

他感到百無聊賴，肚子很餓，又不便外出。他用客房的設備泡咖啡，等待熱水沸騰這段時間，他將錄影帶放入了連接電視的錄影機，按鍵播放。

黑白畫面映出一列沿著山坡行走的隊伍，他們都是西藏僧人，穿著一色一樣的袍子，紅布纏過脖子。那是外國人製作的探索頻道節目，這一集探討的主題是「西藏活佛轉世靈童的尋訪過程」。

人會老，人會死，留下來的權力和財產就會成爲很大的問題。千百年來，人類都爲權力傳承的方式而苦惱，明爭暗鬥，波瀾迭現，甚而殺意大起。即使本應不食人間煙火的神職人員，亦會因爲攬權而腐敗，引發宗教內部誅戮。十六世紀末葉，藏傳佛教傳到達賴喇嘛三世，就用了轉世這種方式，來解決傳位人的難題。這個神祕的傳承制度可說是世上最奇妙的超自然現象之一。

活佛圓寂前，會留下遺言。

譬如，他會口述刹那看見的景象、置身之地、聽到的聲音、父母的名字、自己來世的名字……諸如此類。可是，活佛一定要在圓寂前的彌留狀態才能預視未來，這番遺言便成了宗派內部的最高機密。

有些道行高深的高僧透過占卜或觀湖，能知道靈童出生的方向，不過據范雎所知，這樣的奇術已經失傳。

僧人憑著謎語般的線索，就開始尋訪再世靈童，這是漫長艱苦的過程，有時長達十多年。再世靈童日漸長大，言行舉止亦與眾不同，相傳七世達賴喇嘛出生三個月就會說話，十一世達賴喇嘛幼年就說：「我是佛的化身。」

眾僧找到靈童之後，就展開一連串嚴謹的鑑定程序。他們會帶著前世活佛的遺物和不相干的物品登門造訪，擺在幼童前，讓他辨認。幼童必須撿取無誤，才會被認定爲轉世靈童，受信眾擁立，迎回寺廟，舉行坐床典禮。

如果眞的可以證實前世今生這樣的事，也就是間接證明，現代科學對記憶的理解完全錯誤，記憶不是存於腦袋裡，而是存於靈魂之中。

但，爲甚麼有些人可以記住前世的事？有些人卻徹底忘記？范睢認爲，人各有異，這是靈魂的差異。可是，絕大多數擁有前世記憶的人，對往事的追溯都是有限度的，斷斷續續，疑幻疑眞，猶似以管窺豹，只見一斑。

洛桑赤烈也是一樣。

他有障礙，可以說出前世的一些事，卻又說不清，腦中相當混亂。

他的前世記憶處於封印狀態。

但是，一定有個關鍵的步驟，來喚醒潛藏在靈魂深處的記憶……范睢深信不疑。

咯咯。

毋庸置疑，是敲門聲。

當范睢起身過去開門，一掀開，門外已不見任何人，忽明忽暗的走廊裡也沒半點腳步聲，感覺有點詭異。這種事，卻在范睢的預料之中，他的兩眼只是盯著地面，直視著紅色地毯上的東西——白色的盒子。

范睢在布拉格留了這麼久，就是在等這個包裹。

34

范睢戴著黑手套，走在異鄉的城巷，一格格馬賽克式的地磚閃著街燈的殘光，他的黑髮他的黑衣，彷彿被捲入了神祕的陰影裡。

四周林立歐洲中世紀時期的建築物，有仿羅馬式的，有哥德式的，有巴洛克風格，有洛可風格，有新古典主義……在布拉格的街頭穿梭，掠過玻璃的彩影，就像縱覽了一遍歐洲的發展史。這種內涵，難以複製，因爲風格的形成只是結果，並不是刻意炫示的時代標記。

不一樣的土壤，就會孕育出不一樣的文化。

唯一大同小異的共通點，就是在每個有文化底蘊的城市，都會豎立一座座紀念碑。值得世人瞻仰和紀念的都是英雄偉人。一顆顆在戰爭中犧牲的精魂，拼砌出壯麗的歷史，正如宏偉的建築，都是由小石塊堆成。

夜幕蔓延，映照空靈。

循著似曾相識的路前進，范睢逆著風散步，不知不覺，就來到了布拉格舊城區的天文鐘樓下。

在這寒星閃爍的深夜，澄黃的柔波落在藍色的鐘面上，鍍金的圓環閃著夜魅的艷光。日月盈昃，辰宿列張，鐘面上的神祕符號正在揭示宇宙的奧妙。

現在，范睢看得懂這座鐘表達的時間。

這座鐘分爲上下兩個大圓盤。下方是個月曆鐘，代表十二個月份，內刻十二星座的圖案。至於上方的圓盤由內外兩環組成，根據地球中心說的原理設計，外環有二十四個刻度，表示晝夜的時間，內環則顯示太陽這時落在哪個星座。

范睢從口袋裡拿出一張紙，是旅館裡的備忘紙，寫著一些普通人絕對看不懂的暗碼：

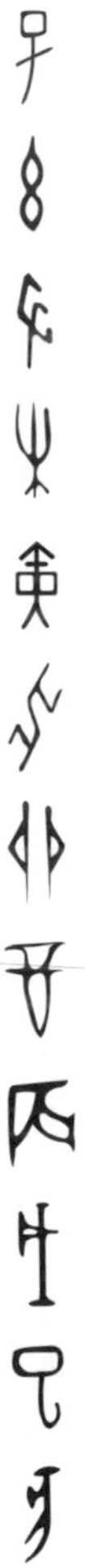

百年前，中國還沒有研究語言的學術單位，如果國人挖出獸骨，瞧見獸骨上有這樣的文字，也不知這就是殷商時期用於占卜記事的文字——甲骨文。

現在國人普遍有了認識，皆知漢字源自甲骨文。

紙上的暗碼全是甲骨文，代表十二地支。

范睢抬頭，月下，天文鐘好像凝止了一樣，時間卻在光流裡緩緩流動。

天文鐘是一種機械式的星盤，自中世紀以來就是天文學的設備。布拉格天文鐘就是個原始的天象儀，顯示目前星群在宇宙分布的狀態。不論中西，人類在很早以前就可以透過數學來計算星軌的運行規律，絕對完美精準。

「中國的紫微斗數也用了相同的原理……透過計算來安星排盤……」范睢在心中嘀咕。

眾所周知，漢字是象形文字，每字成形必有其因。倘若甲骨文多數按照圖像來成形，十二地支源自何物〔註〕？

縱然身在城裡，范雎一仰臉，還是看得見一點星星，而今夜的星空特別燦爛。

答案，是星群。

十二地支的古字全起源自黃道十二宮的星群，其筆畫一一與星群的主星對應。

由巴比倫時期開始，西方人觀星，激發聯想，創造出黃道帶的圖符。後來希臘加入神話，就演變成十二星座，即中國古天文的二十八宿。

箕、斗兩宿是人馬座的主星，一個像斗柄，一個像兜口，組成「丑」的甲骨文（）。張、星兩宿連在一起，是個「卯」字（），胃和昴則組成「未」字（）。在甲骨文中，「亥」字（）有三個明顯的部分，由三組星群組成，即是代表天蠍座的房、心、尾三宿。水瓶座對應的星宿是女、虛，虛宿呈直線，頭尾皆是特亮星，女宿則像斧頭，與「戌」字（）完全一致，這樣的例子豈會又是巧合？子字（），主體是天秤座的正方形，即氐星，秦朝曆法亦以十月為元月。

范雎讀過這樣的古事：由於術數的威力太強大，不知由哪一朝開始，居心不良的統治者蠱惑民間，故意打亂了十二地支的眞正順序。做法很簡單，只要用十二地支來編制月份和記時，民間沿

註：請注意此處的含意，所指的是十二地支的來源，並不是甲骨文的來源。古人觀其星群之形，而用形似的甲骨文喻之，亦成一理。

二十八星宿圖

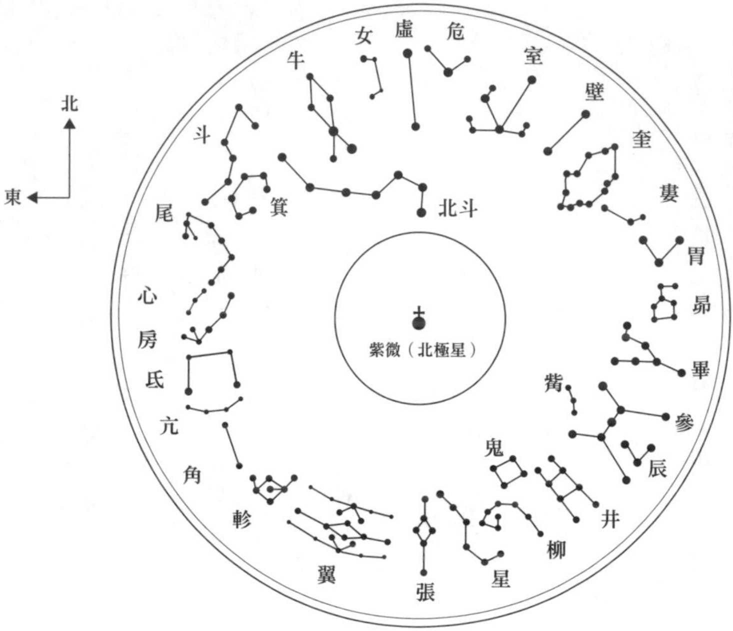
北
東
女
虛
危
牛
室
壁
斗
奎
婁
箕
北斗
尾
胃
昴
心
紫微（北極星）
房
畢
觜
氐
參
亢
鬼
辰
角
井
軫
柳
翼
星
張

子：
寅：
卯：
申：
辰：
酉：
未：
巳：
戌：
午：
丑：
亥：
紫微（北極星）

用，約定俗成，成功令一代人洗腦，就會令萬載千秋的子孫信錯爲眞。眞相只在一小撮人手中，儘管有誤依然能用，亦可成理，世間的術數演算或會有所偏差，時靈時不靈，淪爲迷信的學問。

子、寅、卯、申、辰、酉、未、巳、戌、午、丑、亥

這才是十二地支的眞正順序。

古人占星，卦文玄妙，常人覺得莫測高深，但說穿了，不過是一連串由星訣組成的暗碼。人類照這進度研究下去，終有一天會窮究天地一切的眞理，知識論文薪火相傳，當有科學家揭開粒子的祕密，然後他們可能發現——

術數是究極的科學。

范雎想過，也許眞的正如科幻小說所云，曾有一個啓蒙階段，爲數不少的「外星人」移居地球，將高度先進的文明傳予人類的祖先。可是，由於人類的文明始終太落後，加上人性的私心，結果令這種古老的知識無以留傳後世。

星群升起，星群落下。這是亙古不變的定律。

范雎的身影消失在路的盡頭。隨著破碎的鐘聲，黑手套捏著夜的陰影。他悄悄地活著，孤獨地活著，不需任何人紀念，不必留下任何名字。

但這一瞬的時空記錄了他在世上走過的軌跡。

35

鴿群飛起，鴿群落下。

在這豁然晴朗的清晨，范睢仍穿著陰沉的黑長褸，呼出一口白茫茫的暖氣，又再邁步走過了布拉格廣場。

曾經密布無數燭光的廣場，現在只有稀稀疏疏的路人，捷克斯洛伐克的民眾已成功爭取屬於他們的勝利。儘管一路上空蕩蕩的，狂歡慶祝之後，依然漫著微含啤酒味的喜悅氣息，地上只有碎落的花瓣而沒有鮮血。

有張橫額范睢是看得懂的，譯成中文就是：「不要活在謊言之中。」

沿途是一幢幢紅瓦黃牆的歐式建築，尖拱扶壁直向天際延展，范睢就像巨人腳下的小侏儒，踏在從樓房間穿透而落的光束上，一隻鴿子在他面前飛起，迎風在藍得透徹的晴空下振翅翱翔，一晃眼就不見了蹤影。

這種鴿子很少在范睢的祖國鬧市出現，有是有的，不過都是館子裡的烤鴿。也許這種鳥有靈性，只會停駐在有和平的地方——

他忽然想起聖經裡滅世洪水之後，那隻帶著神的契約降落在諾亞面前的鴿子。

革命前，捷克斯洛伐克是共產主義國家，政府嚴密監察人民的一舉一動，操縱了傳媒，讓人民活在謊言之中。白色恐怖無處不在，人人在公眾地方不敢有所異動。

范雎臂彎裡抱著昨晚收到的包裹。

他不搭地下鐵，選擇徒步，就是職業病使然，無時無刻都在躲避監視鏡頭。

又來到那家中國餐廳。

店舖準時開門，范雎是第一個顧客。

他只和瘦削的老闆換了個眼色，便逕自走下沒亮燈的地下室。

敞開木櫃，穿牆過壁，重臨裝潢華麗的囚室。

「早安，洛桑赤烈。」

聲音在密封的空間裡迴盪。

洛桑赤烈剛由浴室出來，半身赤裸，下身圍著白色浴巾，正坐在靠背椅上看電視。他伸手托了托眼鏡框，圓睜著眼，瞧著范雎，似乎對一早突如其來的客人驚奇不已。

洛桑赤烈打了個招呼，便問：「這麼早？發生了甚麼事嗎？」

以前也有類似的情形，有特務人員一早過來，帶著洛桑赤烈轉移地點。

范雎隔著鐵幕一般的柵欄，微笑回答：

「打擾你不好意思。放心，沒甚麼事。我只是想請你幫忙，幫我做個實驗。」

「實驗？」

「對，我會給你看一些東西，然後向你請教一些意見。勞煩你，將椅子搬近來鐵柵這邊……」

這番話只教洛桑赤烈摸不著頭腦，瞟了瞟范睢懷裡的小包裹。洛桑赤烈與范睢見過很多次，聊過很多回，算是投契的朋友，但這一刻洛桑赤烈才驀然驚覺，他對這個溫文的特務原來認識不深，對其背景和過去一無所知。

洛桑赤烈遵照指示，將椅子搬過去，坐好，滿懷好奇的目光。鐵柵上有個小窗口，范睢伸手穿過那個窗口，逐件取出包裹裡的東西，逐件遞到洛桑赤烈的手裡，動作非常緩慢。

第一件東西是隻小木鴨。

「嗄？」

洛桑赤烈看了又看，只覺這是尋常的玩具，絲毫沒有奇特之處。

「你看不出甚麼，就不用給我任何回答。」

范睢今天的舉止有點異常。

茶杯、布鞋、搖鈴、杵子、僧帽、念珠……洛桑赤烈接過一件件小物，又交回去，一直悶聲不響，瞧瞧這看看那，根本不知這是甚麼鬼實驗。

整個過程，范睢卻極度專注和認眞，片刻不敢分神，一直牢牢觀察著洛桑赤烈的眼睛。他清楚，靈魂存於腦部一個叫「第六識」的位置，靈魂的狀態會顯示在瞳孔上。

他這樣的實驗，應用了心理學實驗的技巧，先給對方一大堆無關痛癢的問題，將對方蒙在鼓裡，然後讓眞正要測定的重點冷不防出現，而人在毫無預備下的情感最爲眞實。

接下來就是關鍵的東西。

那是一本靛藍色的小簿，封套是刺繡織品，一翻開，都是抄寫得密密麻麻的藏文。

洛桑赤烈看了之後，神情瞬即僵硬，呆若木雞，雙眼在眼眶裡凝住不動，就像中了邪般失神。直到一抹亮采在洛桑赤烈眼中掠過，他才緩緩恢復神志，眼珠飛快溜了數轉，用一種截然不同的語氣和語言嘀嘀咕咕。

果然如此。

范雎找到需要的答案。

「活佛大人，你前世的記憶是不是全回來了？」

洛桑赤烈好像變了另一個人，喃喃自語：「是……是……是……我的智慧回來了……」然後講了數句范雎聽不懂的藏語。霎時，洛桑赤烈回過神，忽然用一種疑懼的目光瞪著范雎，萬般不能置信地問：「爲甚麼……你……你知道轉世能力的事？你們能找到我，是揭開了轉世的一切祕密？」

范雎一臉懺悔之意，話聲不緊不慢：「活佛大人，請你原諒我。我幫國家做事，七年前是我教他們辨認你的方法，來幫他們找到投胎轉世後的你。這種轉世能力是極罕見的能力，萬中無一。擁有轉世能力的人，都有很特別的面部特徵。西藏人口不多，所以我們不難找到你。」

轉世能力是存於靈魂上的奇能——正確來說，這能力的名稱應爲「轉世記憶能力」。每個靈魂都會轉世，之前在世的記憶都會消失，但有些靈魂可以保留前生的記憶，在特定條件下喚醒記憶。

這是超越科學解釋的祕密，一般人不可能知情。

洛桑赤烈結結巴巴地說：「你，爲甚麼會這麼清楚……哦，我，好像，有點明白了。你努力幫我尋回記憶，不是爲了國家，而是爲了自己……你，到底是誰？」

你——

到底是誰——

話聲的音波在壁上慢慢消隱。

密室完全隔音，在外面聽不到半點聲音，靜悄悄的，只有一片沉寂。

也不知過了多久，范雎矮著身，從木櫃裡伸步出來，依然是一張冷漠的臉，不露半點感情，無人能猜得透這個冷諜的想法。

他離開這裡，到樓上的洗手間。

當扭開水龍頭，聽著瀝瀝的水聲，他仰臉瞧著鏡中的自己一眼，水珠沿著兩頰粗糙的肌膚緩緩滑下。

范雎精通「面相之術」。

鏡中人的長相——

表示這個人擁有轉世記憶能力。

36

范雎對時間很敏感，最重視的隨身物是手錶。

他用假護照通過機場的關卡檢查，最諷刺的是，他從來沒有眞護照。

轉了兩趟機，買了兩份英文報紙。

范雎離開捷克斯洛伐克時，和平的革命已經成功，共產黨員紛紛退黨，撕掉他們的黨員證。

布拉格廣場是個童話一般的廣場，而美麗的童話會在這裡發生，世界傳媒將這一場沒有傷亡的革命稱爲「天鵝絨革命」。

曾經有一種看法，以爲民主是自然而生的發展過程。好心的當權者會把民主給人民，於是人人想佔便宜，袖手旁觀，正如黎民等待改朝換代一樣。但是中外古今的歷史都證明了，民主是從人民的爭取和鬥爭中得到的成果，絕不是一種可以僥倖得到的禮物。

冷戰時期是間諜特務最輝煌的時代，間諜特務的工作除了收集情報，就是監視人民。

范雎知道自己只是國家機器的一部分，但他也有自己的想法：「用權術來管治國家，不是難題，可是如果人民長期活在謊言之中，就會失去愛國心。就算有一百人，這一百人各懷鬼胎，互相猜忌，一百人也比不上一個人強大。」

在布拉格之春撒下的種子，到今天終於結果了。

「改變之風，直吹向時間的臉上，就似是會敲響自由鐘的暴風。」

響應這句口號，冷戰時期正式告終，共產主義政權築起的危牆逐漸倒塌，謊言世界貌似堅固的外殼無可補救地四分五裂。

捷克斯洛伐克的人民是幸運的，這樣的好事，好像不曾在范睢的祖國發生。

「是文化的差異吧？」

范睢慨嘆。

昔日的國家領導人亦有相近的看法，以為中國的積弱根自文化，原因是使用了落後的象形文字，所以全面推行簡化，終極目標是令漢字變成拼音文字。但這樣的事少為人知，范睢知道禁忌所在，從不在別人面前胡說。

范睢的卡式錄音機裡有很多禁歌，在那個火紅的年代，人人都愛聽這樣的歌。

人性的光輝彷彿像燭光一樣，燒完了，就會殆盡。

當一個人漸漸老去，當他老奸巨猾，當他自以為看透世情，漸漸恐懼死亡，熱情亦如老樹般腐朽。術數是中國人獨有的專長。中國人會背九九乘法表，在數學方面的成績名列前茅，卻導致這民族的人太會計算，太過聰明，變得自私自利，尤其工於心計。

世上最可怕的並不是蠢人，最可怕的，永遠是聰明人。

范睢成為特務之時，要選一本古書作為「郵箱」，而他選了《韓非子》。

「好利惡害，夫人之所有也。」

「夫安利者就之，危害者去之，此人之情也。」

由於韓非曾是荀子之徒，很多人以為他主張人性本惡。但韓非的理論基礎實與西方的微觀經濟學不謀而合，人的本性乃自利，無所謂善惡。雖然世上確有聖賢，但眾生不免有凡心，皆為追求最大的利益而活，唯有君主將國家治理得好，才能令人性彰顯出美麗的光輝，反之亦然，醜陋的世界容不下美麗的人性。

顛簸不定的機艙裡發出廣播：「飛機即將抵達西安咸陽國際機場……」

一出咸陽機場，大風吹緊，黃沙翻滾，范睢在風中幾乎睜不開眼，空中揚起的長衣像黑鳥尾巴。黑鳥在大漠的上空飛過。

十二月三十一日，一九八九年的最後一天。

上午十一時。

范睢拿著特殊通行證，走入博物館。

時近元旦，外國旅客稀少，這個時間，本地遊人也不多。

兵馬俑博物館一號坑。

在考古技術未成熟之前，國家下禁令，不准開掘秦始皇的陵墓。據專家勘察測量，神祕的地下宮殿大得史無前例，內城周長二點五公里，外城周長六點三公里，連陪葬坑總面積達五十六點二五平方公里——全在地下深處，相當於七十八個北京故宮的大小。兵馬俑坑只是冰山一角的陪葬坑，位於秦陵的最外圍。范雎參觀過國家空軍的室內停機坪，上覆穹窿頂，高廣的空間令人眼界大開。堪比當時的感受，他如今親臨秦兵馬俑遺跡，心頭泛起一股無與倫比的震撼感。

四周的走道繞著遺跡而築，隔著圍欄，中間是褐色間排的土坑，整列一具具沉寂在地下的兵俑，多得數不清，天然光束下閃著莊嚴的神威。

有一個男人憑欄而立，面向兵馬俑，背對著范雎。此人身穿深藍色的中山裝，只是看背影的話，范雎猜他的歲數在三十五至五十之間。

范雎走到那人旁邊。

對方轉頭過來，是張俊臉，眉清目秀，就像在言情電視劇裡演文藝青年的角色。他戴著白手套，舉止文雅，有股世故的沉穩，一看即知身分非凡。

范雎等待對方說話。

對方悠悠問道：「同志，請問現在是甚麼時間？」

范雎看了看手錶，回答：「十一時十一分。」

「那應該沒錯了。」

「我的錶很準。」

那男人可能是博物館單位的人，又可能是領導高層，受邀成爲貴賓。范雎瞧了他襟口的名牌一眼，就知道他的名字，姓陳，不過這也許只是個假名。

陳先生目光回到遺跡上，漫不經心地說：「很壯觀，對不對？同志，你知道爲甚麼要造八千件兵馬俑嗎？」

范雎很快點了點頭，眼神如鋼鐵般堅定。

然後回答：「你眞是大膽，竟敢竊取國寶……」

說到這裡就夠了。

陳先生點頭示意，一切盡在不言中。

「哼，既然你知道兵馬俑的眞相，你也應該知道，我手上有甚麼東西。」

陳先生伸出了袖子，袖口脹鼓鼓的，打個啞謎，要范雎猜一猜內藏甚麼東西。

范雎斬釘截鐵地回答：「地圖。地宮的地圖。」

陳先生不置可否，目光凜凜地瞪過來，就像在審問：「請問高姓大名？」

「范、雎。」

「我是問你眞正的名字。」

這是一條關鍵的問題——

范雎冷笑了一下，壓著聲音說話：

「鬼、谷、子。」

陳先生聽到這答案，不感意外。

一絲曖昧的笑容浮現在他的臉上……

二〇〇八年

豈曰無衣？與子同袍。

王於興師，修我戈矛，與子同仇。

一首《秦風》，道出秦人渴望戰鬥、慷慨就義之心。

國家因爲人民的信念而強大，

歷史因爲人民的理念而改變。

在荒塚累累的歷史遺蹟，憑弔千古——

帶甲百萬，車千乘，騎萬匹，滅六國……

無數烈士的英魂，化爲一個個泥塑人像。

死亡，在期待著最廣泛而永久的回聲。

由遠古飄來的音符，開啟通往古代的門扉。

那扇門後的景象就是——

秦陵！

37

一九七四年七月，陝西旱災，西楊村的農民挖掘新井，意外發現了奇怪的瓦片，當地人以爲是「瓦神爺」顯靈，卻不知是挖中了秦陵的兵馬俑陪葬坑。

過往，世人對秦朝所知只來自文獻，如今考古證據與史料相相印證，字字有來歷，地下隱藏之謎有望在二十一世紀陸續解開。

秦嶺多山，山巒疊嶂，長八百公里，寬二百公里，都是綿亙南北的山脈群。

千山萬水，千溝萬壑，整片遼闊的疆域終年累月深鎖在雲霧之中，即使有人背上長了翅膀，由空中俯視下去，也只能看見一團團漫漫如海的霧罩。峭壁高聳，煙霞氣呑，變幻無常，不乏千年罕無人跡之境。

誰曉得某段，會有通往秦始皇安魂之所的墓道？

塵土在晚風之中飛揚，一輛吉普車頭燈全亮，在林藪張牙舞爪的山路之中前行。

車子外殼亮晶晶，這是數小時前才刷卡買的新車。數小時前，是深夜十一時，正常的商戶早就打烊，可是世上有種人叫「超級富戶」，錢能通神，只要他們打一通電話，出示一張沒簽帳限額的信用卡，就能令本已關門的汽車展場爲他們延長營業時間，客戶經理哈著腰恭迎。

買車的車主是個叫張嫯的年輕男子，皮褸黑靴，右眼戴著眼罩，外形有點像海盜。他只用了一分鐘，就選好要買的車，刷卡不眨眼，別人難免猜想他會是甚麼富二代。

張獒不是甚麼富家少爺，他是俠盜組織「刀片」的成員。

現代富人都將錢存放在銀行，貨幣變得虛幻，就算入屋行竊，頂多能偷珠寶古董，斂財有限。

所以，張獒和同伴這次要盜死人的陰宅，而且是中國史上第一位皇帝的陵墓……

吉普車的後車箱寬大，置滿了現代化的盜墓裝備。譬如，車上一柄輕巧手攜式的自動油壓起重器，俗稱「千斤頂」，一按鍵，就可以撐起和承托逾一噸重的巨石，當年美國911事故救災，都用上了這樣的工具。一台掌心形測量儀，除了可量度整條墓道的深度，還可以分析空氣中的氣體元素。有了奈米技術（NanoTechnology）〔註〕之後，分子製造夢想成真，在大多數人沒察覺的情況下，科技已有了巨大的躍進。

吉普車現在駛上的山路，衛星導航儀上並無資料顯示。

張獒瞥了照後鏡一眼，後座上有一男一女。

少女一頭烏亮黑髮，頭歪向車窗熟睡，稚氣未脫，嘴角流出一行口水。這個十四歲的少女，擁有和幽靈溝通的能力，即是所謂的「靈媒」。這是一種萬試萬靈的天賦異能，有些重犯接受死刑之後，公安局的祕密調查組會請她出馬，向死人問話。

註：奈米是長度單位，將一根頭髮的直徑平均剖成五萬根，每根的厚度大約就是一奈米。

她身邊的少男叫賴飛雲，十九歲，因爲一次很倒楣的遭遇，就成了她的貼身保鑣。全世界的保鑣應該只有他是用劍的。

即使賴飛雲在熟睡，左手虎口依然握著黑色的劍套。

劍套裡，有一把木劍，和兩把古老的鐵劍。

長的鐵劍叫「泰阿」，短得像匕首的叫「龍淵」。

山路顛簸不定，賴飛雲悠悠醒轉，眼皮一開，窗外是荒涼的林野。一出西潼高速公路，車子就向陌生的方向行駛，與那名爲「秦陵」的旅遊景點背道而馳。

「秦陵的眞正入口，是在八十里外的山嶺。」

張獒沒回頭，對著後照鏡裡的賴飛雲說：「我們的首腦叫亞善，他是神級的中國盜王。你見過他的——在貪官南海富的豪宅。半年前，亞善向我們展示一套銀盤，這套銀盤可以拼成一張地圖，就是秦始皇地宮的地圖。滿清末年，世局亂七八糟，很多國寶流失海外，亞善經過二十多年努力，才將銀盤集齊大半。可是，始終還是缺幾只，只能拼出一張不完整的地圖。雖然不完整，已經夠我們畫出通往主墓室的路線。我們闖入秦始皇老子睡覺的地方，目的只有一個，就是爲了和氏璧。」

「和氏璧？」

「對，只要讀過國史的人，都會知道這塊寶玉在我國歷史上的地位。楚國、趙國……最後落入秦始皇的手中。我們的團隊裡，有個由香港來的大學教授，全名樊系數，我們都叫他樊博士。樊博士說過，和氏璧就在秦陵的地宮，說得清楚一點，是秦始皇的墓室。這其實也不算甚麼驚世大祕密，這塊祕玉自秦亡之後一直失蹤，很多人推斷它成了陪葬品之一。雖然也有人說它變成了漢朝的傳世玉璽，但都只是瞎猜。」

賴飛雲自小的理想不是當刑警，就是要當軍人，哪想到會和張獒這種人扯上關係？張獒來找他的時候，就說阿紅——賴飛雲的雙胞胎姊姊——困在古墓裡，無法脫身，因此急需他的幫忙。

賴飛雲與姊姊失散多年，直到張獒揭露眞相，才知道姊姊當年如何將自己「賣給」亞善，又如何加入了賊伙，更成爲了俠盜組織「刀片」的下任接班人。

「你姊姊和你一樣，都擁有異能。」

吉普車開始傾斜，愈爬愈高，山路險峻，有種隨時會滾下山的感覺。

張獒只剩單眼，但開車的技術依然高超，而且很愛耍帥，單手撥動方向盤快轉，轉眼就來到衛星導航指示的定點。

張獒停好車，瞧了後座的巫潔靈一眼，大聲道：「風景好美啊！」

之前兩個男人怎麼大聲對話，也吵不醒巫潔靈。也不知這小妮的腦部神經是如何構造，一聽到好玩的事兒，馬上睜開雙眼，精神奕奕起來，急嚷道：「哪兒、哪兒？」張獒也沒騙她，該處山脈雄奇，林茂草美，雲霞浩瀚，景色眞的不賴。

後車箱有幾套俗稱「老鼠衣」的緊身衣，張獒吩咐巫潔靈和賴飛雲換上。

巫潔靈覺得興奮，忍不住問：「美國電影裡的英雄都愛穿緊身衣……我不明白，爲甚麼呢？」

張獒接話，說了個冷笑話：「因爲救人要『緊』！」

巫潔靈笑得肚子痛。賴飛雲卻一點也不覺得好笑，他為人嚴毅剛直，對著他說笑，就好像隔靴搔癢。

三人換過全黑的緊身衣，接著由腳到肩，穿上洋蔥皮般的極地服裝。巫潔靈將頭髮夾起，木髮夾是賴飛雲送她的謝禮，全靠她的幫忙，他才打敗了殺手王猇。賴飛雲將古劍龍淵當匕首用，放在腰封的側袋。

檢查好軍用背包裡的裝備，他們就出發了。

這個拂曉時分，在張獒帶路之下，三人走入灰濛濛一片的山中。

蒼蒼環山，茫茫林海。

「巫小姐，將妳扯進這件事眞的非常抱歉……我們眞的非常需要妳的能力。」

張獒說得一臉誠摯，但巫潔靈根本不在意。只有她不用揹沉重的裝備，第一次登山，沿途看見鮮花怪草，就亂摸一通，嘗試爬樹，興奮度蓋過了危機感。賴飛雲習慣了她的脾性，再三叮嚀張獒，千萬不可對她太禮貌，一縱容，這位嬌生慣養的小姐就會失控。

整個救援行動，張獒只說了一半，還有很多事未說清楚。

賴飛雲全身傷處隱隱作痛，一晃一晃地走路，聲音也一晃一晃：

「你之前說過，你們有一個成員死了，所以要借助她的能力，來和他通靈……這成員是誰？」

張獒仰望著天空一會，才乾脆地說：

「我們的首腦亞善，他死了。」

38

時間一分一秒在山谷上空流逝，太陽像一個倒時計。

張獒在上山的途中，向賴飛雲和巫潔靈交代一切：「亞善和你的上司賈釗一直有來往，所以很清楚巫小姐和你的能力。我們找巫小姐，就是需要她和亞善的亡靈對話。」

「如果樊博士的推測沒錯，和氏璧就在秦始皇的主墓室。原因我們還不清楚，根據我們研究文獻的結果，打開秦陵地宮最後一道門扉的關鍵，竟然是一件青銅編鐘……編鐘是東周時期的古樂器，湖北省博物館的鎮館之寶，就是一座曾侯乙編鐘。」

「編鐘掛在架上，一共六十三個……你可以將六十三個編鐘想像成鋼琴上的琴鍵，有不同的音階。相信現在熱愛音樂的人，很難想像鋼琴會在世上消失吧？同樣道理，編鐘在古時是很普遍的貴族樂器，活在那時的人，也一定沒想過古鐘會成絕響。」

「整座齊全的編鐘碩果僅存。我們組織的成員之中，有考古專家和僞造專家。我們潛入博物館，偷走我們需要的一個鐘，打算複製之後，再將假的鐘掛回去。一切本來很順利，但我們發現了極爲意外的事……我們偷回去的鐘，竟然已經是僞造的複製品！」

「太離奇了！雖然中國甚麼都有可能是假的，但再離譜，這種展示出來的國寶怎會是假的……我們覺得奇怪，深入調查下去，竟然發現其他的鐘都是眞的，只有獨一無二的那個鐘是假的，而那個鐘偏偏是最關鍵的『鑰匙』……結論很簡單，一定有人比我們捷足先登，早了一步偷龍轉鳳。由那一刻開始，亞善就懷疑到神祕組織『九歌』的頭上。這組織的最終目的和我方一樣，都是衝著秦始皇陵的和氏璧而來。」

張媻說到這裡，感到口乾，又怕巫潔靈走得累，便停下來喝水歇息。

賴飛雲是公安局副警長賈釗的貼身保鑣，跟著賈釗辦案，對九歌的事，著實知道不少。干將莫邪、蒙武蒙恬、易牙……這幫人的假名，全都用上古人的名字。由賴飛雲負責保護巫潔靈以來，連番和九歌的人交戰，險遭其毒手，亦隱隱覺得他們有所圖謀，在進行一項巨大而邪惡的陰謀。這幫壞人都是中央重點緝拿的罪犯，原因無他，就是因爲他們的行徑極像恐怖分子，國家最忌諱這種有組織性的犯罪，務必連根拔起，以絕後患。

九歌眾員行蹤詭祕，首腦是個精通術數的奇才，所以每次行動都完美無瑕，時機算得極準。賈釗早就懷疑他們之中有人混入中國政府內部，這番猜測後來得到證實，近年負責照顧巫潔靈的劉管家，被揭和「九歌」有莫大關係。

三人繼續在山路中行走，張媻拿出衛星導航器，摸清了方向，目的地就是秦陵地宮的入口。

「我們的地圖來自咸陽宮銀盤，至於爲甚麼有這樣的地圖，眞是一大謎團，不知是哪個工匠臨死前留下來的……兩千多年前的事，鬼也不曉得了。」

「而樊博士還有另一個身分，他是中國一支神祕門派『數獨門』的傳人。只要給他你的出生時辰，他就可以算出很多關於你的事，神準得難以置信。我們的行動，都由樊博士一手策劃，他的說法很離奇，說甚麼一定要在今年十一月這個月，通往主墓室的『北斗大道』才會開啓。時機一逝，就要再等五十年。時間緊迫之下，雖然沒有古鐘，我們還是決定到秦陵闖一闖，就算進不了主墓室，先探探路，把路線摸熟也好。我們帶了炸藥，說不定到了主墓室外，可以爆門進去。現在我帶你倆去的，就是我們七天前發現的入口……」

「秦陵外城，路線複雜，就像個巨大的地下迷宮。經過初步勘測，樊博士就說，一切都和地圖吻合，這裡絕對是秦始皇動用七十多萬人、歷時三十六年修建的陵墓。整個陵墓有如一座地下城，分爲外城和內城兩部分，甚至有地下護城河系統……超級誇張。你可以將它想像成現代的地下鐵路系統，兩千年前，古人也有差不多的工程。」

「樊博士還說，整個外城的構造，全與天上四靈二十八宿一一對應，相信當時陵墓的設計者，一定是個很厲害的術數師。一間間墓室有如星宿般排列，墓道相連，東南西北，外城分爲四區，朱雀玄武青龍白虎。我們入陵的位置，就在南方的朱雀區。」

「自古已有這樣的說法，紫微星——即是北極星——是顆帝王之星。秦始皇的主墓室就在這個中心位置。樊博士、亞善、我和阿紅，四人開始在墓道裡探險，希望可以找到內城的入口。我們帶齊先進裝備，理應沒有太大危險。加上樊博士利用數獨門的心法，能算出一個人的死期，準確率百分之百。樊博士說，大家都會很長壽。但據他近年的統計和研究，他發現有例外的個案：自殺、中毒和受輻射感染而死的人，都是非術數所能預測的。所以他特別叮嚀大家，首要提防的是中毒。」

「地下迷宮比想像中龐大，我們繞來繞去，還只是留在秦陵的外城。我們在地底留了兩天兩夜，每天走十多個小時的路，還是進不了內城。除了因為地道系統龐大，也因為有很多暗道，有些隱密的牆可以推開，摸黑中前進，一不留神就會錯過。」

「甚麼踏到地板，會有暗箭射出，我也不是不信，只是心想過了兩千多年，甚麼機關都應該已經生鏽，變成了爛銅爛鐵。甚麼復活的黑暗兵團，甚麼史前怪物，我們可沒遇上。地道只是很普通的地道，可是，就在我不留神之際，誤中了陷阱。」

「我走在前頭，腳下忽然絆到線一樣的東西，就有一團濃霧朝我臉上噴出。我的　隻眼，就是這樣瞎掉的。在阿紅幫我治療的時候，樊博士和亞善過去檢查機關。我還很記得，當時樊博士說的話：『見鬼了……這個東西的物料竟然是不鏽鋼。而且還有潤滑油，保養得好好的……』沒隔多久，耳朵超靈的阿紅，忽然大聲驚叫：『有腳步聲！有人來了！』」

「這時，我們意識到危險迫近，暗處可能躲著敵人。我們一同盯著墓道的深處，偏偏就在這時候，我突然覺得眼皮很沉重，氣力一點一點流失，無法抗拒睡意……望向一邊，樊博士已經倒在地上。我那時就想到，周圍有股看不見的催眠氣體，在觸動機關的一刻，就同時釋放出來……這是雙重陷阱。我最後支持不住，趴倒地上，在眼皮蓋上前，我簡直不敢相信自己看見的東西……」

張獒將一星期前的遭遇，說得像冒險故事一樣。

巫潔靈聽到驚險之處，忍不住追問：「你看見了甚麼？」

張獒低頭不語，彷彿在回想可怕的回憶，過了半晌，才遲緩地說：「我昏睡前，透過黑暗中的一點光看見了一個……揹著古鐘的男人。他戴著防毒面罩，雙手各拿一把彎刀，朝我們走近……」

39

那人猶如由死域出來的刺客，腳踏黑暗，步步邁近。兩條粗大的鐵鍊斜肩而落，在他胸前交錯，緊緊繫著背上的青銅鐘。

張獒忘不了七天前經歷的眞實噩夢。

「所有妖魔鬼怪、機關陷阱，都比不上人的可怕。我們找到秦陵的眞正入口，第一次進去，視察一下，以爲危險性不大，哪想到墓裡會有人？秦始皇的陵墓千年不破，除了因爲地理隱蔽，也是因爲有守陵人……我們就是疏忽了這一點。」

那守陵人殺氣騰騰，拿著兩把彎刀，顯然是要割他們的頭顱下來。賴飛雲和巫潔靈兩個聽眾，已猜出守陵人背上的古鐘，應該就是「刀片」和「九歌」兩伙人要爭奪的鐘，即是打開秦陵最後門扉的關鍵鑰匙。

張獒露出嚴肅的表情。

之後發生的事，更加耐人尋味：「我吸入催眠氣體……昏睡了一段時間。當我醒來，周圍一片黑暗，一點聲音也沒有。我第一件要確定的事，就是自己的腦袋還在不在。我還活著。可是，爲甚麼只剩我一個，其他人統統不見了呢？」

「究竟發生了甚麼事？敵人呢？自己人呢？我滿腦子都是疑問，幸好裝備仍在身邊。我拿起照明燈和手槍，獨個兒貼著墓道一路走下去。我設想了各種最壞的打算，又不敢胡亂喊出聲，那一切疑幻疑眞，提心吊膽，精神接近崩潰的邊緣。」

「我身上的項鍊有個特別功能，只要一接近自己人，就會閃得愈來愈快。我走了一會，經過一些分岔口，當項鍊猛閃，我就加快腳步。很快，照到前方出現一團模糊的人影。我走過去，就看見奄奄一息的亞善倚牆而坐。」

「亞善精通一門類似針灸的祕術，只要配合古方藥液，刺入人體穴位，就會激發很多奇效。其中一招是『強心針』……當大家中了催眠氣體的時候，亞善和阿紅自刺，保持清醒。他倆都是很機警的人，在那種危急關頭，還想到要將計就計，假裝昏睡，引那個揹著銅鐘的怪人過來，反過來暗算對方。」

「亞善告訴我，原來敵人不止一個，還有兩個，總共三個。亞善偷聽到，那個手持彎刀的人叫王翦，是『九歌』那伙人的一員。亞善和阿紅的偷襲應該成功，但幹不掉對方。在混戰中，阿紅拖著我和樊博士的身體往另一邊逃，而亞善則死守原地，以一敵三……樊博士吸入的毒氣不多，很快就醒來。阿紅將我交給他之後，便趕回去亞善那邊。那時候眞的很亂，之後阿紅去了哪裡，亞善也不曉得……本來看著我的樊博士也失蹤了……」

「當時，我看見亞善滿身都是血跡，雙腳腫得走不動了。他說，他被毒指甲抓傷，應該活不久了。但在那樣的絕境下，亞善還是有他的辦法，奪走了敵人身上的古鐘！眞不愧是中國第一的盜王！」

「亞善開溜之後，將古鐘藏在一個地方，可是他身受重傷，無法帶我去找。條條墓道看來也差不多，他也不知如何描述。於是他跟我說了巫小姐的事，叫我出去之後，和賈釗聯絡，向他借兩個人：小賴和妳。我們要借助妳的能力，來幫我們找到古鐘。」

「亞善握住我的手，問我可不可以答應他，一輩子好好照顧阿紅。我當然點頭答應，亞善笑了一笑，就舉起我借他的手槍自殺了。」

手槍貼著太陽穴，扣下扳機，半秒之內，子彈與血從另一邊的太陽穴噴出來。速度很快，但看在張獒眼裡，卻像電影中的慢動作一樣清晰。

這是很有男子漢氣魄的死法。

亞善不僅清楚巫潔靈的能力，還清楚靈魂的規則：**一般人身亡，其靈魂只能在世上逗留七天；但如果一個人自殺，他的靈魂就會在現世徘徊，直到他本來的陽壽結束爲止**。亞善中毒瀕死，自知難以救活，索性自行了斷，這樣一來，就可以等待巫潔靈向他的亡靈問話，帶領眾人尋找埋藏古鐘之處。

結果張獒出來後，返回西安市，立刻聯絡賈釗，卻驚聞賈釗的噩耗，而賴飛雲和巫潔靈不知所終。那幾天一直未有樊系數和阿紅的消息，也就是說，他倆仍未脫險，有很大機率被困在古墓裡。

張獒急得團團轉，猛然想起樊系數說過：「我寫了一個電腦程式，只要輸入兩人的出生時間，便可計算出這兩人相遇的地點和時間。不過我這程式功能有限，地點只能設定在中國的機場和火車站，否則就會超出計算。」

賴飛雲和阿紅是雙胞胎姊弟，張嫈不難查出他在何日何時何分出生。都到那地步了，張嫈姑且一試，碰巧賴飛雲和巫潔靈乘上開往西安的火車，半天亂按之後，竟算出會和賴飛雲在西安火車站相遇。

「就這樣，我找到了你們。相信你也明白了『九歌』的人會盯上巫小姐，就是因爲她的通靈能力。只要脅持巫小姐，就能向亞善的亡靈問話。他們還請了中國第一的殺手王虓出馬。王虓說過甚麼要殺她的話，只是嚇人的，他們的眞正目的是活捉。」

張嫈流露出擔憂的神情。

「我由古墓出來，已經快過第七天……如果阿紅和樊博士還在古墓裡，應該要斷糧了。我們要盡快進去救人。」

時在秋冬交接之間，又在早上，眾人穿過茂密的山林，也沒流多少汗。

張嫈看著前方，突然說話：「到了。那裡就是秦陵的入口。」

賴飛雲瞧著張嫈所指的地方，感到難以置信。

——那是一株樹，一株參天神木。

在曉陽下，它好像會發光一樣，葉片邊緣發出小半圈熒光。

40

地球上樹的數目一定比人的數目多。最老的人也不過二百歲，但最老的樹可以超過一千歲，甚至一萬歲。經歷過暴風狂雨，遭遇過旱災地震，這株參天巨樹依然屹立不倒，樹根深深扎入地底。

張嫈摸著樹皮，徐徐道：「這株樹的品種是月亮樹。聽說這是一種會發光的樹，葉子在夜晚會閃閃發光。封墓的時候，這株樹可能未出現呢。這一帶的風水也不見得好，即使會看天文地理的盜墓賊來到，也未必找得到秦陵的入口。」

從古及今，未有不死之人，又無不發之墓……此話振振有詞，但未必全對。歷史上確實有帝王之陵永遠成祕，後人不可探知其所在。曹操七十二疑塚，成吉思汗蒙古大漠之陵，至今仍是歷史懸案。這些禁得起時間考驗的陵墓，都有一個共通點，就是亂葬一通，葬在並非風水寶穴之地。

賴飛雲一覽四周，陡坡險惡，樹後的山壁像癩痢頭一樣，怎樣也想不到，這裡竟會有一代帝王的陵墓入口。

在一團糾纏錯節的樹根旁，竟有個下陷的洞口……那就像是行山途中，突然發現一個打開的水渠口，一不小心踩空就會急墜直下。

巫潔靈在洞旁蹲下，瞧著洞，抱怨道：「這是入口？有點失望啊……和我在網上看的小說落差很大……」

張獒拉下臉道：「妳到底看過甚麼小說……我們不是來玩的！妳下去之後，可能會更失望，都只是一些坑道、墓道和相連的墓室。總之，妳緊緊跟在小賴身邊，妳就一定平安無事。」

巫潔靈道：「你是要我當他身邊的女人嗎？」

張獒和賴飛雲沒心情理會她，臨行前再一次檢查裝備，扣好大背包的腰封。

那洞垂直向下，雖然陽光直射，但看不出有多深。賴飛雲正煩惱怎麼下去，就看見內壁有一排向下的木樁，可當踏階之用。整個洞的口徑不大，只要雙腳撐開，就可以使出「壁虎功」，所以上上下下的危險性其實不高。

張獒戴著頭燈，先下去，賴飛雲和巫潔靈跟著下去。

初段是軟土和淤泥，過了大約三層樓的高度，四邊就變成方方正正的磚砌牆，彷彿進入了另一個世界。賴飛雲發覺踏腳的木樁很穩，間隔井然，忍不住問：「張大哥，你們花了很多時間打這些木樁啊？」

張獒的答案出人意表：「坦白說，我們第一次下來也很驚訝。這些木樁一早已有，這條直降通道，自古就是這樣子。我們只是用定向爆破技術，炸開上面的封土，然後就發現這條通道。」

賴飛雲感到疑惑：「自古就是這樣子？這不是方便盜墓嗎？」

張獒道：「你問我，我也不知道答案。這樣的問題，我也請教過樊博士，他也顯得很困惑。他還用儀器量度過四邊的垂直度，竟然整段都是完美的延伸線，誤差值低於百分之一，真不知古人是如何辦到的……秦陵的入口不止一個，這是我們發現的其中一個。」

聽了這番話，賴飛雲暗道：「眞是個怪皇帝！」卻沒想過，皇帝只是下令建陵，眞正規畫和施工的另有其人。

這樣一直向下爬，感覺爬了很久，落得很深。無緣無故就進入地底探險，感覺一點也不眞實。張獒和賴飛雲戰戰兢兢，只有巫潔靈心情愉快，雀躍萬分，果然抱著來玩的心態，危機意識相當薄弱。

轉眼就來到了地底，張獒拿出看來很厲害的手電筒，說道：「這是工業用的探照燈。作爲一個有品味的盜墓賊，我不會貪便宜買幾十塊的地攤手電筒。」

賴飛雲知道這位張大哥爲了舒壓，很努力在說笑，所以也習慣了。

照亮周圍，前前後後都是光禿禿的坑道，地上鋪滿不知綿延到何處的地磚。

賴飛雲奇道：「這裡就是秦陵？」

張獒道：「正確來說，這裡只是外城的地下迷宮。構造很原始，卻很複雜的地下迷宮。」

未等賴飛雲發問要怎麼走，張獒就拿出一部觸控式智慧手機，開啓電子地圖。這一帶的路段張獒都走過幾遍，說不上很熟悉，總算有點印象。

坑道顯然是人工鑿出來的，不算寬，也不算窄，和兵馬俑遺址展示的坑道簡直一模一樣，只是少了陶俑和車馬器。坑道裡的氧氣足夠，只是起初有窒息的感覺，走得久了，漸漸習慣成自然。

遇到歧路，張獒負責指路。巫潔靈出門的經驗不多，是個路痴，走得暈頭轉向，雖然她畫過兒童圖書上的迷宮，此刻置身在龐大的迷宮之中，感覺眞是很不一樣。

七十餘萬人。三十六年。

在地下挖出了等同三個澳門大小的古代遺跡，儼如地下城的世界。

賴飛雲嘖嘖稱奇的同時，心想：「投入這麼大的資源，做這種國家建設，是爲了增加GPD嗎？陵墓建成之後，百姓不能享用，又不能參觀，眞浪費人力物力！」

本來，張獒手上有地圖，應該很好走。

突然，不能再前進了。

眼前——

整條通道都塌了。

「怎會這樣的？」張獒呆呆看著前方的土礫，眼珠都要掉出來了。

整條通道完全堵死，要挖的話，也不知挖到何時才能開闢一條路。

出了這種意外，張獒苦思了一會，向同伴說：「對不起，我失算了。難怪阿紅和樊博士出不去，原來是『九歌』那些混蛋做的好事，炸毀了這條出路。眞絕。太可惡了……」

巫潔靈和賴飛雲聽了，都感到不知所措。

張獒沉思了一會，向賴飛雲道：「對了，你背包裡有炸藥，你覺得我們可以炸開一條路嗎？」

巫潔靈雙眼瞪大，大聲叫道：「有這麼危險的東西，怎麼不早說！」

看著她緊張的神情，張獒和賴飛雲笑了出來。只要受過軍事訓練，都會知道現代炸藥的安全性很高，要連接雷管才能引爆（雷管就是內含起爆材料的引爆管，像電線一樣捆成一圈）。張獒選用一種叫「TNT」的黃色炸藥，這種炸藥的特點是防水，即使子彈貫穿也不爆炸，但威力極強，一塊餅乾大小的炸藥就足以令人血肉紛飛，連骨頭也化爲粉末。

賴飛雲前後繞了一圈，細察了坑道的結構，向張獒道：「你對用炸藥有信心嗎？」

張獒搖了搖頭。

賴飛雲又問：「我怕會塌，我們會被活埋。沒有其他的路嗎？」

張獒單掌托著智慧手機，看了一會，道：「這是最直接的路。可以繞遠一點，但會闖入沒有地圖的區域，要冒險。等於由中國去印度，可以穿邊境直達，也可以繞過阿富汗。眞糟糕，敵人搜過我們遺留的行李，一定發現我們只有不完整的地圖。」

這兩個男人的對話，巫潔靈一句話也沒聽進耳裡，現在諸事不順，她只後悔進來前沒去寺廟祈個福，買個護身符。

要進要退？

正當大家不知如何是好，張獒忽然吐出一句：「這裡有點悶熱。不如我們去空氣好一點的地方，補充水源，坐下來吃點東西。好不好？」

賴飛雲和巫潔靈有點愕然，一個問：「你是說要出去外面嗎？」一個說：「這裡附近有餐廳嗎？」

張獒再揹起背包，解釋道：「對了，還沒跟你們說過。迷宮裡是有水流的。無論在多麼惡劣的環境，人只要有水，就可以活很久。地圖顯示附近有條水渠，我帶你們過去逛一逛。」

三人回去分岔口，轉走另外一邊。

路徑愈走愈狹，但到了出口，竟有空蕩的回音和水聲。探照燈照出去，光圈變得很大，模糊一片在岩壁上散開。賴飛雲和巫潔靈都不敢相信，地下迷宮連著空曠的岩洞，站在洞中抬頭仰望，洞頂、洞壁怪石嶙峋，暗暗讚歎造物之奇。但最奇的還是外面的一條急流，水聲隆隆隆，竟是條非常湍急的地下河。又見地面鋪著青石磚，碎石碴防堤。地下河原來是一條人工修築的渠道，年久日深，依然川流不息。

張猋笑道：「就說了嘛，我沒騙你。這是地下護城河，圍繞整個秦陵的外城。我們之前檢測過，這條河的水乾淨，可以喝。」

賴飛雲感到好奇，在渠道旁蹲下身子，往水裡觀望，黑波一浪接一浪奔湧，延伸到黑沉沉的盡頭。亦如一般護城河，堤邊與水面有一段距離，要取水的話，就要用繩子繫著水瓶吊下去。聽見張猋在叫自己，賴飛雲按著膝蓋站起，轉身才走了第一步，就發覺無法抬起另一條腿。

有股蠻力抓住了他的腳踝。

正當賴飛雲感到不妙——

有隻手從黑暗裡伸了出來，將他拖進水裡。

41

撲通！

張嫯聽見奇怪的水聲。

當他一回頭，就驚覺賴飛雲不見了，四周只剩自己和巫潔靈兩人，岩壁上也只有兩條影子。

張嫯將探照燈射向黑色的水面，滾滾急波湍流，根本不見賴飛雲的影蹤，這條地下護城河多彎曲折，也不知會流向甚麼地方。

不妙！

當這個聲音在張嫯心中響起，他也立刻從腰封一側拔出了手槍，吩咐巫潔靈緊貼他，一起背靠內壁，全神警惕，注視周圍。

張嫯沒移開目光，迴臂將探照燈交給巫潔靈。

「剛剛發生了甚麼事，妳有看見嗎？」

巫潔靈芳齡十四，膽子卻大得很，聲音一點也不抖。

「我看見有一隻手，抓住小怨哥的腳，然後扯了他下去……應該不是鬼幹的……我見過這麼多鬼，可沒見過可以碰人的鬼，鬼都是沒有實體的……」

不是鬼的話，那就一定是人了。

張獒霎時就想到，敵人炸毀地底通道，眞正目的不是封路，而是爲了限制他們的行走路線，誘使他們步入陷阱。要在地底引爆炸藥，而不引致坍方，操作者必須具備高超的爆破技術。

張獒只想到一個人——

蒙武。

「眞巧啊！這麼快又跟你見面了。」

就算張獒已有心理準備，也沒想過蒙武竟會突然現身，施施然由另一邊的墓道口出來。對著張獒的槍口，蒙武依然一臉泰然，笑臉下顯然暗藏著陰謀。張獒怔怔地瞪著他，發生了這種事，在這種地方遇見這個人，畢竟有所顧忌，沒有立刻開槍。

蒙武拎著一把轉輪式手槍。但他的槍沒舉起，所以如果張獒眞的開槍，蒙武就會死。世上哪有這種上來送死的笨蛋？當中一定有古怪，玩弄著心理詭計。蒙武好像吃了豹子膽，不知哪來的信心，顯得很篤定，似乎堅信張獒不會開槍。

而蒙武身後，跟著一個很斯文的男人。

蒙武這身衣著，其實頗像電影「法櫃奇兵」裡的主角瓊斯博士，只是改穿吊帶褲，少了頭上的牛仔帽。他的同伴，打扮也差不多，白襯衫，紅領口的厚外套，有一頭梳得齊整的學究式頭髮，玳瑁邊的眼鏡，臉上不留鬍鬚。此人看起來滿帥的，清秀斯文，有種抑鬱的氣質。他站在蒙武背後，繞著臂，手上竟然沒有武器。

張獒感到費解：「這些人不是來盜墓嗎？怎會穿成這樣？他們的裝備呢？」

在五星街的教堂那邊，巫潔靈明明看著警察出現，逮捕蒙武上了警車，還以為惡人會受到制裁，想不到依然逍遙法外。

張獒就像遇見老朋友，也不是眞的求個明白，只出言試探：「你不是在坐牢嗎？這麼快出來？」

蒙武單眼戴著眼罩，笑起來很像流氓。

他的聲音很溫文：「怎麼樣？你不爽嗎？我買了公安局的通行證，一年之內，可以自由進出拘留所。嘿。」說得十分輕佻，也不知是否眞有其事，總之他眞的安然無恙出來了，還比張獒他們更早進來。

二對二。

由於巫潔靈手無縛雞之力，實際上是二對一。

在這麼近的距離開槍，無疑是同歸於盡。

張獒不管三七二十一，不管有沒有古怪，先對蒙武轟出一槍。

卡、卡……

子彈竟然沒有擊發，槍膛裡好像有東西卡住。

張獒整個人怔住了，在心中怒罵一句：「他媽的！這個關頭，怎會倒這種楣？」當他瞥見蒙武的表情，便想到不是自己倒楣，這個大混蛋胸有成竹走出來，必然是用了近乎超能力的手法，暗暗對他的槍動了手腳。

蒙武單眼戴著眼罩，並不是眞瞎，蒙著單眼，只是為了方便用槍瞄準。連他自己也說不出原因，他就是無法好好閉上一隻眼睛。

可是，就算他現在閉著眼亂射，也能一槍斃掉張獒。

轟！

蒙武這一槍卻故意打歪，明顯是個警告：「你的槍不行，老子的槍沒問題。」下了馬威之後，蒙武再用拇指扣動扳機，舉槍對著張獒的頭，厲聲威逼：「把你的槍和背包扔過來！立刻！」

要嘛棄械投降，要嘛當場慘死。張獒無可奈何，只能選擇前者。他罵出了上海髒話：「那媽錯比！眞邪門！」接著解下了背包，沿地面將手槍滑過去。張獒心裡明白，只要一日未尋獲古鐘，蒙武也不會傷害巫潔靈，這時候先保住性命，也是權宜之計。

蒙武行動果斷，一腳就將張獒的背包踢下了地下水渠。第二腳，就踢走地上的手槍，腳法不俗，看來以前有練過足球。

張獒只能睜眼看著流水沖走自己的背包。

蒙武的語氣有一絲得勝的喜悅，向巫潔靈說：「小妹妹，妳不反抗了嗎？」

巫潔靈癟著嘴說：「我的武器只有牙齒，鬥不過你的槍。」

「好了……雖然浪費了很多時間，結果還是一樣……快帶我們去找你們的老大——亞善的屍體。」

張獒只好舉起雙手，瞪著蒙武和那個很斯文的男人。

那男人身上散發著陰沉的氣質，至今依然一言不發，他的身分，就像個難以猜破的啞謎。

42

水裡有鬼。

民間傳說常有記述，溺死的人化爲厲鬼，到岸邊找替死鬼，抓住活人的腳下水。賴飛雲見過一次有人打撈起淹死的小孩，死屍擱在溪邊，全身發黑，眼睛全是紅色的，睜得很大。賴飛雲當時心想：「假如眞的有水鬼，應該是長這樣吧？」但他不信妖魔鬼怪這一套，鬼由心生，要不是由恐懼生成的幻覺，就是有人在裝神弄鬼。

當賴飛雲入水，身子下沉之際，照明燈在水中散出泡沫般的光芒，而在這團光芒中，他看見了一條龍。

是畫在人體上的龍——

憑著這麼明顯的特徵，賴飛雲隨即想到蒙恬這個人。他是帶著龍紋身而來的死神。蒙恬游過來，恰如盤旋的蛟龍一樣，繞過側腹，雙手攀住賴飛雲的胳膊，右臂從賴飛雲的脖子穿過，再回攬，施展一招「十字鎖喉手」。

賴飛雲連中國第一的殺手王猇亦能打敗，「九歌」眾員自是視他爲心腹大患，無時無刻都在設法除去這口眼中釘。單打獨鬥的話，干將、莫邪、蒙恬和易牙不耍陰招，都沒可能敵得過他。但賴飛雲在陸上無敵，在水裡可不一樣，劍術施展不了，反而是蒙恬的搏擊技大派用場，往死裡比力氣，蒙恬這彪形大漢更有壓倒性的優勢。

「可惡！」

賴飛雲學過一些破解的套路，可是在水裡全不管用，一時只能死命扳住蒙恬的手臂，以防他的左手大拇指插入下巴。更糟糕的是，賴飛雲背繫沉重的行囊，肩帶和腰封釦霎時難解，連在水裡轉身也不容易。他掙扎了一會，手肘後撞，攻擊敵人的肋間和腰，可是蒙恬的胸腹硬得像鋼一樣，這招根本不奏效。

一般這麼鎖喉的話，十幾秒就能將人勒死。

賴飛雲只看見自己口鼻冒出來的氣泡，氣泡冒完了的時候，他就會窒息，喉結也會斷掉。

在冰冷的急流中，凌亂的水波擴散，兩人一邊纏鬥，一邊漂到下流，浮在水面的照明燈愈飄愈遠，瞬即沒入一片無邊無際的黑暗之中。

一串血花在水底出現。

賴飛雲費盡九牛二虎之力，拔出腰帶上的龍淵短劍，反手直刺向蒙恬牢固在他脖子上的右臂，捅出了一個血洞，鮮血便不斷湧出，在水裡抖散開來。

可是，賴飛雲乏力，加上水的阻力，無法砍斷蒙恬的筋骨。這條小傷，對蒙恬來說不痛不癢，他身體的耐打程度非人能及，已經不能用皮糙肉厚來形容了。況且都到了這地步，就算要斷掉半排肋骨，蒙恬死忍到底，也絕不會放手。

血腥的氣味愈來愈濃，再過幾秒，賴飛雲就會死。

除了自救，別無他法。

儘管命在旦夕，賴飛雲卻收起了龍淵劍，似乎放棄了掙扎。

他的五指划開染紅的水，按在蒙恬前臂的傷口上，牢牢抓緊之後，就將自體催生的磁力注入敵人的血管裡。

體內磁爆！

賴飛雲可以憑意志釋放出磁力，經過特訓之後，這股磁力不僅收放自如，還可傳導到金屬物之上，產生磁化作用。當賴飛雲還是小學生的時候，就能在單桿上做一千下引體上升，看得體育課的老師瞠目結舌。每當到了危急關頭，他這股潛能會變得百倍強大，由磁力生成的保護罩，即使快如子彈也無法完全貫穿。

鐵是人體中最豐富的金屬，血的味道就像鐵鏽的味道。紅血球含鐵，負責帶氧，一旦形狀扭曲，攜氧性就會急降，輕則貧血，重則麻痺，這亦是地中海貧血的成因。賴飛雲直接將強大的磁力貫注到蒙恬的動脈，血液中的鐵分子大受影響，自然就會嚴重缺氧，好比用電磁波震碎一個人身體內的紅血球。

臂鎖終於鬆開了。

賴飛雲手肘往後一推，就擺脫了蒙恬的糾纏，旋即左腳驟然發力，一腳踹在他的腹部，整個人便浮上水面，大口大口吸氣，算是撿回一條命。

僥倖脫險，賴飛雲一喘定，便游向渠邊，貼身靠壁，止住漂流之勢。他的目光回望，在湍流溯波之中，瞧見蒙恬在黑暗中愈漂愈遠的身影。

直等到蒙恬完全消失，賴飛雲才安心下來，暗暗想道：「唉！這傢伙眞是個怪物，怎樣也打不死！相信很快又會再遇上他……」

這樣的不祥預感往往會成眞。

賴飛雲繼續抓住渠邊突出的石塊，滿口滿鼻都是水，呼哧帶喘，歇息了片刻之後，望向上壁，大約要往上攀兩公尺才能重返平地。

若在平時，這兩公尺的高度一定難不倒他，但沿壁濕滑，身上又有沉重的背包，數番嘗試，都是空忙一場。

待在水裡，不會冷死，但總不能一直這樣子吧？

賴飛雲感到無助，正發愁要怎麼上去，忽見從漆黑一片的上方，有條螢光的繩子掉了下來。

誰？

43

有四個人在墓道裡走著。

蒙武在後面拿著槍，催促張嫯和巫潔靈快走。蒙武身旁的斯文男人一臉冷峻，就像個冷臉判官，監督整個押送囚犯的過程。

「刀片」和「九歌」兩幫人，在秦陵裡狹路相逢，雙方只是利益上有衝突，還未到你死我亡的地步。當時在西安市，張嫯的吉普車受到遠程遙控炸彈襲擊，分量都經過蒙武的精密計算，只是爲了拐走巫潔靈，並非眞的要取命。

只要張嫯還有利用價値，蒙武還不會殺他。

張嫯雙手受縛，在背後打了個很大的死結。在那個死結上，還繫著一個小型機器。據說是炸彈，遙控器在蒙武的手上。巫潔靈的待遇比較好，只是雙手在前面受縛，她這一介女流，蒙武始終不放在眼內。

亞善盜鐘一事，完全是一場意外，負責保管古鐘的王翦出了差錯。蒙武接獲命令，就和其他同伴組成一個小隊，合力活捉巫潔靈。上頭甚至請了王虓出馬，可是王虓竟然失手，弄成一個大亂局。幸好蒙武將功贖過，成功收拾殘局，料到張嫯他們會進來地下迷宮，便耍賤招，設下圈套，等待他們自投羅網。

張獒一路上覺得納悶，便跟蒙武說話：「你們這樣做，究竟有甚麼目的？古鐘有甚麼用？」

「哼。你當我白痴啊？你以爲自己快死，我就會有問必答嗎？不會的，你想知道答案，死了之後，自己去問閻羅王吧！」

「我眞的不明白，像你這樣的知識分子，爲甚麼會加入恐怖組織？哎喲，不好意思，在我眼中，你們就是恐怖組織。」

「現在是賊喊捉賊嗎？你們的組織不也是一樣嗎？」

「我們不一樣。我們不會亂殺人，不會用暴力顛覆一切。」

明知對方在套話，蒙武覺得無關痛癢，便聊起來：「你說的沒錯，我繼續做我的研究，我眞的有信心，有朝一日可以得到諾貝爾獎……這又如何呢？這個國家，再多幾個諾貝爾獎得主就會改變嗎？我身邊這位同志叫商鞅，隨便公開他的一項研究，我都保證他穩拿諾貝爾獎。我們組織中的干將、莫邪，都是天才工程師……我們比你們更有理念，眞正可以改變世界的理念。」

張獒心中微微一動，一來想不到敵人的整體學歷這麼高，二來想不透這些學者連群結黨的意圖。張獒故意從鼻子裡發出冷笑，表示不屑。

「果然是恐怖組織。你們很有理念，但很邪惡。」

「哼，隨你怎麼說……你做過化學實驗嗎？一旦混入錯誤的溶劑，不管你如何修正，都一定修正不了。到了那個地步，唯一的辦法，就只有重弄了……一個錯誤的國家，只有推倒重來，才有希望。這是亂世，是個爬蟲橫行的世代，對付『惡魔』，只有用上惡魔的手段，借助惡魔的力量，才能令世界重回正軌。」

商鞅一句話也沒說過，他瞪了蒙武一眼，蒙武立時住嘴。

那眼神的意思很明顯：「請你慎言。」

沉默是金。沉默是祕密的保險庫。刑警盤問，最怕就是遇到一句話也不說的犯人。保密是商鞅的人生信條，也是九歌內部的最高守則。

蒙武覺得商鞅這個人難以捉摸，有點不近人情，但他知道商鞅對著外人，可以有很多不同的面孔，僞裝出不同的性格和習慣。但這張冷冰冰的臉，好像才是他的眞面目。蒙武加入「九歌」的時候，商鞅已是資深幹部。蒙武本來是科學家，自問頭腦超卓，可是他自愧比不上商鞅，這個天才的智商遠遠在他之上。

商鞅讀書，是用翻頁的速度，三分鐘就能讀完一本二百頁的書。他可以將圓周率（π）背誦到小數點後十萬位數，不輸現時的世界紀錄保持者。

這樣的天才，專攻甚麼學科，都會成爲那領域的天才。他畢業於美國某常春藤大學的「生命工程系」。但即使是這所大學的學生，都不知道校內有這樣的一個學系。實驗室的位址是校方和政府的高度機密，領先全球的基因改造技術都在這裡誕生，當然，這裡的學者絕對不准發表任何論文。

商鞅培育出一種昆蟲，叫「蛀槍蟲」。

這種蟲會受子彈的火藥吸引，由槍管飛入彈匣，造成堵塞。張嫯用的是半自動手槍，一卡住就無法擊發。蒙武瞭解這一點，所以用轉輪式手槍，這種較古老的發明，反而很少故障，而且可以裝上特殊的子彈。

這樣的鬼招，當中的詭計，就算張獒天天絞盡腦汁，窮一輩子也猜不出眞相。

每到一個分岔路口，商鞅都會伸出手指，指引正確的路。

古墓的地圖就在他的腦裡。

商鞅的記憶力和超級電腦一樣，無限儲存容量，永遠完美無誤。

他這種能力，稱爲「超級自傳式記憶力」。

蒙武知道，只要有這個人，再複雜的迷宮也闖得出去，當然前提是先要讓他記住正確的地圖。

這一路上，蒙武不再理會張獒，默默不發一言。但張獒剛剛的話，刺激了蒙武的記憶，一個人在寧靜之中，就會胡思亂想。

在蒙武的腦裡，還留著那一天的殘影——

一個站在坦克車旁的軍官，淚流滿臉，違抗上級的命令，呑槍自殺了。蒙武當時是大學生，參加學生運動，目睹這一切，很瞭解那人自殺的原因。蒙武想起了《史記》裡的故事，有個叫鉏麑的刺客，奉昏君之命刺殺佐政大臣趙盾，可是他在要下手之前，發現趙盾是個勤勉正直的好官。殺他，不義。棄君之命，不信。鉏麑於是選擇了自殺，頭撞槐樹而死。

害死人的是政制，是卑鄙的權術；害死人的，是人。

有時候，「惡魔」可能比人更有品德。

蒙武將靈魂賣給了「惡魔」，一股有可能衝擊世局的勢力。

他很清楚，他是在揮舞著正義的大旗，做出很多以暴易暴的惡行；他在用暴力殺人，而腐敗的社會在用智慧殺人。

中國盜王亞善的傳奇人生，在黑道廣為人知，蒙武久仰大名，也敬他是一條好漢。

可是，蒙武始終認為亞善的理念太天眞，以為單靠和平起義，就能改變這個腐敗的社會。這樣做，又和古時將亡之國那些殉道之士有何分別？

蒙武未見過亞善，只見過他的屍體。

同樣的地方，同樣的屍體。

這裡，就是亞善自殺的地點。墓壁上殘留著血跡，屍體橫躺在地上乾涸的血泊，披頭散髮掩臉，四肢僵硬冰冷。

死者的姿勢，死者的衣著，和張嫯離去時所見的一樣，確定是亞善沒錯。

「好了，是時候做正經事。」

蒙武一說完，就用槍頂住張嫯的頭，將他壓到牆邊。

「小妹妹，請妳好好合作。如果妳不肯，這位小哥的小命就會不保。老實說，我們彼此之間無冤無仇，我保證，只要妳幫我找到古鐘，一切恩怨就會一筆勾銷，妳和這位小哥都會生活愉快。」

留住張嫯的命，就是用來要脅巫潔靈。

巫潔靈看著蒙武，又看著商鞅，一臉天眞的神態。

「我怎知道你不會騙我？」

「如果我騙妳，妳做鬼之後，可以來找我算帳。」

蒙武看見張槷想說話，就用槍管塞住他的嘴巴。

巫潔靈乖乖就範，背向眾人，走向另一邊，嘴裡唸唸有詞，好像在說一種陌生的語言。蒙武和商鞅牢牢盯著她，目光沒片刻挪開，監視著她的一舉一動。在這少女的眼睛之中，可以看見眾人看不見的魂魄。

他們都沒有注意背後的屍體。

屍體動了。

倏地站起來了。

44

繩子材質特殊，在漆黑中放出綠色的螢光，細看之下，才發現末端有個勾環。

儘管賴飛雲滿腹疑問，也懶得再想，手指並攏，抓牢了繩子和勾環，盡量貼近岩壁，踏著岩上裂縫，借力引體向上。他身手矯健，右手一伸，扣住岩邊，二頭肌用力，便能撐起全身攀上平地。

只見繩子繞過了一塊磐石，應用了滑輪的原理，再在石縫之間打了錨點，用的是齒輪形的攀岩工具。

賴飛雲歪過頭，瞧了瞧，在微弱的光芒中，有個和他穿著同款緊身衣的男人，雖然此人下巴鬍子拉碴，一副邋邋遢遢的樣子，卻有種儒者的氣質，一點也不像個野人。

那人朝他走近，突然滑倒，一屁股坐倒在地，笨手笨腳。那人竟躺地不起，仰天大笑：「哈，不好意思，我餓得腿軟了。只要是有緣人，掉到水渠裡也相逢……你就是賴飛雲吧？想不到我和你第一次見面，會在這麼奇怪的地方……你好你好！我就知道我命不該絕，會有人來救我，原來就是你。」

他有一雙善良的眼睛，不像會騙人的樣子，燃油燈一照，兩頰上各有一條貓鬍鬚般的淺疤。

賴飛雲已猜出此人是誰。

果然，那人自報姓名：「對了，還沒介紹，我叫樊系數，姓樊的樊，系統的系，數學的數。嫌我的名字奇怪，你可以叫我樊博士，或者叫我的別名：『飯頭』。老實說，我早就認識你，但你不認識我。」

踏破鐵鞋無覓處，賴飛雲因禍得福，在這裡巧遇樊系數。原來樊系數在意外發生時，因爲想到渠邊盛水，一時亂走，與張禁失散。他在黑暗中獨自過了七天，在地道遊走，直到剛剛聽見奇怪的叫聲，便循著聲音尋來這邊。他也眞的夠運，糧食耗盡，餓得迷迷糊糊，救星就來了。

縱使潛入水底，賴飛雲的背包內袋幾乎滴水不沾。

樊系數搜出乾糧就吃，看著賴飛雲，打了個哈哈，瞇著眼道：「你也吃點東西吧！我破壞了古物……背包裡有木塊，可以取個火。」

兩人燃起篝火，便暫留此地歇息，等賴飛雲的衣物烘乾才走。從賴飛雲口中，樊系數得知亞善的死訊，心情變得沉重，滿懷傷感地說：「我用術數，能知生死，可是一個人要自行了斷生命，這就是非我能預料得了的……唉，我和亞善認識十多年了，我就知道他是這種人。」

賴飛雲乘機問個明白：

「你們和『九歌』的人，不惜一切，賠上生命，就是爭一塊不知有沒有的和氏璧？」

「聽起來很難相信吧？但事實就是這麼離奇。雖然不知道爲甚麼，和氏璧藏著一部叫《歸藏》的古書。我預料，地球將會發生一場可怕的大災難，要拯救地球，就要借助和氏璧的力量。」

「歸藏？」

「我們這些學術數的人都知道，古有三易之法，分別是《周易》、《連山》和《歸藏》。《周易》就是人稱群經之首的易經……而《歸藏》蘊含的知識遠遠在它之上！我的祖師爺說過，《歸藏》是一本天地之書，誰得到它，就會得到控制天地的力量。」

靠一本書，就可以拯救地球？

這是甚麼怪道理？

賴飛雲乍聽下，差點以爲遇上了神棍。

樊系數沒解釋下去，轉身檢查背包裡的裝備，翻了翻，瞧見上刻「泰阿」兩字的鐵劍，不禁拿上手看看。

「啊！原來這就是傳說中的泰阿劍……你竟然將它帶來了，眞是太好了。我想起了以前很愛玩的電腦遊戲『軒轅劍』！在遊戲裡，軒轅劍就是最強之劍，相傳是黃帝的寶劍，用來對付蚩尤。上古時期，常常有這種傳說，說這些劍都是仙人借給凡人的神器……甚麼仙人嘛，我看根本就是外星人。我知道泰阿劍的特殊功能，能壓縮空氣產生利刃……以現時人類的科技水準，當然做不出這樣的東西，所以它必定屬於高度先進文明的產物。」

樊系數接著說出一番怪論：「有很多科幻小說的構想，到後來都會變成事實。我相信，有一段時期，中國的祖先與外星人接觸，學會了文字，得到了智慧。我學了術數之後，更加相信，《周易》、《連山》和《歸藏》是外星人文明的終極科學筆記。」

在外星人眼中，初期人類只是低等的蠻夷，無法完全接受高深的智慧。外星人一旦消失，他們留下的文明便無人能解……直到人類文明進化到同等的高度。

賴飛雲看著泰阿劍，心想樊系數異想天開，也未嘗不無道理。試問一百年前的人類也不會想到有穿梭機、微電腦和核子彈這樣的發明吧？如果人類能到其他星球探索，爲甚麼不可能有外星人穿越宇宙降落地球？

樊系數的母語是廣東話，一講國語，口音奇怪。賴飛雲雖然覺得辛苦，勉強還是聽得懂樊系數的話，眞的聽不懂，便求他慢慢再說一遍。

說到困在這裡的日子，樊系數依然心有餘悸，步步驚魂。遇見賴飛雲之後，以電玩術語爲喻，他覺得好像有個等級極高的夥伴加入，現在反而期待遇敵，給那些壞人還以顏色。

「唉！現在眞的就像在玩ＲＰＧ一樣，闖入一個大得驚人的迷宮。我們籌備了十年，做了萬全的準備，有了地圖，找到地下迷宮的眞正入口，想不到還是一敗塗地！」

「有地圖，爲甚麼走不出去？」

「有很多路根本不通，譬如來到這裡，地圖上明明有路，哪想到會變成一條渠流？又有很多祕道，不認眞找，黑漆漆一片，很容易錯過。不過，最令我不解的是，地圖顯示外城區有上下兩層，我獨自在迷宮裡闖蕩，找了很久，也找不到通向下層的入口，眞奇怪啊……不過，剛剛聽完你漂來這裡的經過，我就覺得這水渠有點奇怪，我們不如沿著上游走走，看看盡頭有甚麼吧？」

「當務之急，不是和張獒他們會合嗎？」

「不！你提醒了我。當務之急，是要充電。」

樊系數年近三十，依然童心未泯，思維跳脫，總是令賴飛雲摸不著頭腦。雖然也有紙本版的地圖，置身古墓，還是盯著發光的螢幕比較方便。只見樊系數取出一台很薄的平板電腦，像放大了的觸控手機螢幕。

只聽他解釋道：「這是我在美國的朋友研發中的產品，市面上還沒開賣……」接著拿出像風箏捲線圈的東西，拔出電線接頭，連接平板電腦，笑道：「這是我發明的手搖式充電器。」

賴飛雲懂得鑽木取火，卻沒想過有人做出「轉桿取電」這種器材。樊系數不停轉動發電器的旋柄，賴飛雲單是看著，就覺得很累，忍不住說要代勞。賴飛雲接過手搖器，放在地上，單掌運使磁力，隔空就令旋柄高速轉個不停，如施幻術，妙不可言。

樊系數眼也不眨地看了一會，然後問：「你物理好不好？」

如此奇怪的疑問，賴飛雲聽了第四遍，才弄懂他的意思。

「物理？這是我最討厭的學科，完全不行。」

樊系數露出深不可測的表情。

「你知道……磁鐵可以產生電流嗎？發電的原理就是利用磁鐵。」

這番話平平無奇，卻引發奇想，爲賴飛雲開拓了一片嶄新的領域。賴飛雲愕然看著樊系數，然後腦中靈光一閃，突然有種開竅的感覺。

賴飛雲的天賦奇能是磁能，和太極有莫大關係，一陰一陽，源於正負兩極。賴飛雲由七歲起砥礪磨堅，現在體能處於巔峰期，將自身的磁能操縱自如，能吸起半噸重的鐵塊。

在樊系數指導之下，賴飛雲閉目靜思，左臂暗行負極，右臂逆流正極，就像在使「二刀流」一樣。初試不成功，但他學得很快，再摸索一會，一鼓作氣，融合體內的兩股正負磁力，便在瞬間將密集的力量釋出體外。

「嗤」地一聲響，電光從他的肩膀快速向全身蔓延，整個人發光發熱，貫穿了黑暗，竄到地面上，嚇得樊系數往後栽倒。

「神奇！太神奇了！」

看著賴飛雲眞的生出電能，樊系數直呼驚奇，要不是有一段距離，適才一個不愼就會觸電。賴飛雲也不能置信地看著自己，因爲發現了新的潛能，高興得眼冒異采。

樊系數的腦筋動得比較快，馬上想到應用的層面，雙眼骨碌碌地瞧著地上的泰阿劍。

「對了……你有想過嗎？你這股能力如果結合劍術，會有驚人的殺傷力？」

她是風中的風，黑暗中的蝙蝠。

45

張獒還沒瞧清楚是怎麼一回事，蒙武和商鞅已經倒下，立時昏厥過去。

麻痺刀！

本來躺在牆邊的死屍，忽然躍起來襲擊人，當真嚇破人膽。

可當張獒瞧清死屍的臉和那插針的手法，不禁熱淚盈眶，上前抱住對方，大喜道：「阿紅！」

頭髮凌亂的阿紅看見張獒，竟拿他的傷患來開玩笑：「你瞎了一隻眼，戴著眼罩，好像比較帥。」

巫潔靈笑嘻嘻瞧著兩人，做了個勝利的手勢。

原來阿紅一直沒離開地底，卻穿上了亞善的衣物，躺在地上裝死屍。這一星期不容易熬，但她還是熬過去了，臉頰瘦了一點，但精神看上去不錯。

當阿紅用繩索綁住了蒙武和商鞅，扠著腰呼了口氣，向著巫潔靈說：「妹妹，謝謝妳。妳是故意走到那一邊，幫我將他們的注意力引開吧？妳的目光真銳利，看出我在裝死。」

巫潔靈微笑道：「我看不出啊！是亞善的靈魂告訴我的。他的靈魂一直在這裡，無時無刻陪伴妳。」

聽了此話，張獒鼻頭一酸，想起當時亞善舉槍自殺的情景。他偷偷留意阿紅，總是覺得她的面色黯然，目光楚楚可憐。每個熟悉亞善的人都知道，他對阿紅如同親生女兒，阿紅是由他養大的。她也當他是爸爸一樣。可想而知，亞善的死對她的打擊一定巨大。

「阿紅，妳想哭的話，可以哭出來……我的肩膀借妳……」

張獒眞情流露，卻觸礁了。

阿紅沒哭，只是很冷靜地說：「張獒。你上一次見過我哭，是甚麼時候？」

「不記得呢……我好像從未見過妳哭。」

「對！我不是那種容易哭的女生。連我自己也不記得，我上次哭是甚麼時候。由小到大，我反而常常看到你哭，你才是愛哭鬼呢！」

聽到阿紅這麼說，巫潔靈哈哈大笑，弄得張獒尷尬難當。張獒回想，阿紅眞的從未在別人面前哭過，再嚴峻再可怕的特訓，哭出來的人都是他不是她。當然，張獒因爲亞善臨終前那番話，自認是阿紅的未婚夫，全是個人一廂情願，阿紅根本不當一回事。

這個星期在外面發生的事，張獒一一交代，長話短說。當阿紅知道賴飛雲也進來了，不知何來的信心，十分堅定地說：「放心，他一定沒事的。」

等到張獒說完，就輪到阿紅陳述過去發生的事。

阿紅指著綁在一旁的商鞅，說道：「當時我們中了催眠氣體，你昏倒了。就是這個人、還有一個戴著鐵口罩的瘦子（張獒心想：他就是暗殺者易牙！）……和一個叫王翦的男人。這三個人，王翦是最棘手的，我和亞善都打不過他。當時，我先拖著你和樊博士一同撤退，然後趕回去亞善那邊……」

結果——

「我迷路了。折騰了很久，當我回到遇敵的地點，已看不見半個人，遠遠也聽不到任何聲音。我忘了帶地圖，只能亂走，亞善的背包被拿走了。我看見四方八面的血跡，就很擔心，可是我只能依賴聽覺尋人。說來奇怪，我也不知道為甚麼，我那一刻精神繃緊，集中力特別強，竟能聽見遠方微乎其微的聲音。很神奇，就像有了順風耳一樣，但我現在沒進入那種狀態，就做不到了。」

阿紅靠耳朵，知道了一切——

超聽覺——

「雖然找不到你和亞善的所在地，我卻聽到你和亞善的對話。他叫你出去的事，臨終說了甚麼，我都聽得一清二楚。聽見槍聲，我就知道他自殺了。我又聽見，在你離開不到五分鐘之後，王翦他們就找到了亞善的屍體。他們派了易牙追殺你，王翦就留下來對付我……我就開始和他玩捉迷藏。後來我想到一計，就來到亞善身亡的地方，換上他的衣服，易容裝死，一方面等你來，一方面可以睡覺。」

張獒吞吞吐吐地問：「亞善的屍體呢？」

阿紅黑著臉道：「我很餓。吃掉了。」

聽到這樣的話，張獒臉都歪了，在心中大呼一聲：「天呀！這簡直是我聽過最大的悲劇！」

看著張獒吃驚的神情，阿紅才澄清：「開玩笑的啦！我就算餓死，也不會做出這種事的。這種鬼地方，就是墓室多，我把他揹到一間墓室，埋掉了。我本來想將他扔到水裡，但捨不得……」

當張獒想像阿紅一個女子，揹著亞善的遺體，辛辛苦苦在墓道裡行走，他的神情就變得很傷感，明明很關心她，卻一句安慰的話也吐不出來。

阿紅毫不感情用事，表現得很堅強，叫張獒過來幫忙，對蒙武和商鞅搜身。可是沒搜出甚麼東西，阿紅不禁懷疑，他們的行李和裝備放在別的地方，或者有其他同黨。張獒的裝備全丟，兩手空空不是辦法，就搶走了蒙武的手槍。

阿紅說，她將自己的背包藏在附近，現在就要帶大家過去，然後盡快出發，尋找亞善用命換回來的古鐘。

巫潔靈自小孤單，從來沒年紀相近的朋友，這時遇見阿紅，就很喜歡阿紅，一直黏著她走。

「我看得出，妳有著很漂亮的靈魂。」

「妳怎麼看得出來？」

「這兩個壞蛋害死亞善，又想殺妳，妳竟然還放過他們，饒他們一命……和妳弟弟一樣，妳也是個大好人！妳的靈魂，就是我心中天使的形象！」

阿紅一笑置之，卻沒想過，巫潔靈是真的能看見她的靈魂。

途中，這兩個女生有的沒的聊了起來：

「亞善眞的很帥！很瀟灑！如果他年輕二十年，我會愛上他呢！」

「妳能看見他？妳眞是特別，亞善說的是眞的，妳擁有和死人接觸的能力。」

「妳可以跟我說說亞善的事嗎？」

巫潔靈大可直接問亞善的亡靈，但她有意要阿紅親口說。

三歲時遭遇空難，飛機上唯一的倖存者，親人死光，由他繼承龐大的遺產……相士說他是「天煞孤星命」，命剋血親，他就眞的終生不娶……二十四歲成立俠盜組織「刀片」，二十五歲成爲中國盜王，二十九歲蟬聯中國盜王，幹下震驚中外的大案……阿紅就像在口述自傳，將亞善的生平娓娓道來。

「爲了令世界變得更美好，世上有很多無名英雄。亞善就是這樣的人。在進來之前，他早就有了死的覺悟，將畢生財富全數捐出。他是個活在黑暗中的英雄，不會流芳百世，但他做過的事改變了很多人，包括我……」

頓了頓，阿紅很感慨地說：「亞善這一生，活得這麼精彩，眞的不枉過了！」

「妳知不知道，亞善這輩子做了這麼多大事，哪一件是他最大的成就？」

「噯？妳幫我問問他吧。」

巫潔靈眨了眨眼，故意說得很慢：「妳這個女兒就是他最大的成就。最令他感到驕傲的事，就是有妳這個女兒。這是他的眞心話，我向死人問話，死人一定不會說謊的。」

阿紅突然悶聲不響，快步走在前面，不讓別人瞧見她的臉。

巫潔靈平時不顧別人感受，老是愛胡鬧，但遇上這種和死有關的場合，卻變得善解人意。因爲工作的關係，她出席過一百次以上的喪禮，見慣悲歡離合，在這方面很懂得安慰人。

「人與人之間有緣分，死後也是一樣。妳和亞善有這麼深的感情，將來——我是指下輩子，一定會再見的。有血緣的人，下輩子也一定會再見的。一定！」

「這是亞善告訴妳的？」

「不，這是我自己發現的靈魂規則。就算我們不記得上輩子的事，靈魂與靈魂之間，還是會有連繫。有些朋友比兄弟姊妹更親，女兒是爸爸上輩子的情人，一見鍾情、同性戀、婚外情……都可以用這套理論來解釋。」

這是很奇妙的異能，跨越了生界與死域，傳達亡靈的話。即使變成了死人，陰陽相隔，對親人的愛也不會消失，要不是巫潔靈，阿紅也不會相信這樣的事。

小時候，阿紅是半個孤兒，行乞街頭，因爲極偶然的機會，才遇上了亞善。如果沒有亞善收養她，她想不出自己會變成甚麼人。他是個嚴父，自小到大都給她吃很多苦頭，讓她在磨練之中成長。她一直達到他的期望，漸漸地，她繼承了他那一顆堅強的心。

阿紅笑了，邊哭邊笑。

——這是我最喜歡的花，你怎會知道的？

——我不知道。妳愛笑，我就覺得這花襯妳。

阿紅想起了上一次在別人面前哭，是在甚麼時候。

當年的小女孩破涕爲笑，手上拿著一朵太陽花和一串冰糖葫蘆。往事如煙，如今她好像回到那時候，泛起一模一樣的笑容，和那個小女孩的身影重疊了……

46

渠道裡的水流轉緩，變得像溫柔的哭聲。

在地下迷宮的另一邊，賴飛雲和樊系數結伴出發。

剛剛賴飛雲用水瓶盛滿了水。樊系數說，他在墓道待了這麼久，不吃還可以，沒水就一定不行。但為安全起見，他們還是在飲用水裡加了淨水錠，這種野外求生的技巧，賴飛雲也十分熟悉。

所謂墓道，有時是冷冰冰的土坑，有時是縱橫交疊的石磚，如果關掉探照燈，就沒有一點光，黑得透徹，走在其中，常常有一種侷促窒息的感覺。

賴飛雲憋不住，主動與樊系數聊天：「你本來只是大學教授，來古墓探險，你不怕嗎？」

「怕甚麼？」

「怕死。」

「任何人都怕死。我當然也不例外。但有些事，如果我不做，活著會比死更難受。」

這個文質彬彬的大哥，內心竟然充滿了英雄氣概，賴飛雲笑了一笑，不由得對他改觀。

「所以，你真的相信，秦始皇的墓室有和氏璧，而和氏璧可以幫你拯救世界？」

「唔……拯救世界是很偉大的事，但我會走上這條路，也是出自一點私心。」

「私心？」

樊系數輕聲嘆了口氣，對賴飛雲笑了笑，神色悲苦憂傷。

「六年前，我老婆突然昏迷不醒，變成了植物人……她現在還在病床上。要解釋這背後的故事，還眞的要說上半天。總之，我知道，只有找到紀九歌，才有方法令她甦醒。我千方百計闖入秦陵，就是因爲有預感，我會在這裡再遇見他。事實上，我也只有這法子了。」

紀九歌與神祕組織「九歌」有莫大關連，賴飛雲以前跟著警官賈釗做事，就聽說過這樣的事。因爲巫潔靈，賴飛雲跟這幫壞人逐一碰頭，先是在押送干將期間，遇上來劫囚車的蒙武、蒙恬和莫邪，再來就是暗殺者易牙，還有一個謎一般的劉管家。

「干將莫邪、蒙恬蒙武、易牙劉管家……除了這六個人，這個組織應該還有其他成員。他們的首腦就是紀九歌……因爲只有用上數獨門的心法，他們才能將時機算得那麼準……數獨門的傳人，當今世上只剩下兩個，就是我和紀九歌，他是我師叔，也是世上最強的術數師。」

賴飛雲本來還有話要問，但見眼前開朗，兩人來到了一間墓室。

此墓室有隔間壁四進，夯土隔牆，一個像馬廄的地方，兩側羅列著數十匹陶馬。這種東西，樊系數已見怪不怪，打算直走直過，賴飛雲卻忽然警覺起來，拉住他的手臂。

說到曹操，曹操就到。

也不知是哪裡來的，隔間壁後出現了兩個人——

一男一女，分別是干將和莫邪。

狹路相逢，冤家碰頭。

沒有一句話，比這句話更能描述現在的處境。

賴飛雲將探照燈和背包暫放一旁，拔出雙劍，左手握木劍，右手握泰阿劍，背對樊系數道：「你快躲起來，由我來應付！」

干將同樣是劍道高手，他瞪著賴飛雲手上的泰阿劍，恨得咬牙切齒，喝道：「想不到你這小子還未死！」

莫邪也很驚訝，心想自己曾和賴飛雲比過劍，知道他有多少斤兩，所以萬萬不能相信這小子竟能逃過中國第一殺手王虓的追殺。殊不知賴飛雲在這短短一週歷過數個生死關口，劍術上有了飛躍性的突破，士別三日，已不可同日而語。

「幹掉他！」

干將和莫邪左右夾攻，各自使出了渾身解數，向賴飛雲身上猛刺。和昔日的強敵再鬥，賴飛雲才發覺，他們的劍速都變得像慢動作一樣！

賴飛雲出招了。

左手的木劍，有如千斤重墜，震開莫邪手上的劍。

右手的鐵劍，恍若迅電流光，差點削斷干將握劍的手指。

賴飛雲逼退了兩人，卻不乘勝追擊，反手倒握泰阿劍，就像自刺一樣，蛇舌一樣的劍刃從自己腋下穿出。原來不知在甚麼時候，黑暗中多了一個人，無聲無息在賴飛雲背後突襲。但賴飛雲那一劍出其不意，反過來突襲身後的黑影。

那黑影突然竄出來，又突然躍開去。

賴飛雲側身一瞥，只見來敵雙手各持彎刀。他心想：「雙手使彎刀的？」猛然想起張嫯說過的話，便知此人就是王翦。

王翦是個年輕男人，他出手非常迅捷，也非常狠辣，間不容髮間，又連攻了四招殺著，卻都被賴飛雲擋了下來，而且還了一招。

王翦正自詫異，雙手卻沒停，用鍊條將兩個刀柄串起，握住一柄，隔空拽出另一柄，竟是一件像雙截棍的武器。原來王翦精通古武術，熟悉一切冷兵器，同伴給他起了個「兵器之王」的綽號。

彎刀像飛鐮一樣，直取賴飛雲的脖子；干將和莫邪的劍也同時接近賴飛雲的背脊。

眼見賴飛雲如芒在背，已躲無可躲，但他右手垂直舉劍一劈，就壓住干將的劍來錯開莫邪的劍，震得兩人握劍的虎口疼痛欲裂。拆解左邊的彎刀，賴飛雲也另有妙著，左手的木劍由下往上挑，正中飛來的刀面，激撞而起，以彼之道，還施彼身，鍊條繫著的彎刀鐘擺半圈，竟回襲王翦，逼得他要立刻收招。

干將、莫邪和王翦爲之瞠目，都覺不敵賴飛雲。

上上下下左左右右，兵刃噹噹相交，三人全力圍攻，竟然佔不了上風。如果讓賴飛雲有機會橫揮泰阿劍，使出無形劍氣，情況將會更加不妙。

干將吃了一驚：「他媽的！這小子吃了甚麼藥？怎會變得這麼強？」

賴飛雲自己也感到驚奇，習慣了王猇的速度之後，現在和一般人再鬥，對方的招式在他眼中都只是雕蟲小技。如同一個人的棋藝晉升到了某個層次，再和昔日的競敵下棋，強弱就會相當明顯。棋王就算同時和三人對奕，恃眾的一方也勝不了。

中國劍冠以「君子之器」之稱，這是後朝的事。在春秋戰國時期，兵刃下求生，古人用劍廝殺，可刺可砍，不是要一劍刺穿寇讎的心臟，就是想揮劍砍下死敵的頭顱，哪裡還顧得上甚麼君子風度？劍，就是用來殺人的。賴飛雲的劍招學自宮本武藏的書法帖，臨摹出一代劍聖的氣勢，勢若怒猊渴驥，非你死即我亡，這種日本流派的招意，反而彰顯出用劍的眞諦。

劃如鐵石，字若飛動！

泰阿劍是罕見的純鐵劍，千年不鏽，由賴飛雲來使，簡直是天作之合。他用鐵絲綑著劍柄和劍刃，磁力悉數傳導到劍上，磁化起了作用之後，可以黏住敵人的武器，又可以斥開敵人的武器。

賴飛雲愈戰愈勇，雙劍劃出的劍網多次飲血而回，木劍接連命中干將和王翦的要害。

莫邪眼見形勢不對，一腳踢破了探照燈，弄熄了燈源，四周頓時漆黑。

王翦這種人，精於暗殺，在黑暗中偷襲。

黑暗中，只有劍的光芒。

賴飛雲閉上眼，全身透出藍藍的電光。

他把劍往後拖曳，凝神吐勁，旋肩橫揮出一劍。聚集在劍尖的電團擴散四濺，隨著無形劍氣變成可見的電光，光芒綻開，轟雷般橫空而出，驅走了黑暗，所及之處全化爲一片焦黑。

超導電極．泰阿斬！

47

「阿紅，亞善叫我跟妳說，就算他變成鬼，還是可以出席妳的畢業典禮和婚禮。所以妳眞的沒甚麼好難過的……」

「知道啦！」

阿紅、張獒和巫潔靈在墓道中行走，由巫潔靈轉傳幽靈亞善的話。阿紅嘴巴硬，心裡還是高興的。音容宛在，死者猶在身邊的感覺……這種話聽是聽得多了，但阿紅有了切身的經歷，眞是不得不信了。

靈魂世界是另一個世界，尚有很多巫潔靈不了解的規則。即使亞善變成了幽靈，也無法對巫潔靈解釋那世界的一切，正如人類也不是很了解他們的世界。

「我也不知道爲甚麼，亞善的靈魂很特別……自殺的人都是懦夫，充滿怨念，所以陰魂不散。但亞善不同，他有很強大的意志力，不像一般自殺的人……他的靈魂有自主力，可以自由活動。」

巫潔靈頭上的木髮夾，是在西安市一條古樸的巷子裡買的。現在，亞善的亡靈依附在巫潔靈的木髮夾上，可以跟著移動，帶領眾人到他死前藏起古鐘的位置。木材也算是一種生命體的殘骸，至於一個人的魂魄爲何能與木共存，又是另一個未解之謎。

條條墓道看來都是一樣的，亞善借巫潔靈之口提醒，要注意轉角位置的石磚，由下數上來第四排，會有他用刀片刻下的記號。變成幽靈還有一個好處，就是可以擺脫肉體的限制，擁有完美無誤的記憶力，可以毫無遺漏道出生前經歷的一切。

眾人來到一處，在接近頂部的地方從牆角拆下幾塊石頭，露出一個黑森森的洞口。在明晃晃的地方找東西不難，但要在漆黑的墓道裡找東西，倘若沒有亞善的指示，真的和大海撈針沒有分別。

古鐘就藏在磚牆裡。

在整組編鐘中，這個鐘算是小號的，鐘體遍布浮雕蟠虺紋，呈直角曲尺形，末端有鐘柄。

張嫯接過古鐘，忍不住說：「直到現在我還搞不懂，這個古鐘怎會是鑰匙？沒有它，爲甚麼不能打開秦始皇的墓室？」

巫潔靈人小鬼大，將亞善的語氣學得似模似樣：「唉！就算我變成了鬼，也不能無所不知！年輕人，請繼續努力，如果你這麼容易放棄，我就不准阿紅嫁給你……哈哈，張大哥，你有聽清楚嗎？」

張嫯心中感到鬱悶，臉上有點熱，低著頭收拾大背包裡的東西，想盡辦法將古鐘塞進背包。幸好古鐘是兜形的，倒過來，可以當成個籃子，到了這地步，也不在乎它是不是個無價的古董。

這三人一鬼的奇妙組合，循著亞善的指引，回去蒙武和商鞅受綁的地方。阿紅不想殺人，否則一刀一個，乾淨俐落得多，何須理會這兩個壞人的死活？

在原來的地方，地上只剩一堆散落的繩子。

蒙武和商鞅不見了。

「人呢?怎會不見了?」

張獒幾乎無法相信眼前所見，還以為走錯了地點。他拿起地上的繩子，想不出對方是如何掙脫的。正當他驚慌起來，耳邊就出現了巫潔靈雀躍的聲音：「聰明!這個方法聰明!」

阿紅和巫潔靈相視而笑，只剩張獒一臉無知。

「到底是怎麼一回事?」

「張大哥，你智商這麼低，不擔心娶不到老婆嗎?」

「快說!」

「小貓咪，喵喵喵!小青蛙，呱呱呱!小花狗，汪汪汪!」

別人愈想知道的事，巫潔靈愈不想說，還唱起了兒歌，這種性格總是令人很想揍她。阿紅正經得多，覺得不是作弄張獒的時候，便向他解釋：「我早就懷疑『九歌』的人有一套很特別的通訊系統，互相保持聯繫。他們一出事，會有方法向同伴求救。」

「所以?」

「所以我是故意放著他們不管。」

阿紅湊近張獒，拿起張獒脖子掛著的項鍊，按下隱蔽的開關。

原來樊系數給隊員佩戴的項鍊，吊墜是片方塊鏡面金屬，相當輕巧迷你，卻是個內藏發訊模組和追蹤晶片的精密儀器。樊系數曾一臉嚴肅，叫大家不要小看這東西，這東西應用了太空科技，訊號可以由火星傳送回地球，小小的一枚，其實比一架保時捷跑車還貴。

在正常情況下，項鍊不會閃燈；但開啓了追蹤功能之後，如果別的項鍊在附近，就會閃紅光，比較耗電，話雖如此，仍能持續使用大約十二個小時。

阿紅交代不久前動過的小手腳：「我弄昏商鞅之後，就悄悄將自己的項鍊放在他的身上……拆開縫線，藏在他外套的兜帽裡。」

她做得神不知鬼不覺，一直沒告訴張嫳。不用多說，巫潔靈會知道這件事，肯定又是因爲亞善。這段時日，阿紅在墓道裡裝死人，想出了無數暗算敵人的手法，也想出了這種跟蹤敵人的祕法。她懷疑「九歌」的人手上有完整的地圖，曉得破迷宮的捷徑，便故意不盯緊，來引對方上當，與其繼續瞎走下去，不如利用識途老馬。

雖然不知是誰救走了蒙武和商鞅，但從項鍊上閃爍的紅燈狀態，可知他們還沒走遠，仍在可以探測的範圍內。

阿紅踏出一步，笑道：

「就讓那兩條好狗，帶我們走出迷宮吧！」

48

電光刃一掃，亮徹全室。

遇牆即止，一閃即逝，撲鼻而來一陣焦味，彷彿發生了一場漏電事故。

這程度的電壓，連大象也受不了，更何況是人？賴飛雲第一次使出這招，想不到眞的成功，自己身上產生的電流可與無形劍氣融合為一。

墓室復歸漆黑、渾沌、肅靜。

干將等人亦好像已不在人世，四周不再有鼻息和腳步聲。

賴飛雲仍然在黑暗中緊握泰阿劍，保持警戒。

一杜光束照到賴飛雲的背後，又照到牆上，連旋數匝，然後聽到樊系數的聲音：「奇怪！他們都不見了！密室消失？」

樊系數走了出來，賴飛雲守候在側，一同調查敵人的去向。

兩人繞過斜坡門道，結果在一堵隔牆後發現祕道，石磚碎散在牆前，破出個像狗洞的出入口。

一看就明白，干將他們一定是經由這條祕道開溜。賴飛雲探手進去，發覺祕道已被人從裡面用銅板封死，密不透風，即使用盡全力推，也轟不開一條縫。

樊系數再無置疑，抱拳道：「果然是這樣！他們手上的地圖非常仔細，連這種祕道都知道得一清二楚。」思索了一會，又向賴飛雲道：「事到如今，我們還是按照原來的計畫吧……這裡離渠道的上游應該不遠，走吧！」

至於「九歌」的人爲何有秦陵的地圖，就是有樊系數這等頭腦，也絕無可能推想出來。他遊走在地下迷宮的外城，未入中心區域，已有一種強烈的感覺，當初陵墓的設計者將迷宮建得這麼大，表面平平無奇，卻隱藏著複雜無比的暗道，誤闖其中，就好像在和一個無形的對手較量心計，弄得精疲力竭。

樊系數拿出電子地圖，辨明了方位之後，便繼續上路，離開墓室，又走入狹窄的墓道。

他瞧了瞧賴飛雲，傻笑道：「剛剛那一招很犀利，簡直無敵！有你在身邊，我現在天不怕地不怕！這就是古血統的厲害，我看你還有不斷變強的空間。」

賴飛雲記得以前和王猇決戰，王猇也說過差不多的話，好奇心大起，不得不問：「樊博士，到底甚麼是古血統？」

樊系數面上微微變色，一邊走，一邊思索如何解答：「咦，原來你還不知道？等我想想，該怎麼說好呢……」接著問起完全不相干的事：「我問你，你知道我們爲甚麼用十進制嗎？即是由一數到十，逢十進一。」

賴飛雲想得頭皮發麻，才想出一個答案：「不是因爲方便嗎？」

「絕對不是因爲方便！自小到大，我們都被灌輸十進制的教育，已成爲習慣，所以不會質疑，爲甚麼要用十進制……答案很簡單，就是因爲我們有十隻手指。」

在賴飛雲眼前，樊系數將十根指頭扳開，笑了一笑，接著說：「原始人接觸數學，都一定由數目開始，最好的輔助工具就是手指。事實上，10是個不好的基數，只能被2和5整除，除以3和4，都會出現小數點。在數學上，最合理的基數是12。12可以被2、3、4及6整除，如果用十二進制來處理乘法，答案也很奇妙，幾乎不用背乘法表。」

賴飛雲作夢也想不到，會在這裡上了一節數學課。

樊系數續道：「我們的祖先曾有一段時期用過十二進制，中國人的地支就是一套十二進制的記數系統。歷史上，很多古老文明中都使用十二進制來記時。反過來想，古代的人怎會想到要用十二進制？難道，古時候，極度聰明的人都有十二隻手指？所以，我眞的相信，有個具備高等文明的外族——即是外星人——曾經來過地球，將語言和數學傳給地球人。他們甚至留下來，與地球人結婚生子……這些後代，可能叫『神子』。經過數千年，『神子』早就死光了，但他們的遺傳基因還是留了下來……這可是有證據的。你知道甚麼是『六指症』嗎？根據外國的統計數字，一出生就有六根手指或腳趾的人，其實比我們所想的多，大約每五百個人之中就有一個。」

樊系數以爲別人和他一樣聰明，說話常常省去細枝末節。賴飛雲聽得很辛苦，只聽了個一知半解，也沒打算刨根問底。

「我一直認爲聖經是本歷史書。假如你相信聖經裡的故事是眞的，你就應該相信，在以前，我們的世界眞的出現一些超乎常人的『超人』。所謂天使，所謂撒旦，如果撇除象徵意義，只不過是兩個族群的別稱……」

樊系數說個不停，突然間，聽見斷斷續續的異常回音。再細聽，硼砰硼砰，愈往那方向走，聲音變得愈大，到後來幾乎淹沒了耳朵，想必已來到地下護城河的上流水源。

一出墓道口，只見空間廣闊，是一片挖空山峰開闢出來的天地。眼前飛湍瀑流，白茫茫一片，水光瀲灩，順著源頭照去，卻見源源不絕的泉水從岩壁之頂湧出，滾滾高墜而下，經中間的峭面，變成緩慢的黑波，引水到地下渠道，令人歎爲觀止。

探照燈的強光往另一面照去，就在不遠，空曠的昏黑中竟有一座高大的橋梁，橫跨水渠之上，但細看之下，才發現是一道銅製的倒梯形水閘。

「這是……水閘？運河系統？百川江河大海！史書中的記載是眞的！神奇、太神奇了！巧奪天工！」

樊系數想起古書曾記載關於秦國「水神」李冰的治水工程。李冰這位古人，在樊系數眼中是個難得的科學家，屏除迷信，堅決用科學的方法來治理水患。成都北部的都江堰，就是由李冰在戰國時期主理始建，集三大功能，以「魚嘴」分流，以「飛沙堰」溢洪排沙，形如瓶頸的「寶瓶口」，則可引水和控制內江進水量。

眼前所見的運河系統如出一轍，穿鑿山峰而建，奔騰澎湃的江水由進水口湧出，以其狹窄的天然地形，後天加工形成一道引導水流的水門。

這道水門由萬斤青銅鑄造，日久生鏽，雖然全透黴黑，千百年來在激流沖擊之下，竟仍十分堅固，由此亦可見秦國的水利工程在當時已超遠他國。

「T」形渠道中間的水門，可使水流分爲兩支。

直向的渠道注滿了水，橫向的渠道卻無水流，可見黃土底。

樊系數一看，就清楚是怎麼一回事，興奮不已：「哦！我明白了！只要切換水門的方向，流水就會由直流變成橫流，分流到另一邊的渠道！如果我的猜測沒錯，這條護城河的水一流完，就會變成一條路，我們可以下去，然後可以找到通往下一層的祕道！」

水閘的結構不算複雜，當然難不倒樊系數，砌模型曾是他的專長。

倒梯形的水閘，乃一條橫跨水面的青銅橋，上有獸紋鏤銅柱，可沿弧形的軌跡推動。原來銅柱就是機關，連接水閘內部的閥門。

這種粗重工作，就由賴飛雲代勞，將銅柱推到另外一端，想不到並無想像中費勁。

橫向的渠道開始注水，直向的渠道截流——

「古人眞不是蓋的！」

樊系數驚歎之餘，就和賴飛雲坐下，靜靜等待。

護城河裡的餘水繼續往下流，只要流得七七八八，他們就可以下去渠道。

49

深入一片未知的領域。

仍然是陰森而狹長的墓道。

這麼多天不見天日，阿紅感到非常厭倦，很想快點逃離這鬼地方。她提著項鍊，注意閃燈的頻率。紅燈閃爍愈快，代表愈接近蒙武他們，所以阿紅要盡量保持適當距離，不可太近，又怕不小心跟甩。

阿紅不止一次大讚手上的項鍊：「這東西眞好用，除了距離，還可以知道大概的方位。」

目前，他們置身在自己地圖上沒顯示的區域，更要格外留神，一個不小心迷路的話，餓死前也休想走得出去。這個做法很大膽，但阿紅有信心成功，帶著張獒和巫潔靈走上最正確的捷徑。

有些路，遠遠看見是死路，走到盡頭一看，才知死角裡有暗道，暗道內洞洞相連，別有洞天，如此障眼法層出不窮。

三人有時穿過洞窟群，有時穿過地下長廊，有時穿過較爲寬闊的墓室。

張獒揹著大背包，右肩上掛著一張弓。

剛剛經過一個墓室，眾多古兵器琳瑯滿目，戟戈矛鏃應有盡有。雖然都是陪葬品，但有的歷久彌新，張獒隨手翻翻，看中一張紅色的弓，冶鑄精良，飾以連雲紋，不知工匠用了甚麼技法，將青銅漆成了紅鶴鳥的火紅色。張獒撿來當武器，試了一箭，居然還能用，而且威力不俗，射爆了一個陶俑的頭。他對此弓愛不釋手，還幫它取了個名字：「神臂弓」。

又走了一會，位置在東北方。

——按照原定計畫，就是要走到東北方。

張獒以為巫潔靈耐不住寂寞，忽然自言自語：

「你覺得是甚麼人救了蒙武和商鞅？」

「啊……應該是他的同黨吧？」

「廢話……張大哥，你不說話的時候，還滿帥的，一說話就不行了……如果我是亞善的話，一定不會讓阿紅嫁給一個太多話的人。你最好小心點啊！死人還是很有影響力的，現在我就是亞善的代言人……」

自從巫潔靈發現張獒的「弱點」，就常常挖苦他，目無尊長，拿他來開玩笑。張獒深感無奈，終於明白，為甚麼賴飛雲說過：「她很難搞」、「和她相處太久，會令你生腦癌」……每次他作勢揍她，她就會躲到阿紅的背後，向他做鬼臉。

巫潔靈將手伸進阿紅的臂彎，當阿紅是親姊姊一樣，態度截然不同：「阿紅，其實剛剛我在跟亞善對話，探討一些問題，但想來想去都想不通。亞善叫我告訴大家，請大家一起想想。」

阿紅道：「甚麼問題？」

巫潔靈道：「亞善問我……敵人為甚麼知道我的事，又知道亞善要從賈釗那邊借我來幫忙？」

阿紅和張獒立刻恍然大悟，亞善這麼問，弦外之音就是──我懷疑我們組織裡有內奸。

張獒無法相信，一時想不出別的解釋。

「怎麼可能……我們每一個人都認識十年以上……」

「就是因爲認識久，所以才掉以輕心。你想想，他們這幫人，個個都是死士，決心這麼強烈，花十年、二十年潛入一個組織，一點也不難想像。」

這些話，當然是亞善托巫潔靈轉述的。

巫潔靈續道：「亞善死了之後，曾有三個人來搜過他的遺體：王翦、易牙和商鞅。亞善當時已是幽靈狀態，偷聽到他們講話，易牙說甚麼『快聯絡老二』。從王翦口中，亞善又知道了一件事：『九歌』所有核心成員，都約好在陵墓裡某個地方集合。如果紀九歌是『九歌』的頭目，那『老二』又是誰？還有啊，亞善聽過我的經歷，覺得照顧我的劉管家很有可疑，就是不知道他在整個組織裡的位置。」

張獒低頭沉思，道：「我眞的不明白……這幫人結夥，到底有甚麼目的？有甚麼陰謀？這一點，亞善有甚麼看法？」

巫潔靈搖了搖頭：「亞善也不知道。不過他覺得，九歌也許不只是爲了和氏璧這麼簡單。他們的組織架構很不簡單。術數師、科學家、基因專家、工程師……他們都是某個領域的專才、天才。這樣的組合其實很可怕，只要他們掌握了甚麼核技術，搞不好可以顛覆任何一個國家，甚至毀滅整個世界。」

暴徒不是最可怕的，最可怕的是智慧型的組織罪犯，由天才組成的恐怖團隊。

一塊和氏璧，引發「刀片」和「九歌」之爭，雙方鬥個你死我亡。阿紅自覺已經再無退路，因爲蕭刀門和亞善的遺命，她不得不捲入這次的盜墓行動當中，必須承擔這個不能拒絕的使命。

只要走到終點，就會找到答案吧？

阿紅一直盯著項鍊上的閃光走，以爲只要保持一段距離，敵人就不會察覺。

這是一個嚴重的錯誤判斷，因爲她低估了敵人的智力。蒙武他們一旦發現了項鍊，就一定會用這東西當餌，佈局引他們上當，一舉將他們殲滅。

三人又走入了另一間墓室。

這墓室看來也平常不過，殉葬物是一些瓷器、禮器和漆木盒。

才沒走了幾步，巫潔靈就大喊：「有敵人埋伏！是陷阱！」

雖然阿紅能聽聲視物，但這項奇能有個缺點，要是有人動也不動，不發出半點聲音，她只會誤判成死物。

巫潔靈這一番提醒，等於救了所有人一命。

阿紅牽著她，和張褩一同撲向最近的石棺，躲在石棺後面。

敵人有所行動。

裡裡外外，槍聲四起！

幾乎在同一時間，強大的槍火炸了開來，轟得牆灰紛飛！

渠道裡的水差不多流光，只剩及踝的深度。

樊系數看了看，便道：「我們要出發了！」

賴飛雲揹起了背包，扣好了環帶，一躍跳下水道。由他入陵的那刻開始算，已經過了大半天，十多個小時都在不見天日的地底裡。餓了，就吃乾糧；口渴，就喝加了淨水錠的泉水；累了，輪流站崗和休息。

這樣下去還不知可以熬多久，愈走愈深，兩人把折返的時間計算在內，議定只有盡快走出迷宮，直奔終點的主墓室才是上策。

每隔一段時間，樊系數就會按一按項鍊的開關，碰一碰運氣，看看阿紅、張嫯會不會在可探測的範圍之內。樊系數再次露出失望的表情。賴飛雲見狀，問了問：「又是沒訊號嗎？」

樊系數聳了聳肩，等於默認。

賴飛雲和阿紅是雙胞胎姊弟，他自小就有種強烈的感覺，覺得姊姊尚在人世。現在這股感覺尚未消失，他就相信姊姊不會有事。

整條渠道溢滿水時，不能容人行走，水流光後，呈露出一條由殘磚斷石鋪成的通道，彎曲向下，像通往陰間的冥道。兩面磚牆長期受水沖刷，表面殘缺不平，但滑溜溜的，積滿了青苔，偶爾可見殼類生物和昆蟲。

但這些東西，都不是值得關注的重點。

樊系數和賴飛雲要找的，是暗門。

在迷宮這些時日，樊系數可不是白混的，記熟了地圖，摸熟了路。在他指引之下，絕不會走上冤枉路。

就這樣，走了約半個小時，當探照燈照向前方的水面，突然出現一團團蠕動的黑影。那些黑影帶著一種怪聲緩慢地接近，一股陰涼、潮濕和噁心的感覺同時襲來。

賴飛雲看出了是甚麼，便道：「好像是水蛭……天呀，很多啊……至少有一百隻。」

樊系數皺眉道：「有水，就有生物。真可怕！我這輩子可沒見過這麼大的水蛭！水蛭是吸血生物，我和你在牠們的眼中，應該是美味的食物。」

賴飛雲自問不是發電廠，電力有限，要一次對付這麼多水蛭，單是想想已經累透了。他四下張望，那些水蛭包圍前路，如一大片黏稠的漿糊，竟無一絲可以鑽破的空隙。

「要逃嗎？」

「逃？逃甚麼逃？水能導電，你應該知道吧？」

樊系數言畢，就將大背包卸下，墊在淺淺的水面上。裝備由他負責採購，他當然知道背包的塑膠材質可以隔電。他雙腳踏到背包上，開展雙手保持平衡，就對賴飛雲說：「靠你了！大幹一場吧！」

賴飛雲大步踏前，目光橫掃昏黑中那堆蠕動的水蛭，單掌深入水底。他一放電，水面就有一股無形的電波擴散，有如漣漪，藍光向外敞亮，彈指之間，周圍的水蛭全部觸電，紛紛向上彈起，撲通撲通，滾滾激出水花。

這種電磁鐵放電的能力，賴飛雲漸漸已能駕馭自如，就像騎自行車一樣，一旦學會，有了條件反射，便能操縱如意、得心應手。電，幾乎是自然界最致命的力量，直接破壞細胞，令心臟停頓。所有能導電的物質，譬如水與鐵，都可加大電力的攻擊範圍，令這股由磁力演變出來的新技能更上一層樓。

賴飛雲瞧著雙手，暗自興奮：「又上了一課！我這技能配合水，竟有這麼強的威力！如果我一早學會這本事，之前和蒙恬在水中混戰，他早就被我電死啦！」

如此大開殺戒之後，死掉的水蛭浮在水面，黏體遍地。賴飛雲暗暗喊著「南無阿彌陀佛」，仍拔出了泰阿劍，慎防未死的水蛭撲起偷襲。可是，未死的水蛭出自求生的本能，都畏懼賴飛雲，如見剋星，紛紛逃逸。

樊系數等了一會，才敢從墊在腳下的背包走下。

然後他指著前面，對賴飛雲說：「剛剛的光亮，讓我看見水道那邊有個門口。雖然只有一剎那，應該沒有看錯。」

這一路走來，全聽這位博士的指示行動，賴飛雲自是深信不疑，如果沒有這盞「明燈」，他也不知如何可以走出地下迷宮。

事不宜遲，兩人繼續跋水而行，雙腳在水面上劃出水花。賴飛雲負責開路，但放慢腳步，讓身後的樊系數可以跟著他的步伐。

水道中，其中一面的磚牆上，竟然有個黑森森的暗洞，暗洞裡有條向上延伸的階級，如無意外，就是進入第二層迷宮的神祕通道。

突然傳來張嫯的聲音：「小賴，是小賴嗎？」

還沒進洞，賴飛雲就瞧見暗洞裡露出一張臉，確定就是張嫯。

只見張嫯負傷，整片左肩染紅，話聲很急：「快救你姊姊和巫小姐……她們中了敵人的埋伏，快死了……」

賴飛雲驚道：「在哪裡？快帶我去！」

突然間，張嫯面有異色，神態惶恐，指著賴飛雲背後的人，冷不防問：「你後面的人是誰？」

賴飛雲一怔道：「他？他不就是樊博士嗎？」

乍聞這樣的話，不免由背脊透出寒意。由始至終，賴飛雲從未看過樊系數的照片，對他的長相一無所知。在陵裡遇見一個男人，互釋善意，一路上守望相助，賴飛雲哪會想到當中有詐，猜疑對方的身分？

灰色的陰影中，那個自稱是「樊系數」的男人戴著防毒面罩。

「你中毒了……」

視線模糊一片，只有盤繞耳畔的聲音是清晰的，曾經親切的聲音像泄了氣，變得冷澀澀、癟巴巴的，迷迷糊糊間，就像有群魔撲來。

插在臂上的針筒，已被賴飛雲拔出，棄在地上，靴頭踏過，散成碎片。

可是太遲了。

賴飛雲左一晃，右一晃，最後不支倒地。

「你到底是誰？」

這是賴飛雲闔上眼皮前，來不及問出的話。

51

不久前，另一邊廂，槍枝在墓室裡發出咆哮，子彈轟轟亂射過後，火花星子亦像煙火一瞬般消逝。

只有血的顏色，會比漆黑的空間更鮮艷。

這場槍戰，張嫯處於極端劣勢。敵人有強大的火力，而他只剩三顆子彈。敵人在暗，有掩護有部署，而他們在明，躲在石棺後，無處可逃。

從敵人的槍法，張嫯可以判斷出其中一個是易牙，心中不忿地想：「這個混蛋還未死！他是來向我報復的。他的槍法不在我之下，我們貿然衝出去，一定被他一槍爆頭！」

阿紅正抱著巫潔靈，與張嫯對望，想法都流露在臉上，都覺得敵人遲早會圍攻過來，長此躲在石棺後不是好辦法。

沒有槍聲的寂靜，才是最可怕。

可想而知，敵人不想浪費子彈，正在黑暗中伺機和覬覦，蠢蠢欲動，槍口正封殺任何可以突圍的空隙，重重包圍，將張嫯三人的生存空間收窄。

阿紅閉起雙眼。

她有「通感」的異能，只要精神力集中在耳上，就可以像蝙蝠一樣，靠聲音來探知敵人的動態。可是，這能力有限制，她只能「看見」一團影像，不能像直視那樣，可以看清每一個細節。

卻在此時，巫潔靈嘴巴緊貼她耳朵，非常小聲地說：「敵人有三個，蒙武在兩點鐘的方向，商鞅在十點鐘，都是手拿P88型自動手槍。易牙拿著幽靈M2衝鋒槍，站在十一點鐘的方位，有掩護，只有他戴著夜視鏡。」

張嫠依稀聽見巫潔靈部分的話，和阿紅一樣，都是怔了一怔。兩人轉念想到，是亞善的亡靈向她通風報信。人死後，竟能在整片空間暢行無阻，幫同伴偵測敵情，這種和巫潔靈之間嶄新的合作模式，眞是超出凡人的想像。

本來靜寂的黑暗裡，出現了蒙武的聲音：「你們要不要投降？交出古鐘，就留一條活路讓你們出去！」

張嫠舉著槍，冒著大汗，暗自想道：「鬼才信你！易牙手上拿著衝鋒槍，躲在掩體後。我如果開火還擊，一定要比他快，一槍就要射中他舉出來的槍身……可是，蒙武和商鞅也不是等閒之輩，如果同時對我開槍，我馬上就會變成『蜂窩』。」

即使阿紅的刀片可當飛刀用，極其量對付一個。

其實，張嫠可以雙手同時用槍，同時瞄準，同時射擊，無奈的是他現時只有一把每次單發的轉輪式手槍。這種手槍的射擊間隔較長，大大不利，現在是三個槍口同時瞄著他，他一定要和阿紅配合，想出同時對付三人的方法。

雖然肩上有弓，但用弓要用雙手，也是划不來。

僵局持續了一會，敵方亮起照明燈，光線打在牆上，墓室霎時變得通明。在石棺後面，張獒、阿紅及巫潔靈三人的影子，彷彿無所遁形。

的的的的……突然出現像風扇轉動的怪聲。

巫潔靈雖非親眼所見，說得好像親眼目睹一樣：「天呀！是……是小型遙控直升機！四旋翼的！他們在直升機上安裝了奇怪的裝置……機關槍掃射系統！」

有看過軍事節目的人，都知道這種小型遙控直升機用途廣泛，只要配備鏡頭，就可以變成偵測的儀器。張獒一聞言，依直覺行事，迅即傾身後仰，從一個傾斜的角度，手快連射兩槍。雖然擊墜了半空中的直升機，但他定了定神，一想清楚，馬上後悔：「我眞笨！直接丟東西砸它就好了，何必浪費子彈？」

敵人出亂子這一刻，正是反擊的好時機。

蒙武這當兒眞的在尋思，爲甚麼己方的詭計這麼快會被看穿？

石棺後，幡然竄出兩條人影。張獒和阿紅同時站起，一個向左，一個向右，分頭突襲分布在墓室三個位置的敵人。阿紅右手一揚，四片刀片連發，都擲在蒙武握槍的手上；同一剎那，張獒與易牙再次交鋒，賭上命，比一比控槍瞄準的速度，結果張獒技勝一籌，一發子彈，打飛了易牙手上的衝鋒槍。

張獒左手握著手槍，右手握著弩——

幸好剛剛經過那個貯藏兵器的墓室，他除了拿走弓，也多手拿走一把輕型弩，單手就可發箭。

一個最好的狙擊手，總是在對方認爲最安全的時候射擊。由青銅弩射出的鍛矢，咯喇一聲射去，插進了商鞅的右肩。槍聲疾響，商鞅第一槍射歪，未來得及發射第二槍，阿紅就一個瓷壺丟到他的臉上，撒了他一頭碎塊。

乘著敵人混亂這一刻，眼見機不可失，張槧、阿紅和巫潔靈死裡逃生，奔跑穿過門口，退回進來時的墓道。

置身墓道，恐怕敵人追來，張槧回頭防守，將背包放在前面當掩護，透過一點光源，凝望著黑乎乎的墓室，架起了赤色的「神臂弓」，箭在弦上。

時間一分一秒流逝，毫無動靜。

又隔一會，巫潔靈聽完亞善的亡靈告密，轉述一聲：「好了！他們撤退了。我們可以出去。」

三人回到室中，蒙武他們果然暫時撤退，吃了悶虧受了傷之後，不知消隱在哪一片黑暗之中。

這時，阿紅發覺項鍊不再閃，相信對方發現了項鍊的事，擔心再被追蹤，應該已將項鍊毀了。

剛剛一番交戰，總算有驚無險，阿紅和張槧各自鬆了口氣，唯恐敵人重整裝備之後，會再來襲擊，此地不宜久留，及早離去爲妙。

入陵之時，各人都有一份印刷地圖，一部電子地圖儀。阿紅細心閱讀地圖，發現已回到原來規畫的路線上，置身在外城區的正東北方，再走不遠，就會到達迷宮的出口。高興之餘，阿紅知道這一路走下去，更加要小心敵人的埋伏。

阿紅向張槧讚道：「還不賴啊！你的箭術沒退步啊。」

張獒擺出一張酷臉，自吹自擂：「當然！我以前在射箭隊的時候，迷戀我的學妹多得我都不想說了！」

此話聽起來很不眞實，但阿紅沒有全盤否定。她記得，張獒唸國中時，學校沒有軍事社和槍械社，他就加入了射箭隊。比起用槍，箭這玩意，對張獒來說只是小兒科，兩者技術不同，但要求的素質卻大同小異。

巫潔靈獨站一旁自言自語，忽然插嘴：「對了！亞善剛剛飄來飄去偵察時，還查出一個祕密：他發現蒙武他們是用昆蟲來通信的。」

阿紅和張獒聽了，怔了一怔，但心想對方集結奇人異士，當中有人會利用昆蟲通信又有甚麼稀奇？在地底這種惡劣的環境，亦無礙小蟲飛來飛去。阿紅心裡歎服，亞善生前就自誇是魔術師，最會看穿別人的戲法，想不到死後還是一樣，做鬼眞是便宜了他。

巫潔靈摸了摸頭上的木髮夾，忽然想起賴飛雲，喃喃自語：「不知道小怨哥他怎麼樣啦……」

52

賴飛雲悠悠醒轉，眼裡的景象漸漸變得清晰。

這裡是哪裡？這想法一閃而逝，他就看見周圍堆滿瓷器，現正躺在安靜的墓室。而樊系數坐在他旁邊，靠著牆，默默閉目養神，胸前掛著防毒面具。

賴飛雲想起昏迷前發生的事，仍覺心有餘悸，做了個握劍的條件反射動作，卻只捏著一團空氣。他感到頭腦昏暈，但剛剛好像睡上好覺，恢復了不少體力。如果有人要害他的話，在他睡覺時下手，早就得手了。

樊系數也張開了眼皮，看了看錶，才說話：「你終於醒啦？你睡了三個小時又二十五分鐘。對不起，剛剛看你中了致幻植物的毒，怕你眞的出事，就給你打了安眠針。」

「噢……謝謝……」

賴飛雲記得自己踏碎了針筒，原來就是這麼一回事。當時耳邊出現了幻聽，靡靡迷惑之音，如果因此精神錯亂，失控襲擊了樊系數，就眞是難辭其咎了。

「剛剛我們經過地下水道，我看見兩旁長滿了奇怪的植物。那些花是喇叭形的，顏色紅得像血，是種有毒的『曼陀羅花』。抱歉……我不是植物專家，不能確定花的品種，只好亂叫一通，暫時給它這個名稱。這種『曼陀羅花』毒性很強，竟能透過水氣傳送，我們鼻子一吸，就會出事。」

樊系數又說到，名著《福爾摩斯探案》中有一篇故事，說的是一個想謀取叔父遺產的侄子，把一種名爲「魔鬼草」的致幻植物放在他叔父的臥室。以前，人人都以爲這是柯南道爾虛構的事，但後來證實，在非洲確實有這種「魔鬼草」，植物的藥性絕對不容小覷。

幸好當時樊系數屏住了呼吸，盡快戴上防毒面罩，不然兩人一起中毒，欲救無門，眞的不知會做出甚麼傻事。

兩人揹起背包，重新上路，靠著牆走。

樊系數再三叮嚀：「我相信，敵人再厲害，還做不出輻射武器。只要你提防中毒，就一定不會死。」

賴飛雲問：「你憑甚麼這麼肯定？」

樊系數這個人，思緒常常脫軌，好沒來由地問：「你看過《幸運超人》（台灣譯名爲鹹蛋超人）這部漫畫嗎？我問你，你知道故事裡最強的超人是誰？」未待別人回應，已經自問自答：「哎呀，我這麼問，你當然知道答案……最強的超人就是幸運超人。」

賴飛雲摸了摸後腦，搖了搖頭，覺得和對方有代溝。事實上，未有一定年紀的人，也不會看過樊系數口中的漫畫。

樊系數辛苦解釋，只是爲了說明一個道理：「我要說的是，命運是一股神祕的力量。這股力量來自我們的肉體，嚴格來說，是身體的基因。中毒直接癱瘓我們的神經系統，輻射令我們基因突變，都會導致術數不能計算出來的死亡。『命運』一詞，其實是指兩樣東西。『命』，說的是一個人的命格。『運』，就是指一個人的運氣。只要命運告訴你不會死，你就一定不會死，命運控制你遇見甚麼人，你就一定遇見甚麼人。命運是一股強大的力量，誰都無法逃避和抗拒。」

歷史是一門分析過去的學科。可是，很多時候是先有了結果，才從結果歸究成因，往往是事後孔明，以史爲鑑，未必全對。樊系數讀史，有自己一套看法，認爲絕大多時左右成敗，運氣竟是最重要的因素。命格是一個人基本的能力值，活多少歲、智商高低、運動神經……都是本命。但是，現實裡的能人賢士屈屈不伸，白痴混蛋走狗屎運作威作福……有很多這樣的例子，影響成敗的，就是運氣。

「我這種人，就是所謂的術數師。我除了能看透一個人的命運，也能看透這個世界的命運。世界將會發生一場巨大的災難，所以我們必須得到和氏璧，借助和氏璧的力量來拯救地球。」

至於是甚麼樣的大災難，樊系數仍未看透天機。

賴飛雲並沒有深究下去，也沒有質疑，走一步停一步，思緒一頓一頓。

「拯救地球？只有幾個人就做得到嗎？」

「坦白說，我也不曉得……我只知道，救世主有七個。這個數字，和聖經〈啓示錄〉裡的預言是一樣的。雖然只是我的計算，但應該不會有錯。只要給我一個人的出生時辰，我可以算出很多事。救世主的命盤，都一定是很特別的命盤。」

「七個救世主？我也是？」

「對，你是其中一個，你在我檔案裡的代號是『騎士』。你姊姊阿紅是『盜賊』。再加上張獒、巫潔靈和我，直到目前為止，我確定的總共有五張命盤。到了某一天，我們七位救世主一定會相逢，全員集合。」

「騎士？盜賊？」

「哈哈，對不起，我說得有點奇怪。太空戰士是我很喜歡的電玩遊戲，我最喜歡第五代和第六代，所以用了裡面的職業系統來比喻。嗄，我是個老頭子，很喜歡懷舊的東西。出去之後，我借以前玩過的遊戲給你，勇者鬥惡龍、太空戰士……還有鳥山明的超時空之鑰！你一定會感動的。」

賴飛雲並不沉迷電玩，倒是對救世主的事感興趣，便問：「七減五等於二。還有兩個……他們是甚麼人？」

「如果我的推斷沒錯，剩下的兩個人，一個是『聖人』，一個是『賢者』。在七個救世主之中，『聖人』的角色是最重要的。可是我至今仍未遇上他，對他亦一無所知。」

樊系數頓了一頓，有點無奈地說：「至於『賢者』，由於每六十年一個循環，我只知道他有可能是個老人，亦有可能是個小孩。我認為，他是老人的可能性比較高，因為我無法想像一個小孩如何拯救世界……不過，他也有可能是個神童。」

「每個人都有出生記錄。你直接調查不就行了？」

「唉！我早就試過了。我長年累月研究，甚至和駭客聯手，盜取各國的人口戶籍記錄……我發覺一點也沒用。醫生記錄出生時間，可能會差幾分鐘，這幾分鐘之差，就足以令我的計算出錯。除非我當面見過對方，否則根本沒辦法修正。而且，在一些落後國家，不是每個嬰兒出生都有記錄，好比你和阿紅，就不是正正常常在醫院出生！要不是亞善，我也不會認識巫潔靈，她在世上根本沒有任何檔案！更何況，地球有六十億人口，就算我是超級電腦，也算不盡每個人的命！」

賴飛雲沉吟片刻，心中有揮之不去的疑團。

「所以，我們的使命是救世，而『九歌』他們是滅世……雙方為了爭奪和氏璧，就進來秦陵了……我可以這麼理解嗎？」

「嗯。可以這麼理解。」

「奇怪……他們手上有地圖，一早就有古鐘，為甚麼不一早進去、捷足先登？」

「因為通往秦始皇主墓室的『北斗大道』，還未到開啓的一刻。這條大道，大約每半個世紀才會出現一次。」

「我又不明白了……秦始皇當年蓋這個墓時，有想到這一點嗎？他哪會死得這麼巧的？迷宮這麼複雜，又難走，實在很難想像怎麼將他的棺木搬運到墓室……我看過馬王堆，普通一個貴族的棺材，也大得很誇張……」

這一連串問題竟然考倒了樊系數。

當局者迷，樊系數一直只求解開秦陵地宮的祕密，卻忽略了最基本的技術性難題。如果連安葬的可行性也成疑問，秦始皇再笨，疑心病再重，也不會造出這樣的陵墓吧？

近年《睡虎地秦簡》出土，世人對短短三十年的秦史了解加深，間接為秦始皇平反。秦朝的刑法律法合情合理，並非暴政。故此，秦亡之因，乃在其徭役繁多。如果秦始皇不是動用七十餘萬人來造墓，與民休息，他的功績或可眞的蓋過三皇五帝。正因爲漢朝以後史書上種種記載，人人都有了刻板的印象，認定秦始皇是個暴君，是個迷信的惡人。

可是，自樊系數入墓以來，開始擱下這樣的成見。地道穿山破水，大大違反風水學的原則。地上探測結果揭示，秦陵方向坐西面東，不合古時建築坐北朝南之法。從種種跡象看來，秦始皇的死很不尋常，整個秦陵地宮也大不尋常。

樊系數覺得抓對了一些靈感，卻又說不上來。他沉思的時候，不由自主地摸了摸胸口的項鍊，啓動了開關。

這一次，項鍊開始閃爍，閃出了緩慢的紅光。

樊系數和賴飛雲互看一眼。

那表示，他們快追上阿紅他們了。

53

張獒和阿紅胸口的項鍊沒有閃爍。

要是沒開啓追蹤功能，這東西只是個發訊器。

起初，巫潔靈還以爲盜墓是件好玩的樂事，這下奔走受驚，不禁懊惱後悔。在乾淨的浴室洗澡，在軟綿綿的大床睡覺，已變成遙不可及的回憶。她嚷著腳疼，可是張獒身負重物，不能再揹她。結果由阿紅來揹著她走，這小丫頭也老實不客氣，沉呼呼睡著了。

也不知睡了多久，耳畔響起阿紅和張獒的聲音：「完全無路可走……奇怪了。」

「我很想幹掉當初設計這迷宮的混蛋！」

當巫潔靈睜開眼來，惺忪中看見阿紅和張獒坐著歇息，正在細看電子地圖，露出苦惱的神色。

原來三人已來到迷宮最後的難關，依地圖所示，相對位置是二十八宿中的斗宿。這個斗宿，另有「南斗六星」的別稱，乃黃道十二宮人馬座的組成星群。在天上，六顆亮星與北斗七星有如兩個斗杓，南北相互輝映，造墓主亦有這樣的意圖，在兩者之間有條相連的通道。可是張獒和阿紅兜來兜去，一時碰壁，一時重回舊地，足足白費了兩個小時，還是尋不到出路。兩人感到疲倦，便坐下來休息，共研迷宮的破法。

這一帶，全是坑道，怎麼看也沒有暗門。

巫潔靈默默聽了，一樣毫無頭緒，只道：「我要尿尿，妳可以陪我嗎？」

始終男女有別，阿紅便帶著巫潔靈到別的地方解決這件小事。兩人繞了一會，來到一個像鐘乳洞的地方，奇岩怪石，也不知是天然形成，還是後天經人開鑿。上方開闊，但一照就照到洞頂，距離不遠，前方就是斷崖。阿紅和張獒亦曾來過這裡，眼見無路可走，便折返出去。

巫潔靈在石後蹲著的時候，鬧性子說道：「阿紅姊姊，我們甚麼時候可以出去？」

「唉，我心裡也沒譜，我在這裡憋了十一天，腳底臭得可以殺人。我很想洗澡呢！我小時候看過忍者龜的卡通，現在經歷過，才知道他們在地下生活，原來很慘。」

「你們找了很久，也找不到出口嗎？」

「對啊！明明已來到迷宮的盡頭，就是沒找到出路，真氣人！如果地圖沒騙人，只要進入內城，路就很好走，一條路直通到……」

話只說到一半，巫潔靈突然失聲尖叫，嚇了阿紅一大跳。巫潔靈情緒失控，叫聲連連不絕。阿紅不明就裡，急急湊上前，就看見巫潔靈面容扭作了一團，又愁又苦，全身瑟縮，指著地面說：

「救……命……蟑……螂……」

原來只是蟑螂。

當阿紅定眼一看，亦不禁心裡一寒。

——竟然有大得像烏龜一樣的蟑螂！

一、二、三、四……四隻大蟑螂，通體黑透，觸角撩來撩去，緩緩爬過來。

巫潔靈嚇得腿軟，無法站起來。阿紅不得不救，身上的刀片所剩無幾，都毫不猶豫彈指擲向蟑螂。殺雞焉用牛刀？但女人向來視蟑螂爲天敵，仇人相見，分外眼紅，阿紅亦不得不傾盡全力。

這時張獒聽見叫聲，也趕過來了，始知是虛驚一場。他看著被刀片釘死在地的蟑螂，向兩個女人說：「呵，這麼大的昆蟲，蛋白質一定很豐富……妳們餓不餓？」這番話不得人心，惹來鄙視。

巫潔靈的聲音仍是抖著的，斷斷續續道：「阿……阿紅……亞善叫我跟妳說……這種蟑螂是水蟑螂……」

阿紅和張獒一聞言，頓覺這件事有古怪。水蟑螂出沒之地，必近水源。阿紅走近崖邊，下臨百丈之谿，果然聽見一陣怪異的水聲。

巫潔靈繼續覆述靈魂的聲音：「亞善又說，只要是人想出來的東西，就一定有理可循。走了這麼久，他也逐漸掌握了一些思路——愈是看起來沒有路的地方，愈有可能是正確的路。」

古人投石問路，阿紅也先打聽虛實，撿起一些碎石，拋向深淵，俯身傾聽，乍然聽見東西落水之聲。她同一番行徑連續做了數次，已可確定深淵之底是水池，憑水聲出現的時間，亦大約估算出懸崖的高度。張獒看透阿紅的意圖，問道：「妳覺得跳下去，就是出路？」

阿紅一骨碌站起來，道：「如果我的想法沒錯，北斗註死，南斗註生……置之死地而後生，或者就是答案。」

下面漆黑無比，燈光照不進去，懸崖光滑，難以攀下去。要到深淵底部，唯一的方法是直跳下去。一個頭腦正常的盜墓賊，平白無事又沒瘋掉的話，又怎會貿然做出這種近乎自殺的行爲？

三人身臨深淵，正當張獒還在猶豫不決，阿紅已俯身前蹤，躍起後，雙手合攏向下，跳進一池黑暗之中。

張獒怔怔地看著消失在半空中的背影，一張嘴張得老大，失神道：「女人……就是這麼衝動。」巫潔靈卻拍手大叫：「好帥！小賴的姊姊和小賴一樣，真是帥斃了！」兩人就這樣站在崖邊，等待阿紅的回音。

阿紅落水的聲音若有若無。

等了半晌，還是悄無聲息，張獒和巫潔靈不禁擔心起來。照理說，聲音可由淵底傳上來，如果阿紅還活著，必定大聲呼喊，告知他們下方是怎麼樣的情況。

除非……阿紅已變成說不出話的死人。

自阿紅跌下深谷之後，聲音就好像跟她一同消失了一樣，愈來愈細，最後幾不可聞。深淵如黑洞，如死門，吸走了她的靈魂。

張獒和巫潔靈呆呆看著黑不見底的深淵，手腳好像被無形的桎梏縛著，心頭泛起無窮無盡的惆悵和徬徨。

54

深淵下，到底發生了甚麼事？

張獒又等了片刻，聽風中之語，聞谷中之音，還是無從得知阿紅的狀況。

他把心中琢磨的聲音，唸了出來：「奇怪……阿紅下去之後，為甚麼不叫不嚷的？聽得見水聲，就是說聲音可以傳上來。難道……她遇到甚麼危險？」

巫潔靈隨口說說：「你這麼擔心，快下去找她吧！」

結果張獒眞的毫不猶豫，目光一硬，要幹就幹，揹著背包直跳下去。

落水聲從谷底傳來，然後無聲。

「喂——阿紅！」

「張大哥！你這個白痴，應一應我好嗎？」

「救命呀！」

叫天天不應，叫地地不靈，巫潔靈這下可急壞了。她和別人在一起的時候，一點也不怕，到現在只剩她一個人（和亞善的亡靈），心裡總覺得毛毛的。和阿紅一樣，張獒下去之後，就無聲無息。巫潔靈又大叫了幾聲，空谷傳響，還是得不到半點回應。

「下面有食人魚嗎？」

巫潔靈急得欲哭無淚，靠近崖邊去看，卻沒注意到石頭光滑，整個人立不住，失衡掉了下去。人在半空，急墜之際，一顆心好像跳了出來，巫潔靈以爲自己死定了，閉上眼睛。雖然是黑不見底的深淵，但原來不算很高，撲通一聲，她就沉到水底，眼耳口鼻溢滿了水。巫潔靈不會游泳，又開始擔心自己會死。她在水中掙扎，睜開雙眼，竟看見水中的龍捲風——

那是一個漩渦。

這股強大的吸力來自水底，捲布一樣地揉著巫潔靈的身體，穿過小穴，隨波漂流直下，急墜到另一個池。

如果這是主題遊樂園的設施，她一定大呼好玩，可是此刻陷落水中，自然反應是恐懼，忙手忙腳胡亂撲騰，哪裡還能保持鎮定？在水中急浮急沉之際，突然出現一團模糊的人影，那人伸手繞過她的前胸，托住腋窩，帶她游出水面。巫潔靈的意識好像飄了出去，又盪了回來，到她張開雙眼，就知道救她的人是阿紅。

巫潔靈一上陸，就不停嗆水，打冷顫發抖。阿紅抱住她，輕聲安慰。張鏊也在岸邊，髮絲淌著水珠，滿臉歉疚地說：「對不起，我剛剛太衝動，丟下妳。」好在巫潔靈不是眞的溺水，休息一會，便已無礙。

阿紅仰頭一看，深谷下，竟是這樣的光景，從各個方向沖下來的瀑布交織在一起，合成一堵高牆，傾落一池青潭，激起一片水霧，充滿了神話色彩。泉池的出水口，經分水堰隔開之後，分爲數十圍流泉，像九條銀龍，岩石爲渠，流進迷宮，融入地下護城河的引水系統。

耳邊盡是「嘩啦啦」的水流聲，阿紅感歎：「齊天大聖的水簾洞算甚麼？比不過這的奇觀。」

這種人工的靈渠水道，如非親眼所見，實難相信是古人開闢的治水工程。阿紅感到有陣奇異的涼風，察覺有異，便催促大家快走。她走在前頭，負責探路和帶路，彷彿一眨眼，就走完短短的坑道，看見光亮的出口。

出了山洞，眼界開明，三人竟然來到外面。

這裡是山與山相接的隙地，兩側斷崖峭壁夾出來的峽谷。

上有千仞之峰，下方竟是一大片乾涸的河床，水泉流散，石枯土燥，基岩碎裂。阿紅像來到月球表面，踏在一個個壺狀的坑洞上，遠眺河床的盡頭，仍見瀝水處處，瀰漫著霧氣。

再望向上空，蒼煙若浮，雲蒸藹藹，厚壓著整個崖頂。現在是白晝，卻連陽光也幾乎難以照進深谷，綿延的雲海與山腰緊緊毗鄰，造就此處仙境一般的隱地，夏天是淵河，冬天是冰壑。

這條本來不是路的路，原是江河的一條支流，狹窄而又曲折，在河水枯竭後才出現。就好像自然界有一雙無形之手，掏空了中間的夾餡，開闢了古道。

阿紅心中豁然開竅：「哦！難怪樊博士說過，通往主墓室的通道，這個月才會開啓。北斗大道，原來是一條河。這樣的通道，可能眞的幾十年才出現一次，我們這輩子只能經歷一次！」

天地悠悠，這裡的地形自古已有，並非工匠們巧奪天工，而是大自然的神道造化。潮汐進退，乃受星體之間的引力作用，這種半世紀一遇的大旱，亦在術數師計算之內。二〇〇八年秋至二〇〇九年春之間，中國華北、西部發生了嚴重的旱災，有些地區出現五十年以來最低的降水量。所以阿紅這番想法，的確與事實相差無幾。

阿紅告訴張嫯和巫潔靈，按地圖的位置來看，這條河道等於北斗七星的斗柄，也就是樊系數說過的「北斗大道」。由這裡到秦始皇的陵寢，便是依照七星的定位修建而成：瑤光、開陽、玉衡、天權、天璣、天璇及天樞，最後連至北極星，又名紫微星，傳說中的帝王之星。

張嫯問：「這樣說……內城的入口本來是在水底？」

阿紅仰望著前方道：「不知道。但很有可能。管他的！一路走到底，就會直達秦始皇墓室。」

三人心想即將到達終點，精神爲之一振，由阿紅走在前方，張嫯揹著大背包，照顧著巫潔靈，朝直路的盡頭開步跑。

在峽谷間呼嘯的風，不但有淤泥潮濕的氣味，也有劃破皮膚的深寒。

霧氣愈來愈薄，漸見兩側斜峰聳拔，陡坡花影婆娑。

峽谷的上方是一片雲海，驟眼看來，略帶紫氣。

紫氣乃帝王之兆——

太陽的光束穿透雲海的窟窿，照到深褐色的河床上。

阿紅忽然止步。

因爲她看見一個意料之外的人——

此人身穿深黑色披風，領上有一圈綠色發光的念珠。

紀九歌！

55

峽谷上方霧氣靉靆，地面乾旱，猶如一條通向陰間的死亡大道。

紀九歌攔在河床中間，不容任何人通過。

一夫當關，萬夫莫敵。

阿紅未見過紀九歌，但她的感覺異常敏銳，在亂竄的疾風中對峙，感到對方敵意極盛，便即卻步。她心中奇怪至極：「這裡爲甚麼會有人？他是誰？」

忽聞後方的巫潔靈大喊：「阿紅！亞善叫我跟妳說，他就是紀九歌！紀九歌！小心，不要直視他的眼睛！」

阿紅微微一怔，便即領會，又記得亞善說過，紀九歌有一種叫「天眼」的異能，可以透過目光接觸，來讀取和控制別人的記憶和潛意識。

突然遇敵，阿紅聽過這位術數師的事蹟，如今還是第一次碰面。她將刀片握在手中，默默盤算：「他只是自己一個？赤手空拳？怎會的，他到底想幹嘛？」

正自疑惑之際，卻見紀九歌舉起右手，一種諱莫如深的手勢。

空谷突然傳來簫笙似的鳴聲，然後一鳥嗖然飛落紀九歌面前，凝浮半空，輕振一對鮮艷長羽。

阿紅忍不住看了一眼，那鳥全身有五色，白頷赤喙，比孔雀小，尾巴卻長得多，像一把碩大的折扇在半空張開。剎那間，飛鳥發出炫目的金光，竟然冒火自焚起來。

「那是甚麼怪鳥？」阿紅看得目瞪口呆。

風的呼嘯一聲比一聲緊，那鳥的火軀竟然在剎那間膨脹了十幾倍。

鳳凰之術！

全身著火的怪鳥向前俯衝，烈焰沿地面拔天而起，熊熊掩至，火舌四散，峽谷裡無處可逃，沒有藏身的空間，沒有閃躲的時間。

鳳凰神鳥，鳥中之王。雄的叫「鳳」，雌的稱「凰」。鳳凰乃鶉火之禽、太陽之精，中西方皆有關於鳳凰的傳說，此鳥眞實存在並不爲奇。紀九歌透過基因工程，竟讓這種奇幻的古生物重現世上。這種鳥的眞正稱謂是「太陽鳥」，本體不大，但鳥體內的磷質能產生燃粒子，引起自燃的現象，冒火的虛體看來就是龐然大物。

蓬——

一道烈焰直捲而過，地面的一切彷彿化爲灰燼，濕地上的水氣漸漸蒸發。

火鳥卻不落下，飄晃半空，傲視之姿，鳥瞰大地。

地上躺著三個差點變成焦屍的人。

幸好河床上還有一些水窪——

在千鈞一髮之際，阿紅撲到水窪裡，張獒也瞬即抱住巫潔靈伏下，臉朝下浸在水裡，總算逃過這一劫。但阿紅伏身的水窪太淺，剛剛火鳥從她背上飛過，還是導致直接的燒傷，要不是禦熱性強的緊身衣濕透，早就一命嗚呼。

阿紅不用看，也知道自己背部血肉糜爛，受了不輕的灼傷，背上涼透，部分布料應已化為焦黑的碎片。反觀張嫢那邊，因為水窪夠深，背上又有大背包保護，所以安然無恙，壓在下面的巫潔靈也無事，只是擦破了一點表皮。

一般的術數師只會算命，但像紀九歌這樣的術數師，竟能創造出火鳥，召喚出火鳥。

阿紅大感不可思議，同時大罵一聲：「太誇張了！」

火鳥暫時遠離，本來是對付紀九歌的好時機。可是阿紅仰臉一看，又看傻了眼——她與紀九歌之間，隔著一道高大的火牆，濃煙烈焰竄天，燎燎綿延十公尺，假如就這樣衝過去，一定會被活活燒死。

阿紅嗅到一陣異味，便想到紀九歌早在這裡布局，灑上易燃液體，使喚火鳥飛過，火牆自自然然就會燃起，成了難以穿越的保護屏。

只見紀九歌身後的地上有軟癱癱一片的降落傘，如無意外，他是從半空算準方位，跳傘空降到河床上，物資也是透過這方式運送到這裡。

阿紅不免悻悻地想：「闖完了迷宮，現在就要和最終首腦決戰嗎？我們千山萬水穿過迷宮，才來到這裡，而他就直接跳關！」

峽谷內風聲颼颼然，忽魯魯，最宜火攻。

如果生於古代，紀九歌一定是個堪比諸葛亮的天才軍師，呼風喚火，立於不敗之地，不費一卒，就可以殲滅敵人。

前有火牆，後有火鳥，這裡就是絕境。

紀九歌不問青紅皂白，就展開滅絕性的攻擊，果斷秒殺對手。

那種刺耳的鳥鳴聲又在半空中出現。

又來了。火鳥在半空繞回一周，掠過火牆上方，又再由紀九歌那邊貼地俯衝過來。

烈焰紛飛！

即使是跑得最快的人類，速度也及不上飛鳥。

那樣的速度，簡直無可閃避；那樣的高溫，不僅是血液，就連骨頭都能熔掉。

河床在火光下一片通紅，阿紅自知難以倖免，為免全軍覆沒，她朝崖邊奔跑，將火鳥引到一邊。峽谷雖窄，還是可以挪出一點空間，來讓張嫯和巫潔靈再逃過一劫。可是，水窪裡的水迅速蒸發，愈見稀薄，阿紅霎時找不到有足夠水量的窪地，可容自身躲藏。

常人如何擋得下這種超常態的怪物？

火鳥迎頭壓頂，死亡近在咫尺。

一人挺出，雙劍交錯，擋在阿紅前面，他的髮絲映著火焰的紅光。

最強的救星來了。

他不是常人，只有他能阻止火鳥的烈焰衝擊。

「小賴！」

56

原來賴飛雲和樊系數一路趕來，終於追上了。

賴飛雲一見火鳥朝這邊飛來，也沒想清楚，就奮不顧身奔出，護在阿紅跟前，竟欲以血肉之軀，來擋住噴薄欲出的強焰。

耳畔不斷吹來風刃的聲音，賴飛雲雙手各持一劍，鐵器鏗鏘，激出一串電光。三丈、兩丈、一丈，渾身烈火的火鳥撲至，賴飛雲硬受了灼傷，揮劍砍開火焰，卻像砍著空氣一樣。熱得再也承受不住，賴飛雲當即沉肩旋腰，反手向橫揮劍。

超導電極．泰阿斬！

這一揮，發出弧形的電光，凌空而飛。卻見鳥身籠罩在烈火之中，火爲虛，要命中眞身的機率非常之低。電斬方向偏低，火鳥一感到危險，本能驅使之下，振翅向上急飛躲閃，挾著一縷餘焰從賴飛雲頭上掠過。

賴飛雲盯著上空，又盯了盯自己，前臂、肩膀和胸口都有多處燒傷，皮膚紅腫起水泡，疼痛感漸烈。水劫火煞，花毒土險，以至甚麼樣的強敵，他都不怕，可是這次要對付的竟然不是人，是一頭會飛會冒火的怪鳥！

泰阿劍需隔一段時間才能再次揮出無形劍氣。賴飛雲晃到一邊，試圖拉遠距離，眼見火鳥眞的盯上了他，朝他那邊窮追不捨。

火鳥極具智性，這次竟不直衝，而是繞著賴飛雲低飛迴轉，加上猛風助燃，像顆大火球，在空中骨碌碌地迅速轉動，一圈，兩圈，火鳥迴飛的圈子愈來愈小，像一張漸漸緊縮的圓網。

賴飛雲困在中間，漸感不支，身子連晃幾次，火鳥終於迎臉而至，到了個非硬碰不可的地步。

就在這刹那，賴飛雲一掌擊在水灘上，水花暴濺之際，也形成了一道電磁牆，分出肉眼可見的淡藍色電流，鋪天蓋地罩向火鳥。

火鳥振翅急飛衝天，掠過了水花，疾飛的水花瞬即化成水蒸氣。

賴飛雲又細察一遍前臂，傷口已結成黑色的焦痂，流出膿液。賴飛雲受過軍事訓練，知道傷勢相當嚴重，心想：「不妙！已到了三度灼傷的程度，皮膚全部損壞！再鬥下去，我一定會被活活燒死！」

身後的火牆蔓延，熯天熾地。

整個峽谷裡熱氣氤氳，有如乾蒸三溫暖室一樣，賴飛雲可用的水灘銳減，形勢愈來愈不利。此時眾人的希望都在他身上，只有他才有可能壓制火鳥。

阿紅也沒怠慢，趁著賴飛雲應付火鳥的當兒，想方設法湊近紀九歌身邊。

輕輕一晃身，阿紅就來到賴飛雲身邊。

血脈是很奇妙的關係，阿紅和賴飛雲四目交投，便好像明瞭對方所想，霎時交換了千言萬語。

「借來一用。」

阿紅身上的銀針所剩無幾，恐到用時方恨少，便伸手借走賴飛雲繫在腰封上的匕首——**古劍龍淵**。

龍淵劍在阿紅手上，閃出了特別的光亮，好像和她的靈魂相呼應一樣。

這種短兵刃長度和銀針相約，阿紅使來得心應手，原來亞善除了傳授阿紅盜術，也教過她當刺客的技巧。然而時代不同，阿紅從來沒有真的要行刺甚麼人，但真要幹，她絕對是個出色的刺客。

——越過火牆，直取紀九歌。

她心中有了盤算，便與賴飛雲分頭作戰，嘴裡咬著龍淵劍，隻身衝向接近火牆的崖壁，飛身一蹬，攀上了陡峭的斷崖。她擅長攀岩，可是在沒繫安全裝備之下，徒手攀登的危險性極高。

火牆高逾三公尺，濃煙蔽目，阿紅先向上攀，到了一定高度，將身子轉側，打算向橫移，沿崖壁越過火牆。阿紅高步折膝，一切交給兩隻腳平衡，手臂盡量伸遠，下方的熊熊烈火嗶嗶剝剝，滾滾薰煙遮住周圍的視野。

正常人的目光穿不透煙霧，但阿紅能以耳代眼，只要是入耳的聲音，在她腦中都會變成動態的畫面。

有一異物正在高速接近。

待阿紅瞧清楚是一隻老鷹，老鷹已飛近眼前，直撞到自己身上。

阿紅只覺眼前一陣黑，身子脫離岩壁，彷彿在半空虛浮。阿紅咬著牙，手心湧出一道神力，在間不容髮之際，雙手總算抓住了岩壁。

這一刻，她的雙腳懸空，一下猛風，都有可能將她吹倒，掉到下面的火堆。

老鷹一個盤旋，又朝阿紅飛來，狂風似地直撲。

眼見這一撞難以倖免，阿紅這一次卻鎮定自若，有了對付老鷹的方法。她往後旋髖，借助迴盪力，舉腳前擺，向上高踢，一道鋒利的銀光在半空中晃過，就像上弦月的弧影一樣。

腳刀！

阿紅有一雙靈活的手，也有一雙靈活的腿，雙腳夾著劍鋒，就是一招殺著，折了老鷹一翼。老鷹尖聲叫喚，黑羽飛散，東歪西倒地由空中墜落，在一縷一縷突起的濃煙裡沒了蹤影。阿紅喘了口氣，但來不及高興，耳聽四方，就驚覺有其他飛鳥正在逼近，數目龐大，就算不是鷹，都一定是凶悍的鳥類。

想不到紀九歌神通廣大，連鳥兒都是他的夥伴，在半空阻擋阿紅，傾力護駕。

阿紅廢然想道：「算了！一定攀不過去。」自知再不逃，就逃不了。她無處可踩，就向上跨出腳跟，利用上方的突石作爲掛點，再將下身拉上去。去時難，回來容易，蹬蹬蹬斜踏石崖，她就回到地面。

著地時，就聽見張獒遠遠的叫聲：「阿紅，快過來！我有滅火的辦法了！」

張獒扯滿弓，箭頭瞄著火牆。

樊系數在他耳邊喃喃吶吶，就好像師父在給徒兒指點迷津。

57

昔日后羿射日，用的就是弓箭。

但傳說終究是傳說，對著一大片火海，可不是一支箭就滅得了的，就算射出的是魔幻小說裡的寒冰箭，也做不到這樣的事。

一聽見張獒的叫喊，阿紅儘管想不通，還是信賴他，往他那邊跑。

單靠箭矢當然做不到。

阿紅終於看清楚了——

箭矢上繫著炸藥。

方塊狀炸藥的末端連著雷管，地上那一捆繩索原來是起爆電橋線。這種炸藥必須用雷管引爆，起爆電橋線另一端的雷管就在樊系數手上。

眼見阿紅來到，樊系數向她解釋：「我們要在這片火海裡開出一個缺口。我看過一篇論文，是關於用爆炸滅火的研究。現在一起祈禱吧！希望心血來潮的實驗會成功……我們只有一次機會。」

水能剋火，但在缺水的情況下，只好以更強的火來剋火了。

張獒把弓弦拉到極限，「刮喇」一聲，箭離弦而出，穿越了風，追過了風，帶著導火線，如尾部套著飛索的標槍般直插下地，不偏不歪地落在瞄準的落點上。

那是火勢最弱的一點，也是樊系數之前建議射向的一點。

土爆！

轟隆隆一聲，因爆炸疾起的土石像伏龍一樣，吞噬了烈焰，壓垮了火種。

這一下爆破，令火海中出現一個缺口。

土雨紛飛之際，火的夾縫中，顯露紀九歌的身影。他動也不動地站著，感覺很是詭異。而他的頭上，聚集數百隻不同種的鳥，黑鳶白鷺，黃鸝翠雀……林間的野鳥組成一支「空軍」，都來護駕，見機執行任務。

鳥語——

這是紀九歌的奇能之一。

百鳥齊鳴，百鳥展翅，聲勢有如千騎飆掃，萬乘雷奔。

卻見紀九歌一句話也沒說，群鳥就飛過火海，飛過阿紅等人頭上，猶如空中投彈式的突襲——撒下一泡泡尿。

「髒死了！」

「甚麼東西！」

聽著阿紅和巫潔靈疾呼驚叫的同時，樊系數嗅到 股異於尋常的尿味，馬上想到是甚麼花樣。他大聲向同伴提醒：「是易燃液體！一靠近火，我們就死定了！」

可是，要躲也來不及，一陣可怕的尿雨過後，四人全身濕透，都顯得措手不及。眞虧紀九歌想出這樣的奇招，不知叫鳥兒喝了甚麼怪液，排出無法分解的易燃物質，一觸即發，只是一點火就足以令他們全身自焚，慘受火燒這種最痛苦的死法。

神鬼莫測，出奇制勝。

難得在火海裡打通了一個缺口，阿紅等人卻無法穿過去，白白看著接近紀九歌的機會轉瞬即逝。在火的夾縫中，露出了一對銳利的眼睛。

那眼睛，憤怒、凶悍、充滿敵意，屬於一隻本來已在地球上絕種的生物。

牠是最強大的守護者。

果然，沒法消滅火鳥，就沒法損紀九歌分毫，如果火鳥就這樣飛過來，他們就完蛋了。

絕望一步步逼近——

眾人一回頭，才驚覺賴飛雲正蹣跚地走近，面色苦楚，全身乏力的樣子。

原來剛剛與火鳥一番惡鬥，他顧念其他人的安危，都一直擋在火鳥與同伴之間，正面迎擊，硬碰硬，結果弄得焦頭爛額，灼傷無數，臂上幾乎沒一寸皮膚是完整的。他已到了極限，一個人真的到了極限，尚可擠出一點力氣，但威力一定大不如前。

賴飛雲坦言：「我只剩一劍的力量。」

他很清楚，自己身上的電流愈來愈弱，只能再使出一次泰阿斬，這一招將決定全部人的生死。

只是連賴飛雲也沒把握體內能釋放出壓制火鳥的足夠電流。

在張獒、巫潔靈和樊系數面前，賴飛雲挺身而出，打算拚死保護大家。他走到了最前面，雙手緊握泰阿劍，抖抖地舉在胸前。

彷彿即將開始火葬的儀式，火鳥發出刺耳的叫聲，火紅的翅膀在空中揮舞，揚起了熱風，煽動了恐懼。

風勢愈來愈大，火焰愈來愈烈！

牠張開翅膀，低飛過來！

阿紅與賴飛雲並肩站在前線，眼見再難逃火鳥的直撲，心中已有赴死的準備。

阿紅身上有一根針、一塊刀片和一把短劍。這三者之中，可能有救命的法寶，但阿紅根本看不出來。她將刀片扣在兩指之間，最後選擇了這件暗器。雖然她有聽風辨形的奇能，但聽覺始終不如視覺，一點遲緩，已錯失射出刀片的良機。

那麼小的刀片擲向烈焰，要命中火鳥眞身，又要造成致命的傷害，怎麼想也是一番妄想之舉。只有一擊的機會，成功的機會萬分渺茫。

阿紅睨了賴飛雲一眼，心想：「想不到我和弟弟同年同月同日生，現在又同年同月同日死……眞的死定了嗎？如果亞善在這裡，他一定會叫我不要放棄……」

這當兒，傳來了巫潔靈的叫喊：「阿紅，強心針！」

巫潔靈並非蕭刀門的傳人，她會知道這樣的祕術，必定就是亞善的亡靈託她傳話，一言驚醒夢中人。這少女體質虛弱，手無寸鐵，但三番四次都是靠她的能力，大伙兒才得以脫險。她的靈性，她的智慧，已成了不可欠缺的力量。阿紅在心中暗暗感激，刻不容緩，取針塗藥，只要刺入正確的穴位，就能激發遠勝興奮劑的神效。

強心針！一連兩針，都扎在賴飛雲腦後的穴位。

說時遲那時快，火鳥低身飛過火牆，烈焰膨脹的幅度更大！

賴飛雲迎著火鳥飛來之勢勁貫雙臂，全身電磁氣煥放。他擺出絕招「千里陣雲」的起手式，然後旋動上身，暴喝一聲，勢挾風雷，彷彿撕裂了空氣，橫劍揮出突破肉體極限三倍的最強一擊——

超超超導電極．泰阿斬！

這一擊的力量和天雷一樣大。

火鳥淒厲悲鳴的一刻，電光與紅焰互相衝擊，互相吞噬，最後互相抵銷，剎那間光盡而滅，一切化爲烏有。

半空飛散的灰燼噴迸出一個個漩渦般的黑點。

漫天斑點，黑色的雨，沉寂，地面只剩逐漸熄滅的火舌。

終於破了鳳凰之術。

在一陣離魂的冷風之中，賴飛雲單手握劍，連呼大氣，突然感到頭腦昏沉，筋疲力盡向前倒下，連劍也握不穩，視線中的大地恍如油墨般散開，黑色塗滿了眼眶。

飛沙滾滾。風聲如泣。

阿紅已來到紀九歌的身後。

銀色的光芒一閃，在一片密煙和濃霧中，紀九歌跪下了。

58

那一針扎入紀九歌的脖子。

阿紅下針之處，並非紀九歌的死穴所在。紀九歌中刺之後，雖然跪倒在地，但雙目漸漸回復神采，由一片渾濁變成澄明的狀態。阿紅早已察覺紀九歌行爲怪異，就像嗑了迷幻藥一樣。

瀰山遍野，尤其在山崖的頂端，長滿了一種令人產生幻覺的花。

這種花的毒，要透過水氣來傳播。

阿紅瞧著地上的降落傘，便暗暗揣測在紀九歌降落、穿透霧層期間，鼻子吸入了花毒。他眼見幻象，思覺失調，誤將他們當成敵人。阿紅察覺了這一點，只是要在紀九歌的穴道上刺上一針，令他恢復神志。

紀九歌不是敵人。

——他在這裡要擋住的人不是我們。

濃煙漸散，阿紅駭然瞪著遠方。

遠方竟多了幾個身影，巫潔靈和樊系數雙手交疊腦後，受脅迫狀，而站在他倆背後的是莫邪、蒙恬和蒙武。

阿紅不敢亂動，因爲她瞧見了遠方的槍口。

易牙舉著的狙擊槍正瞄準她的頭顱。另一邊，王翦和商鞅對張嫳動武，沒收古鐘和一切裝備。干將急不可耐，過去撿起地上的龍淵劍和泰阿劍。

蒙武用指關節旋著手槍，一步步向前，直逼阿紅。

「妳眞是個好人，幫我們解決了頭號大敵。」

他口中的大敵，自然就是紀九歌。只見蒙武伸出左手，在紀九歌雙眼上一抹，紀九歌就發出一聲痛入心脾的慘叫。

阿紅心中一寒，知道蒙武手上餵有劇毒，用殘酷的手段弄瞎了紀九歌。

阿紅悻然瞪著蒙武，只有目光是狠的，雙手早已軟下來，放棄了反抗的念頭。

事情到了這地步，眞是神仙難救。賴飛雲在那邊伏地不起，阿紅曉得，這是施針的副作用，他至少要昏睡一天一夜。蒙恬走了過去，踢了踢這個曾令他吃盡苦頭的小子，還以爲蒙恬會下殺手，想不到他竟然抱起了賴飛雲。

蒙武向著阿紅微笑：「是時候讓妳見見我們的老大。」

河道一側原來有祕道，蒙武一伙人隱身其中，一直不出來，就是隔岸觀火，靜待鷸蚌相爭的結果。紀九歌在這裡出現，其實出乎他們的意料，不難猜出這個術數天才研究了秦陵的地圖之後，便想出直接空降在河道的方法。可惜，機關算盡，就是欠缺運氣，紀九歌沒想到山霧層竟會有毒，中了毒而不自知。洞外的激戰到了尾聲，干將、莫邪和王翦便趁機偷襲，賴飛雲在這時倒下，簡直是老天幫的大忙。

「九歌」有九個核心成員，有兩人尚未露面。

從祕洞那邊，悄悄走出兩個男人，一藍一黑，普通的登山裝和防風外套。

一個戴著白手套，一個戴著黑手套。

這兩人外表看來和常人無異，只有「九歌」眾員知悉，他倆擁有非凡的智慧，精通術數，藏身幕後，暗地策劃所有行動。

他倆，就是老大和老二。

那藍衣人，阿紅一眾均不識得，但戴著黑手套的男人，巫潔靈倒是認得出來，他就是以前當過巫潔靈管家的「劉先生」。賴飛雲拆穿他的西洋鏡之後，此人就不知所終，還以爲他是小嘍囉，殊不知竟是「九歌」中的副首腦，古名代號是「范睢」。

蒙武一伙團團包圍，將阿紅等人綑綁在一起，然後一雙雙眼睛都瞧著藍衣人，聽待他下指令發落。那藍衣人看來只有二十來歲，實難相信他竟是這幫惡徒的老大。他最關心的人竟是紀九歌，首度開腔，對著紀九歌說：「五十年不見。別來無恙吧？紀師弟。」

紀九歌雖然瞎了眼，但認出這人的聲音，不禁面色駭變，聳肩一震。

「始作俑者……原來是你。」

「你現在終於恍然大悟吧？我入數獨門，就是爲了奪取數獨門代代相傳的祕籍《連山》。在文革時，我捏造死亡時間，就是要嫁禍到大師兄的頭上。由那一天開始，我就徹底在世上消失，你再厲害，也不會懷疑到一個死人的身上吧？」

「然後……你派人潛入我的實驗室，盜取《連山》的研究記錄？」

「老實說，我自問沒能力破解《連山》，於是心生一計，將譯好的古文留給你。中國最大的黑幫都聽命於我。由你離開中國的一天，你就在我的監視之中，而你當時入世未深，一定未想過會有這樣的手段吧？論術數，我遠遠及不上你，但論心機智謀，你就不是我的對手。」

樊系數聽著這兩人的對話，面色愈來愈怪，先是「啊」地一聲驚叫，接著失聲大呼：「你是二師兄陳連山！」

那藍衣人皮笑肉不笑，沉聲道：「陳連山……這是我這輩子的假名。我的本名，是李斯。」

這個自稱是「李斯」的男人，就是神祕組織「九歌」的首腦。

即使是「九歌」裡的成員，也一直只以爲李斯是個代號，誰也無法相信他眞的是秦朝丞相李斯的投胎轉世——只有老二范睢知道眞相。

范睢一直潛伏在政府內部當間諜，全靠他提供的情報，眾員做壞事無往不利。

外貌方面，他和李斯一樣，看起來很年輕——論年紀，范睢已有四十七歲，李斯則是年過花甲的老頭子。

和紀九歌一樣，他們掌握了《連山》和《周易》的祕密。

即是掌握了長生不老的奧祕。

上世紀七〇年代，李斯在難民營中發現了商鞅，從面相看出，這稚童擁有極高的智商，有適合當間諜的性格特質。他養大他，栽培他，然後派他到美國留學。年輕的商鞅在大學的成績優異，主修生命工程，接近紀九歌，進入他的實驗室工作。商鞅私下培育出可以傳聲的昆蟲，成爲非常有用的竊密工具。直至一九八七年，商鞅得知紀九歌在研究一項叫「天眼」的奇能，自知難以再隱瞞，便帶著紀九歌的研究記錄離去，就此銷聲匿跡，令人一度懷疑他是某國政府的特務。

紀九歌不問世事，大半輩子都在美國研究基因工程，周遊列國收集古遺骸。那些有歷史價值的古物和化石，必然列入國家保護之列，要得到就唯有犯罪。當年爲求法門寺的佛指舍利，他不惜以身犯險，因而惹起中國警方的猜忌。至於那些假他之名來做的壞事，他未必全不知情，只是個性孤高，懶得理會，也不信任中國政府。

自古，天道云邪不能勝正，但有多少時候是正義勝過邪惡？彷佛天佑惡徒，有股看不見的力量，在保佑李斯一方取得最後的勝利。

李斯揹負雙手，盯著河道的盡頭。

那裡有個封印了兩千年的入口。

「你們猜得沒錯，和氏璧就在驪山山底，秦始皇的寢室之中……」

59

絕谷盡頭有道石門。本來要推開這樣的石門，縱使用上現代最先進的工具，也非要費上半天不可。但莫邪用工布劍一揮，石門頓時龜裂，逐漸碎開，連番施爲，便開闢出一條通道。

粒子共振——震碎——就是工布劍的功能。

李斯沒立刻殺死樊系數等人，只當他們是俘虜，用繩子反縛雙手。李斯不是仁慈，而是有更大的圖謀，沒收了裝備和武器後，諒他們也做不出甚麼。昏迷不醒的賴飛雲，就由親姊阿紅揹著走。

彷彿走進了下水道，四面都是石壁，兩側牆下各有溝渠。

突然，因爲空氣流入，簇簇紅光如鬼燈般點燃，兩行烈火迅即沿牆邊延展。

火川溶溶，照亮這條通往鑿山而建的祕道。

樊系數雖然身在險境，亦驚歎不已：「這……這就是傳說中的長明燈？」

李斯回頭道：「以前，這是很普遍的技術，只是後來失傳了……原理其實很簡單，當燈油消耗完墓室內的空氣，燈火熄滅，直到墓穴重開，外面的空氣一下子湧入，墓燈便會重燃。」

長明燈，永不熄滅的長燈，兩側的火渠一路延綿，應當叫長明渠才對。

這條墓道大約要走一個小時。

時機未到，不遇五十年一見的旱災，如果峽水尚未完全乾涸，封印的石門一開，河水就會填滿這條墓道。即使潛水員配備氣瓶，在水深高壓的封閉空間，也頂多支撐四十分鐘左右，絕難走到墓道的盡頭。

一重，又一重，如此多重守陵關卡，都是爲了守護秦始皇最大的祕密。

狹道縵迴，由李斯和范雎走在隊伍前方，李斯心中極爲興奮，話好像特別多。

他的聲音在封閉的石壁裡迴響：「這裡有三個人，都是數獨門的傳人。這就是命數！你們都應該知道，世事都有一個定數，有些人得到幸福，有些人就要受苦。人性未必本惡，但人性必然自利。你看看我們的世界吧！那些剝削人民的傢伙，正在建立他們的黑暗王朝！」

天地間自然有所平衡，將一切量化之後，一切皆有總和。

福有總和，禍有總和，一切都是相對，這就是命運上的平衡點。

「對你們來說，生命是甚麼？地球是甚麼？人類又是甚麼？這位巫小姐可以看見靈魂，我也可以用親身經歷告訴你們，生命的輪迴是千眞萬確。如果我們相信有靈魂，相信有輪迴，我的結論就是：靈魂是不滅的。換而言之，人體只不過是靈魂的容器，是個外殼，就像機器一樣運作。藥理、病毒、現代醫學、基因工程……都證明了我們可以操縱肉體。」

李斯的聲音有如鬼火縈繞，在墓道裡迴盪。

「如果，生命是一台機器的話，整個地球也是一台運作精密完美的機器。術數，就是古人蒐集的公式，用來觀察一台機器的運作模式，正如電子計算機不會出錯，生命和地球必然有理可循。窮至事物之理，欲其極處無不到……這句話，就是科學的眞諦。」

地球是一個完整的生命體，術數可以預知人的命運，故而可知地球之運。

「上過科學課的學生都會知道，我們是在透支這世界的資源。你知道石油還可以用多久嗎？過熱的地球將會怎樣？這些事，我們都聽膩了，可是我們都無動於衷。無論如何，世界的資源即將耗盡，大自然失衡，末日必將來臨。地球是個即將壞掉的機器，破壞地球的人就是我們，人類，每個人都是罪魁禍首。」

萬物有衡。超支，就會崩潰。

「我們欠下的罪孽，就由我們的子孫來償還——這是很美妙的因果制度，正因爲我們會投胎轉世，我們的後代就是我們自己。人類將走上滅亡之路，唯一，而且刻不容緩的解決方法，很簡單，也很殘酷，就是殺人，大規模減少地球的人口——你能否定這是最好的方法嗎？」

李斯雙目閃爍，年輕的面貌上，斂藏著古老賢者才會有的睿智光芒。

如他主張，殺戮也可以是一種正義。只有世間歷盡戰火的洗禮，大地才會在浩劫後重生，而死亡亦成了一種救贖的手段，成了一種令地球復活的儀式。

「死不是終結，是爲了重生。地球需要淨化，人性需要覺醒，瑪雅預言的大災難，應該會由我們一手促成……沒有你們，我們未必可以安全到達皇上的寢室。謝謝你們，你們的確是救世主。」

李斯回頭對著眾人，笑了笑。

走了接近一個小時的墓道，樊系數等人心裡有數，現在應已來到驪山地底。愈近墓道的出口，溫度愈來愈高，路也愈來愈寬，就好像深入巨型火山口的內部。眾人滿頭大汗，終於看見長明燈燃亮的盡頭，看見高大的銅門。

秦陵鑿山建穴，挖空了山，整個墓室大殿是空心的。

天頂之高，超乎想像，左右兩行長明渠流到殿底的火池，融為一體，光源透過無數銅鏡交錯反射，照遍了每個角落。

地下宮殿仿咸陽宮建成，九段階梯，光石疊砌，泥質彩塑，瑰麗華艷，丹楹刻桷，塗箔染紅，歷經兩千年威武不滅。

殿門離平地甚高，就像西藏依山聳立的布達拉宮，巧妙地利用了山體的隆形而築，一牆一垣都是完美的幾何圖形。

眾人看著這巨大的墓室大殿，也不得不張大了嘴，暗暗發出驚歎的聲音。

驪山地下竟有如此雄奇的建築，一旦開放，世界奇觀即時再添一筆。

上到高臺，十丈高的殿門後別有洞天，兩扇銅門嵌在巨巖之中，簷牙高啄，上刻巨大的蛇紋圓環圖徽，像敦煌石窟裡那些畫在窟頂的壁畫。

細看下，浮雕的蛇眼栩栩如生，鑲著大碧玉，在熊熊火光中閃著詭譎莫測的異光。

自古以來，龍代表中國。

而龍的由來，從來沒有明確的眞相。

殿門後，是一條金碧輝煌的墓道——

通往千古一帝沉眠的寢室。

60

列星隨旋，日月遞炤。

銀河星月的光芒終將消逝，就在短短的一瞬，人降生了，哭著，笑著，愛著，恨著，奢樂縱慾，生離死別，周而復始的不幸……渺小的人，就在沙一般的時間上留下漸漸消失的腳印。

在這世上的活物，不過是一瞬間的旅人。

骨骸和文明會消失，但遺物和古蹟留下來了，帶給後人一個個無法想透的謎團。

外城，石墓道，大殿入口，然後是金漆廊道。

終點是秦始皇的寢室。

「再過十分鐘……就到盡頭了。這裡，就和以前一模一樣……」

金漆的廊道很高，卻不寬，愈走愈狹隘，十步一飾柱，兩行嵌牆雕像成雙，都是文臣武將之相。和之前見過的墓道一樣，路的兩側各有火渠，又光又熱，盡頭深不見底，宛如一片不屬於世上的異度空間。

李斯摸索著墓道前進，看見一切如昔，只是多了破舊的裂縫，恍若千年一夢，心中的感慨何止萬千。二千二百年好像是很長的時間，但眞正算來，每世七十載，輪迴三十次左右，便已來到現今的世代。這三十世的輪迴，活太久了，炎炎功利，烹油濁世，李斯看破了，感到厭倦，但他始終很想改變這個世界，戰國末期至秦朝是他覺得最光榮的一輩子，其餘的人生都顯得乏善可陳。唯一令他感到驚喜的事，就是古希臘人的理念付諸實行，西方有了科學，有了稍微像樣的民主制度。

可是，就算制度歧異，改朝換代，生活環境發生巨變，他還是看見愚昧的人始終沒從歷史中汲取教訓，悲劇不停在人世重演，即使在民主國家也是一樣。

「人性，亙古不變，人類就是這樣的生物。」

他對此深信不疑。

聖經上寫的是對的，正因爲人性如此，每個人都是罪惡的載體。

古代人和現代人，最關心的依舊是金錢、美女、肉慾、成就、權力、地位……聰明人和有錢人依然用千古不變的手段，借屍還魂，虛僞狡詐，善用陰謀和權術，來欺壓容易受命運擺布的平民，逼使窮人活得像奴隸、畜生一樣。

邪惡、貪婪、瘟疫、飢荒、戰爭、恐怖、瘋狂……本來只要各自願意犧牲一點幸福，就可以拯救在人間煉獄徘徊的同類，但人性自私自利，視若無睹，置若罔聞，以爲只要雙手沒沾上鮮血，自己就是善良的個體。

地獄裡有個寒冰地獄，寒氣沁滑，冰山圍困，火獸眈眈，墜入此獄者，皆是冷酷無情、見死不救之人，踐踏弱小眾生於深淵。

既然人性不變，必須改變的就是整個世界。

金漆墓道的盡頭是門扉，遠遠可見銅門深鎖，銅門上刻著蛇紋圓環圖徽。

始皇初即位，穿治驪山，及并天下，
天下徒送詣七十餘萬人，穿三泉，下銅而致槨，
宮觀百官奇器珍怪徙臧滿之。

銅門後，竟是一片廣闊的天地。

明光熒熒，如星燦然，如月昭然，如日炳然，竟是鑲滿墓頂的琉璃珠，萬千點奇光由彩漆之頂墜落，照亮半個足球場般大的墓室。

只見墓室地上豎立一碑，都是篆刻，題字者是「李斯」。

時空彷彿與過去接軌了，李斯歷盡千辛萬苦，終於重臨主墓室，內心的悸動無以復加。

他的靈魂深處，記著秦始皇最後說的話。

他守著一個承諾，超逾千年。

與其說是歐斯底里地效忠，不如說是擁有共同的信念，他要改變整個世界，使人類進化到下一個階段。

由秦始皇祕密入殮開始，他就一步步遵照計畫，實現這個宏大的「千年之計」，每個細節都經深思熟慮，不容有半點錯漏。

靈魂進入轉世系統，就會消除記憶，等於電子機器那個「重啓」按鈕。這是很好的程序，忘

記上輩子的事，開始新的人生。可是，有些靈魂有異，記憶在轉世後不會消失，保留前世記憶。二千二百年前，鬼谷子選中他，就是因爲他的靈魂具備這種特質。像他這種人很罕見，萬中無一，但以整個世界的人口來看，還是爲數不少。

有人能完全喚醒前世的記憶，有人只能記得零碎的片段，爲甚麼呢？

祕密就在**字跡**。

看見自己前世的字跡，就能喚醒前世的記憶。

在塵世間轉世，李斯也不能保證可以尋回前世的記憶。他在陪伴秦始皇巡遊期間，親自留下大量刻石，當中包括名垂千古的泰山刻石。古人臨碑拓字，李斯只要投胎成中國人，一輩子之中，就有機會看見自己前生的篆書。書法能留刻後世，又同時擁有轉世記憶能力者，千古以來唯獨李斯也。舉世無雙，他是智者中的智者，而他的智慧可以累積。

秦昭王時期，鬼谷子誕爲范睢，任職丞相，掌握實權。鬼谷子是那些方士的一員。他們的陰謀，至少要有兩個人才能實現。因爲在死亡之後，到誕生爲人，可能相隔一年，可能相隔兩年，或者長達十年，好像毫無規律，難以預料，這是一段危險的時期。

——只要知道彼此的出生時辰，就可以計算出和對方相遇的時間，亦可精確計算出對方的死期。

每一世，他都有方法找到鬼谷子，又或者鬼谷子會找到他。

一九七四年陝西大旱，農民發現神祕的瓦片，兵馬俑的遺跡呈現於世人眼前。李斯在政府單位有線人，早在考察隊來到之前，他已用面相之術，在那堆千面百態的陶俑之中搜索。在古時，繪畫難以寫實，照相機尚未面世，便只好借星訣來表達面相。那是一串別人看不懂的暗號，但學過面相之術的人都能解讀，在八千餘個貌如常人的俑群裡，找到正確的陶俑。

當李斯敲破俑身，便發現內藏的地宮地圖，塵封千年不朽，同時確保沒有第三者盜竊。那時候，根據觀星卜算的結果，距離秦陵開封的日子亦不遠矣。

不幸中之大幸，中國的考古學界反對打開秦陵，由一九七四年至今，只在地面勘察探測，間接幫忙隱藏地底裡的祕密——這固然是一大群權威考古學者的決案，但當一個人很有錢的話，要買通人言亦不是難事，李斯精通此道，萬試萬靈。

有些東西隨手拈來，本來不值錢，但當放上一段時間，就會變成價值非凡的古董——只要懂得收集字畫、瓷器及金玉等工藝品，每輩子都有花不盡的錢財。有了錢財，下一步就是招兵買馬。

一九八九年，李斯重遇轉世的鬼谷子，「范雎」是鬼谷子的化名。

李斯和鬼谷子組成「九歌」這神祕組織。

蒙武他們都是憤世嫉俗的能人，雖然也有易牙這種暴徒，但能力才是重點，換了在古代，這傢伙其實是大將之才。李斯和鬼谷子懂得面相之術，每位成員都經過精挑細選，有的悍戾，有的奸黠，但絕對效忠，沆瀣一氣，大家都一心要創立新世界。

這個千年之計，一直以李斯和鬼谷子兩人爲重心，他倆在臨死前，都會向對方說出轉世密碼，而這組密碼就算被第三者竊取，也沒有太大的風險——對方一來不知其中含意，二來「轉世記憶能力」必定是靈魂天賦的特徵，極爲罕有，可不是隨便冒充得了的。
李斯尋找鬼谷子，鬼谷子尋找李斯，兩千年來一直如此，從來沒有出錯。
他倆的計畫，終於要完成了。
「終於，到了這一天。」
李斯唏噓感言，一步步，走向主墓室最裡面。

以水銀爲百川江河大海，機相灌輸，上具天文，下具地理。
以人魚膏爲燭，度不滅者久之。

側目所見，主墓室堆滿異寶，遠超一般戰國時期的王墓帝陵。
唯獨沒有棺槨。
整個墓室竟然沒有一件像棺槨的東西，這不僅有違常理，簡直光怪陸離。
怎麼可能？
墓室最裡面不是石壁，竟閃著深藍色的強光。
眾人走近，終於看得清楚，那是一堵巨大的冰牆，大得塡滿整條墓道的末端，單憑透光的程度觀測，厚逾一丈以上。
難怪進來時寒氣凜凜，整個主墓室原來是個地下冰窖。樊系數等人冷得要命，驚訝得無言以對，冰牆後是滾流不息的銀色金屬液體，看來就是水銀。水銀的熔點低於水，所以沒有凝固。

干將聽從李斯的吩咐，在靠牆的地方放下古鐘，倒過來握住工布劍的劍鞘，敲完一下鐘，隔了半晌，又再敲一下。

這就是古鐘的眞正作用。

只要準確地敲擊鐘上標音的位置，它就能發出合乎一定頻率的樂音。

——開啓棺槨的鑰匙！

古鐘一響再響，嘹亮的高音震盪全室，引發共鳴現象，令千年的古蹟甦醒活化。

冰牆後隱隱傳出怪聲，好像有甚麼活塞似的東西碎裂了一樣，水銀一發不可收拾地流走，液位的高度自頂至地驟降。

李斯睜大雙眼，抓住自己的褲頭，不能自已。

葬既已下，或言工匠爲機，臧皆知之，臧重即泄。大事畢，已臧，閉中羨，下外羨門，盡閉工匠臧者，無復出者。

時代在進步，人類終可破解整個天地和生命的奧祕，參透神留下來的完美傑作。

但——

如果有人提前走到這一步呢？

在李斯就任秦國丞相期間，開始和那些戴著「蛇圖騰」的方士有了接觸，知道這世上以前的確有一種「神人」，他們不僅天賦異能，壽命也長達千歲以上。當這些「神人」和普通人類混種，以基因學的角度來說，有些特質得以傳予子嗣，有些特質卻變爲隱性，數代之後徹底消失。

不幸的是，這些後裔的壽命變得和常人一樣，不過一百歲。

李斯又知道，世上確有「長生不老之術」，可是憑當時的科學水平，根本無法實現這樣的術，即使在公元二十世紀前得到此術，只是空有其談而無用。

二千二百年來，他一直等待，也在苦苦追尋此術的眞相。結果，他發現了「數獨門」這支術數宗派，爲了奪取祕籍《連山》，他費煞心思布局，終於成功投入其門下，並將陳連山這假身分演繹到了極致。

出乎意料之外，他遇上曠古絕今的奇才紀九歌，而紀九歌亦不負他的期望，爲他解開了《連山》蘊藏的千古之謎——

李斯終於得到「長生不老之術」。

戰國時代的間諜技巧，歷經兩千年仍然管用，世間的一切聰明才智，也比不上深思熟慮的陰謀，這正是智者與政治家之間的分別。

時機已成熟；條件已齊全。是時候完成他們的千年之計。

九，帝王之數。

一行三人，以李斯為首，站立在冰牆前，靜待水銀流盡。

彷彿蘊藏一股邪惡而神祕的力量，水銀浸泡的高度驟降，漸漸呈現出一堆前所未見的金屬管，縱橫交錯，囁嚅著號泣一般的怪聲，彷彿由地府上來的一個個幽靈在施展陰陽大法。

眼前露出一具垂直的冰棺。

棺中人，穿著帝服，就是千古一帝秦始皇。

這個魁梧的男人沒戴冠冕，鬢髮是棕色的，在炫目的光照中，長髮竟顯得像血色一樣殷紅。他像古堡裡的紅髮吸血鬼，俊顏蒼白，鷹鼻鷂眼，頗具神格，亦具妖格，面容異於陪葬墓中所見的人俑，反而像歐亞地區的人種。

史書所載，秦始皇駕崩時五十歲，在地底沉睡兩千多年，棺中的肉身居然不腐，皮膚有血色，恰如鳳凰沐火重生，整個人超越了時空的界限，來到了現代。

李斯當先蹲俯，低首下跪。

「吾皇！微臣之魂在世上飄泊了千年，終於，來到你面前。」

深藏在地底的祕密終於揭曉。

星辰般的弧光溜過透明玉棺，臉色由白轉紅——

棺中人的眼皮張開。

最不可思議的事發生了——

秦始皇復活！

61

眼前的一切怪絕無倫，不僅是樊系數一方，連干將、蒙武等人都瞧得目瞪口呆。

干將精通機械工程學，仰望著冰牆後由巨大金屬管網絡組成的裝置，興奮得揚眉奮髯，鼻子幾乎要貼到透明的冰牆上。

直到時機成熟，李斯才披露與秦始皇之間的千年之約，其他成員此前都不知底蘊，皆以爲入陵只是爲求和氏璧。雖然眾人早有心理準備，但當冰棺呈現眼前，他們亦忍不住露出驚詫之情，絕難相信眼前之事。

冰棺中的秦始皇又再沉眠過去，但所有人都看見了，秦始皇剛剛眨了一下眼睛，如果不是屍變，那就是說他依然未死。眾人中只有李斯和范雎臉上毫無驚色，唯獨這兩人預料到會發生這樣的事。

樊系數瞠目結舌，口齒不清地說：「這……這……是人體冷凍裝置？」

據他所知，人體冷凍術是一個嶄新的科學領域，將人體凍卻，令一切細胞活動幾乎完全停止，然後在遙遠的將來死而復生。這種構思不僅常見於漫畫，世上亦眞的有科學家在做這樣的研究，譬如著名的冷凍學中心阿爾科生命延工基金會，已爲顧客提供冷藏大腦或全屍的服務。可是，這項技術尚未完熟，但假以時日，只要研發出修復冷凍受損細胞的技術，要令冷凍庫的軀體重獲新生，將不再是空想。

樊系數實在難以置信，二千二百年前的秦朝，竟會有這種超時代的科技——正如「三易之法」一樣，都不應是屬於那時代的東西。

封冢。石牆。夯土牆。金字塔錐形外牆。

由內而外，一層又一層，夯土牆外環繞一層眞空密封的空間。

現代人用科學方式勘測，繪出秦始皇陵地宮的透視圖。當第一眼看見那張圖，樊系數霎時有個想法，覺得整個地宮像個巨大的保溫壺——他的靈感成眞！

水銀爲內聚力大的銀白色液態金屬，熔點是零下三十八點八度，導電性能極佳，因此可以充當電解設備裡的電極。而且水銀有毒，百蟲不侵，自古已有，古稱「汞」，是道士煉取的仙丹裡常有的成分。

天地造化之術，鬼神不測之法！

這才是秦始皇嬴政興建地下陵墓的意圖——

不爲死，而爲生！

當年，秦始皇是自己走進來主墓室，然後進入「冰棺」。這巨大的冷凍庫一定用上天然的動力能源，循環不息，超逾千年。古鐘就像是解開封印的鑰匙。如果不明就裡的人貿然鑿穿冰牆，水銀一定淹沒全室。當然，現代人會有破牆的工程技術，但對古盜墓者而言，此事近乎不可爲。

李斯敲了冰牆幾下，就說：「這裝置的名稱叫『凰檄』。我看，我不必解釋了。本來要融掉這冰牆相當麻煩，但現在我們有很快的方法。莫邪，快來！」

只見莫邪愣了一愣，與李斯對望了一眼，刻不容緩，便從腰間拔出工布劍。莫邪相當精明，當然明白李斯的意思，迅即走到冰牆前，徐徐在半空高舉鈍頭的劍尖，壓向透著湛藍寒光的冰面。

轉瞬間，冰牆化爲無數雪白的冰屑，滿室飄旋紛飛，有如一陣短暫的暴風雪。

與垂直懸立的冰棺再無隔閡。

在漫空冰點之中，李斯一邊走上矮臺，伸出戴著白手套的雙手，踏著銀光粼粼的水銀餘液前進，打躬作揖，凝視嬴政長眠中的肅容，然後伸手摘下冰棺正面嵌著的黑石。

那黑石是多邊形體。

李斯的動作看來謹小慎微，莊嚴而隆重，就像取下的是甚麼稀世無價之寶。

和氏璧——

眾人心中亮起同一個聲音。

只見那黑石在李斯的掌上，在筆形手電筒的照射下，如冰壺秋月，瑩徹無瑕，切割精湛，竟折射著神祕的強光，彷彿有股冥冥中不可知的力量！

強光穿透之後，紅色的經文如曲折的鳥蟲般投射在石壁上，多邊形體的每個錐面分別呈現不同的文字。

和氏璧竟是一塊上刻微雕古文的黑色祕石！

李斯對紀九歌說：「可惜你瞎了，看不見《歸藏》——天地之書！」

紀九歌沉住氣，不慍不火，不回應。

樊系數本來很想瞧紀九歌一眼，但他怔怔盯著壁上那堆神祕的文字，心中的震驚竟令雙眼轉不開來。他這個窮究一生探索眞理的博士，明白眼前這些讀不懂的文字，極有可能蘊含一道道前所未知的公式，凝聚了一個極高度文明的智慧結晶。

數學是一種很美妙的語言。在無數定律公諸於世之前，世人絕對無法想像，這個看似複雜無比的世界，微至細胞裡的化學作用，巨至宇宙萬物星體的運行，竟然只是建基於簡單的公式之上。

樊系數是數獨門傳人，早就知悉三易之法是古人的研究記錄。

有一點他可以大膽肯定——

只要有人能破譯《歸藏》的文字，人類文明的進步可以跨越多個世紀！

古有三易之法，記載了天地間的最大奧祕——

《歸藏》、《連山》和《周易》盡在李斯手中！

到了這地步，樊系數感到絕望，萬念俱灰：「這幫人已經取得全盤的勝利。已經沒有辦法阻止他們。百分之百沒有希望！我們完蛋了！」

李斯笑了一笑，向王翦、干將和蒙武打了個眼色，三人就開始行動，合力搬下冰棺。冰棺裡凝固著一層似冰非冰的晶體，青翠剔透，有如玻璃化的冰。與此同時，范睢、易牙和莫邪都在盯緊阿紅一眾，不容這六個俘虜垂死反抗。

李斯回頭向著紀九歌說：「師弟，我活了這麼久，見過這麼多人，最佩服的人就是你了。多虧了你，才解開了《連山》的祕密。如果將長生不老的祕方公開，你應該一早就是世界首富吧？你這個奇才，應該算得出我們的下一步吧？」

紀九歌依然閉目不語，這個能力最接近神的男人，竟露出莊嚴的神情，令人聯想到佛陀在菩提樹下圓寂的情景。

就算紀九歌不說，樊系數也猜得出來：「他們要征服世界！」

自人類有史以來，從來都沒有人嘗試這麼做，即使亞歷山大大帝征服了亞、歐、非洲，忽必烈大汗開拓了曠古絕今的廣闊疆域，礙於軍力、知識和科技所限，最大的帝國都無法跨越全世界——史關鍵的原因是這些帝王的壽元有限，野心無窮而生命有涯。

「這世界應該由精英來統治，人民需要領袖，眞正的眞命天子。可是，這個制度有個致命的弊點，也就是人類肉體的極限，再英明的明君也難逃一死。制度會慢慢腐爛，倘若繼任人是個昏君，就會爲蒼生帶來浩劫。一個皇帝老了，年老力衰，也會做出蠢事……長生不死是不夠的，長生不老才有意義。只要賢君永在，就永遠都是太平盛世，萬載千秋，這就是我們要建立的終極中央集權制度！」

瘋了！

樊系數聽了李斯此話，只感到荒謬絕倫，一時又想不出半句反駁的話。

這幾年他細觀世局變化，長了見識，也看出民主制度的弊端。但比起有如邪惡猛獸的極權統治，民主制度雖然充滿瑕疵，依然是人類發展至今最好的政治體制。

超越民主的終極制度，簡直是超乎想像的理想境界！

「人民需要一個眞正的統治者，來領導他們走向光明之路。人性愚昧，人性無知，人性就是如此。用洪水來清洗這個世界，已證實行不通，人性就是這麼可悲的東西，帶著無窮無盡的罪惡繁衍下去，世世代代重蹈覆轍。我們要改變世界。神已死，所以我要令眞正的『神』復活。只有建立全新的制度，全球一體化，人類才會進化到下一個階段！」

天命和運氣，兩者缺一，也不可成爲統御天下的王者。縱觀世界史，眞正的王者千載難逢，幾十年甚至幾百年才降生一個，是上天在幾億人當中唯吾獨尊的寵兒，堪稱是奇命之中的奇命。

只要秦始皇肉身未死，最強的運氣就不會消失。

李斯深信千年之計必會成功，正是此理。

在人類歷史上，從未出現過可以統治七大洲的終極霸主。

合久必分，分久必合，世界將會重回盤古，再度合而爲一。

最強的運氣，最強的肉體，還有和氏璧所載的天地之術……樊系數知道，李斯可不是空口說白話，如果以秦始皇爲首，施行三易之法，他們眞的能夠掀起戰火，血洗大地，然後侵略全世界。

可是，樊系數所知亦到此爲止，這班恐怖分子的陰謀大計，他在黃泉是看不到的了，也許下輩子投胎，他會活在李斯建立的新世界。

李斯忽然冷笑，一臉肅然地問：「你有沒有想過，我爲甚麼要等到現在才殺你？」

如李斯所言，要殺他們的話，早就應該下手。

「因爲，我不會讓你們有投胎轉生的機會。」

在眾目睽睽之下，李斯走近打開的冰棺，彎身看著仍在長眠的秦始皇元軀。

他向王翦借了匕首，然後輕輕用匕首割破秦始皇的手背。李斯看著鮮血湧出，又看著那傷口漸漸癒合，便情不自禁笑了一笑。

匕首上沾滿了秦始皇的血。

「死在此刀之下的人，都會永不超生——他的靈魂會被吃掉。」

很久以前，李斯已知秦始皇一脈的血液特性，受西方知識啓蒙之後，便知道這是由肉體傳承的「惡魔血統」。

李斯取來盛鴆毒的小瓶，小心翼翼，倒在匕首的刃身上，與原來的血液融成一片。由於一次要殺六個人，他要將毒液均分。他清楚，這瓶鴆毒先經古方調製再用現代設備提煉而成，單是幾滴即可斃命。

快要結束了——

樊系數等人已陷入絕境。在幽暗闃寂的墓穴裡，絕對無路可逃，死神的鐮刀迫在眉睫，他們的最終結局只有死亡，日後考古學家發現他們的骸骨，只會添加一個撲朔迷離的謎團。

李斯要親自處決他們；他提著匕首，開始一步步逼近。

就在此時——

墓室出現刺目的閃光，然後紫煙吞噬了一切！

62

五十分鐘前。

阿紅沿著墓道前進時，自知無力頑抗，身體疲態畢露，這種接近極限的精神狀態，卻令她的心神和觸覺變得異常敏銳。她垂著頭，倦容滿臉，耳聽墓道中迴盪的極細微聲音，眾人的一舉一動瞬即在腦中呈現，如一張清晰無比的黑白底片。

無意之間，阿紅發現紀九歌好像有甚麼壞習慣，在長袖裡捏指疊掌，由於雙肩並無太大的抖動，動作細微得不會有人察覺。最初，她不以為然，但當紀九歌又重複做出同一樣的動作，她用心一想，便弄懂了當中的意思。

「特務……」

「……間諜？」

彷彿他在低聲呢喃，向她傳話。

阿紅心中驚訝：「是手語？紀九歌懂得手語？」

「……注意。」

原來張獒、亞善兩人和阿紅之間，有一套特定的溝通暗號，實則上就是中國聾啞人用的手語。張獒和亞善熟知阿紅的異能，遇上不宜說話的危況，就會用手打出暗號。阿紅這又想到，紀九歌曾用「天眼」入侵其父和亞善的記憶，所以他清楚她的異能，這一點也不稀奇。

阿紅心想這或許是脫險的唯一希望，當即抖擻精神，細心注意紀九歌袖裡的手勢。

這時阿紅走在隊伍中間，紀九歌在後方，隔著蒙恬和蒙武兩人。阿紅當然沒回頭，佯裝若無其事，幸虧李斯等人不知她能憑聽覺視物，所以並無起疑。

左手橫伸，右手做成槍狀，與左手掌心交疊……

這手語，絕對是「間諜」的意思，或者，也可以解作「內奸」。

紀九歌的另外一組手語，就是「注意」的意思。

阿紅一再確認接收的暗號無誤，然後趁著有一次紀九歌打出暗號，她拿捏了時機，突然在墓道行走中停步，窒礙了隊列後方的人。

紀九歌是何等機警的人？他每隔數分鐘才做手勢，心裡當然明白阿紅不是碰巧的。更巧的是，巫潔靈也回頭看了阿紅一眼，阿紅透過那個眼神，就知道她也知道了暗號的事——是亞善的幽靈告訴她。

此後，在緩行近一個小時的路程上，紀九歌不再有任何小動作。

阿紅卻在琢磨那番話的意思：「內奸？注意？注意內奸？誰是內奸？」

到了這地步，阿紅等人已無力反抗，束手待斃，敵方自不必安插甚麼內奸。想到此處，阿紅便猜出紀九歌乃在暗示：「敵人裡有內奸！是幫我們的！」

經過輝煌的地下殿宇，一路來到主墓室，目睹一連串咄咄怪事，真相一層層抽絲剝繭，壯麗的冰棺凝聚從古而來的萬丈光芒……

雖然心靈動搖，阿紅的感官無時無刻都在留心所有人的一舉一動，彷彿開通了心眼，眞正目視四野，耳聽八方。

當李斯持刀沾血的一刻，范雎竟有反常的行動，乘著眾人不爲意，從收繳的器械中取出閃光彈和煙霧彈，以純熟的手法解開安全扣環。

其他人尚未反應過來，范雎已向地面射出了閃光彈，令人目眩的強光便即在封閉的空間中爆開，再隔數秒，紫色的濃煙隨即霏霏吞沒了全室。

阿紅心中斗然一亮，由於早有心理準備，雙腕一掙，繩索便整團散開，這種逃脫術對她來說易如翻掌。

在一片紫色的濃煙之中，阿紅手執繩索的一端，套在樊系數的腰間，再繞過紀九歌的臂彎，然後牽著兩人向墓室的入口直跑。她透過「通感」的異能，亦知道張嫯透過背上巫潔靈的提示，走向了正確的方向。

「九歌」眾員遇到這種突發情況，都只能各自保護自己，縱使知道阿紅等人逃脫，一時三刻也追不上去。

由墓室折回墓道，阿紅、張嫯和巫潔靈的眼睛是睜開的，樊系數沒躲過強光曝照，暫時失明，走起來磕磕絆絆的。原來剛剛巫潔靈機伶，聆聽亞善的提點，在閃光彈引爆之前，閉著眼緊貼在張嫯的背上，又及時用雙手掩住張嫯的雙眼。

墓道的起點是鬼門關，終點是希望的出口。

走了一段路，阿紅聽到後方出現了腳步聲，有人沿著墓道追來，便對著眾人說：「不用怕！是自己人，就是他放閃光彈救我們的。」

如她所言，范睢的臉在迷濛的燭光中出現。

「快跑！」

范睢加入他們的隊伍，腳不停步，直走一會，才將提著的大背包往後一擺，穩穩用雙肩扛著。

范睢牽著紀九歌，滿額汗涔涔，由於尚未真正脫險，眉目間隱有憂色。對著阿紅等一雙雙困惑的眼睛，他只是說：「雖然我無法將和氏璧搶過來，但我總算保住你們的命。我的事情，紀九歌會替我解釋。現在不能放棄，你們一定要活著出去！」

阿紅心想，此人眞是厲害，竟然騙倒李斯這等智者，忍耐到最後一刻才出手救人，單是這份沉著和禪定已非一般人能及。

巫潔靈又瞅了范睢一眼，在她心中，這個人叫「劉管家」，不叫「范睢」。當時在國家圖書館，他沒表露身分，卻說了那番話：「王猇知道這位置了。難道你們不怕他嗎？」原來是出自善意，提醒她和賴飛雲逃難。

主墓室與地下大殿之間的墓道說短不短，說長不長，十分鐘內可走完。穿過大殿之後，又是那條長逾十公里的陰森墓道，路途遙遙難行。阿紅和張嫯暗自發愁，拖延不了多久，敵人必定追上氺，到時如何是好？

走不多時，樊系數從刺痛中睜開眼睛，視力恢復了兩成。

「在我們後面大約三百公尺的距離，蒙恬和王翦追來了，干將和易牙在稍遠的位置。再過兩分鐘，不，只怕再過一分鐘，他們就會追上我們……」

眾人聽到阿紅這麼說，均感愕然，想不到她只憑墓道後方傳來的極細微聲波，就可察知敵人的動靜。

超聽覺——

在絕境中，阿紅的潛能甦醒了。

當范睢知道敵人快追上來，心中也有了堅定的主意，目光上上下下掃視著墓道的頂部和兩壁。這時，也終於看見出口的光亮，人魚膏池的燭火長亮未滅。

「你們繼續走。我會阻止他們。」

說完這句話，范睢就逕自跪下來了，解下背包，屹立在兩排文臣武將的陶俑之間，臉上露出正義凜然之色。

范睢的左臂夾住炸藥。

炸毀墓道之後，就可以再堵住九歌的人至少一個小時。如果不是擔心整個墓道倒塌，范睢早就這麼做了。他在張褻的背包裡找到炸藥，卻找不到雷管和導火線。他受過軍事訓練，一眼就認出這是「TNT」黃色炸藥，沒有雷管就不能引爆。

只有一個例外情況——

密封式燃燒，加溫至攝氏三百五十度就會爆炸——

現在，只有這個方法可以引爆它。

范睢一直等待，等到阿紅他們走遠，等到他們踏離墓口，將所有炸藥塞入防風外套的口袋，然後鎖好拉鍊，準備親手將整件外套壓入火坑。只有這樣做，才能確保萬無一失。他內心竟感到出奇地安寧，靜靜迎接自己生命終結的一刻。

阿紅回頭一瞥，只見范睢面露笑意。

這個人在爆炸的巨焰中綻放出最後的光芒，強波膨脹的一瞬間，與一堆轟塌的磐石同葬，血肉和石塊融會爲一，堵塞了整條墓道。

他犧牲了，壯烈地犧牲了。

他最後的笑容無所畏懼，帶著無言的狂喜，成爲了一個沉默的英雄，完成了一生最大的使命，將希望交在繼承人的手中。

轟轟轟！

整個地宮出現山崩地裂的強震。

儘管很快復歸寂靜，爆破的巨響在眾人耳邊綿綿不息。

死者已矣，活下的人繼續覓路求生。

一行六人，就像逃難的傷兵，到了關乎生死的時刻，都竭盡體內一分一毫的力量，在鬼域一般的墓道裡前進。阿紅揹著賴飛雲，張獒揹著巫潔靈，樊糸數牽著紀九歌，步調盡量保持一致，邁向命運爲他們安排的未來。

將近一個小時的墓道，好像用十分鐘就走完了。

各人心中難免憂慮：

「眞的能走出去嗎？我們沒有裝備、沒有地圖，怎麼離開秦陵？」

「和氏璧、工布、泰阿和龍淵……都在他們手上，這世界會變成甚麼樣子？」

哪怕等待他們的只有末路，一天未見棺材，他們都不會放棄。經過種種歷練，他們都覺得，有甚麼在心靈深處覺醒了。他們要活下去，任重道遠，至死方休，不是爲了自己，而是爲了那些壯志未酬的英魂。

只有擁抱希望的人才能創造未來，希望才是最強的武器。

無論如何，都要相信命運。

前方出現了熹微的晨光，應該將近出口，陰霾的感覺一掃而空，黑暗亦彷彿煙消雲散。

阿紅等人回到不久前和紀九歌決戰的河谷，一覽前方，都看得目瞪口呆。

空地上，多了一架超亮眼的龐然大物，白色的外殼在映入谷底的陽光中熠熠生輝。

竟是美國軍方的雙旋翼隱形直升機。

63

前一刻還在噩夢般的陵墓之中，這一刻卻在雲霄之上的機艙裡，感覺有如天壤之別。

阿紅和巫潔靈披著毛毯，坐著沉睡。賴飛雲則平臥地毯，上身蓋著軍人外套，療傷之後，依然不醒人事，彷彿進入了冬眠的狀態。

紀九歌雙眼裹著一圈繃帶，雙目失明之後，就要開始適應盲人的生活。

只有樊系數和張獒勉強睜著眼，聽紀九歌解釋背後的眞相。

「美國政府一直資助我的研究。我就是所謂的海外流亡人士。我確實我行我素，一直用我的方法探尋和氏璧的下落。十九年前——那是一九八九年六月底的事——他在我的研究所出現，帶來一卷微縮膠卷。他最初只是告訴我，他是某國情報局的人。」

「好奇心驅使之下，我開始閱覽微縮膠卷的內容。研究所裡有微縮膠卷讀取機這回事，他肯定瞭若指掌，他已徹底調查過我。膠卷的內容是一條條古老的木片，上面刻著漢字，我判斷是眞正的古書，絕非僞造，但無法估算它的實際年分。」

「事實上不用我估算，那人已經和盤托出，這是他家族相傳至今的祖先遺書。據說原書是一張帛布，但爲了長傳下去，他的先祖便轉刻在金絲楠木的木片上，這種木是皇帝御用的罕貴木材，造龍椅也是用它，千年不腐。除此之外，還有一堆類似的木牘，記敘了由戰國末期到清朝發生的大事，堪稱是一部宏大的歷史寶庫，正如其他春秋戰國時期的歷史，本來就是家族史。」

「他說，他家族留下的史料，尤其是戰國時期的部分，比司馬遷的史記更詳盡、更準確……假若這堆文獻公諸於世，即可塡補中國歷史上許多空白的部分，但我最感興趣的，還是他祖傳那些木牘裡包羅的古老祕術。」

「他來找我，當然另有所圖。他帶來的微縮膠卷，記載了秦始皇與幾個方士之間的神祕對談，揭露了秦始皇建陵墓的重大原委……我覺得難以置信，但他堅稱此事千眞萬確，我當然知道他沒有說謊。他又告訴我，他的祖先是歷史上一個名人，這個人就是韓非。許多人都不知道，韓非其實當過間諜……」

「他的祖宗發源地在河南一帶，有個家族的古墓群，地下有個隱密的墓室。兩千多年來，有人盜過墓，偷去的都是首飾珠寶，一般的土夫子當然不明白，文字的價值比一切珍寶更加巨大，那些木牘幸未遭竊，歷經千年保存至今。墓室就是藏書的地窖，眞是絕妙的設計。」

「他祖宗自古有個很特別的遺訓，就是要阻止秦始皇的陰謀，這遺訓竟然薪火相傳四十多代，沒被子孫遺忘，一直到他這一代。兩千年來，他的先祖各有各的人生，但都在暗中調查，留下大量文書記錄。」

天曉得韓非用了甚麼方法，也許跟蹤過甚麼人，也許竊聽了甚麼密談，也許親自到驪山勘察……莫知其道，是爲神紀。總之他就是用了他超時代的頭腦，極其冷靜，條分縷析，層層剖剝，有了結論，在字裡行間凝聚了他一生智慧的結晶。

「文書透露，秦始皇的千年之計，關鍵執行人是李斯和鬼谷子——這兩人的靈魂在轉世之後，擁有保留前生記憶的特質，就像西藏的活佛一樣。大活佛在圓寂前，靈魂可以超越時空，預視自己下世是甚麼人，可以說出仔細的外貌，又或者說出未來父母的名字……這種奇術叫『神諭』。然後，僧人憑著活佛留下的遺囑，尋訪轉世靈童，再用遺物辨認，整個過程往往艱辛無比。根據藏教典籍記載，有些高僧能知道靈童出生的方向和時間……不妨告訴你，我也在研究相關的公式，人死後往哪裡投胎，應該是可以計算的。」

「言歸正傳。李斯和鬼谷子轉生的方法，相信也和活佛轉生的方法類似。那個韓非的後人跟我說，他的先祖早就得出結論，要破壞千年之計，殺了那兩人是沒用的，他們還是會轉生，一個不慎令他們警惕起來，到時便大事不妙。唯一可行的方法是冒充他們其中一個，從另一人的口中盜取機密，簡單來說，就是以『假轉生之術』來破『轉生之術』……以子之矛，攻子之盾。」

「可是，談何容易！他的先祖早就洞悉李斯和鬼谷子互傳的轉世密碼，原來是一組在面相之術裡用到的星宿，和活佛一樣，都是用外貌來認人。身材還可以塑造，但面孔是天生的，要改變萬萬不能，這是一直以來無法突破的瓶頸……但他的先人一定沒想到，到了二十世紀，人類開始可以整容，透過外科手術來改變臉型、眼、耳、口、鼻……幾乎臉上每一個地方，都可以變成你理想的樣子。」

「他的面貌不是本來的面貌。他整容，成功冒充了鬼谷子，用了『范睢』這個假名。他利用在情報局工作的優勢，比李斯早一步找到了鬼谷子。雖然囚禁了鬼谷子，但命運的力量是巨大的，只要鬼谷子未死，就會在命中註定的日子與李斯相逢……除非變成了死人。自殺的人不會立刻投胎轉世。自殺也好，被自殺也好，都是范睢的國家最擅長做的事，總之他們成功令眞正的鬼谷子自殺了。」

「他跟李斯見面，李斯十分謹慎，問了他不少戰國時期的事兒，幸好他自幼背誦了家傳的古書，有備而來，成功矇混過去。要瞞過李斯可不簡單，要不是李斯深信術數和面相之術，千年來都沒出岔子，有了成見，這個老狐狸也不會中計。」

「那次在實驗室會面之後，這二十年來，我沒有再見過他。他需要我幫忙時，就會向我傳出密函，給我一個回郵信封。我曾幫他算過他與李斯相遇的時間，那一天，是一九八九年的最後一天。當時，他應該已解開了『轉世記憶能力』的祕密……他沒有這種能力，但他有辦法接觸一個擁有這種能力的人，可以從這個人身上找到答案。後來我從咸陽宮的銀盤推敲，自以爲找到進入秦始皇墓室的捷徑，在計算好的時間，守在那個必經之地……之後發生的事，你們都知道了，竟然出了意外。唉……術數有其極限，即使是我，也做不到無所不知……這就是命數。吾等所謂術數師，只能窺探表象的結果，無法揭開命運的內裡乾坤……」

機艙內寒氣冽人。

紀九歌說到這裡，眞相終於大白，樊系數和張嫢縱然已知范睢是內奸，聽了這背後的故事，都禁不住心有餘悸。一個人到底要有多大的使命感，才會選擇犧牲自己的人生，來實現一個極難成功又毫無回報的理念？

這樣的人很少，但這少數的人，有可能改變大多數人的命運。

至少，他用自己一條命，救回這幾個救世主的命。

「好了。在我剛剛的敘述裡，我說漏了一件事。那個人和他的先祖要完成韓非遺志，有個必不可缺的條件。少了這個先決條件，李斯的大計絕對無懈可擊，毫無漏洞可言。這條件是甚麼呢？」

對著紀九歌的考驗，張嫢只是一臉迷惘，樊系數卻不假思索，就提出了一個疑問。

這個疑問正是紀九歌當時的疑問，樊系數果然沒令他失望，沒被他考倒。

紀九歌的秀臉裹著繃帶，依然可見他的笑容。

他回憶起那一天——

64

當時，晨光充沛，沿著百葉簾透入，潑曬在那男人乾燥的臉上。

紀九歌記得，他有一雙黑色、燥烈的眼睛。

兩人徹夜達旦，聊了一個晚上。

房間裡飄揚著濃郁的咖啡香，紀九歌端來兩杯現煮的咖啡，對方還沒接過，已用英語喊了一聲謝謝。

「最後，亦是我最大的疑問——李斯和鬼谷子投胎成甚麼人，你和你的先祖怎可能知道？」

紀九歌一語，問中了最關鍵的一點。

如果不知道李斯和鬼谷子的轉世身分，根本不可能找到兩人的下落，但對方既然宣稱取代了鬼谷子，也就是說他已做到了。他家族留傳的調查記錄，亦證明他們一族有方法找到李斯或鬼谷子。

那個韓非的後人，卻不明說，繞了個圈子：「人與人之間有股無形的引力，這應該就是中國人說的緣分。我相信這股引力來自肉體，也來自靈魂。我很清楚，血緣是股很奇妙的引力，有血緣關係的靈魂，在永遠的將來都會再相遇，儘管可能只是匆匆一面……擁有轉世記憶能力的人，其實很罕見，數千人之中才有一個，我和我的先祖懂面相之術，一眼能看得出來，從沒出錯。」

「照你這麼說……」

「嗯。你聰明絕頂，應該已想到了。李斯也是我的祖先。他應該永不知道，韓非曾爲他誕下一子。」

那男人聳聳肩，擠出一個不和諧的微笑，但他剛剛說的明明不是玩笑。

那一刻，紀九歌暗暗有種感覺，這人的體內有一縷英魂，他預料到自己會死，對他來說，死亡是最美麗的勛章。紀九歌沒爲他算命，自我犧牲和自殺的人，都是術數無法算出來的。

「我的祖先給我留下很大的遺產。這個遺產就是一顆無私的心。」

遺產就是要留給後人的瑰寶，除了是財富和遺物，也可以是偉大的信念。

財富和遺物會腐化，只有信念才能生出熊熊火光，如星體長耀，亙古永存。

可是，這個大國的人都太會計算，迷戀財富。

這是一個沉睡的人數目龐大的國家。

在槍聲中，有些人不想被殺，所以只好裝睡。

紀九歌想起最近發生的國際大事，便跟他聊起：「有人說，這個國家的文化是醬缸文化，毒素就在人民的血裡、基因裡……恕我問一句，這樣的國家值得你愛嗎？」

「對很多人來說，生命只是一世，這一世完了，就是完了。但我們一族早就參透了靈魂的祕密，就知道生命是延續的。你這輩子是這片土地上的人民，下輩子，也有很大機會是這片土地上的人民。我們的後代就是我們自己。權力和財富，我都無法留給下輩子的自己。只有令國家變好，將來的我才能過上好日子，這是很簡單的道理。就是因爲看見國家腐敗，我才希望可以改變**她**。」

「那就是說，如果人人自私自利，導致國家腐敗，下輩子就會自食其果？如果你說的是眞的，這個規則眞的很有意思。」

「死亡絕不是我們的追求。但是如果一個人的死或一些人的死，能夠使更多的人活得更好，能夠使祖國繁榮昌盛，我們就沒有權利去偷生……我們以死的氣概，爲了生而戰。這篇有名的宣言，你讀過嗎？特務的本質就是這樣。有時候，這是一份卑鄙的工作，無可避免會犧牲一些人，來挽救數以億計的性命。有前輩對我說過：我隨時會死，隨時會失敗，但我知道就算我死了，也會有人接替我的工作，繼承我的遺志。我，或者每一個人，都是無名的英雄。」

由他那種時代背景出來的人，都比較有信念，都有一顆熾熱的心，都相信，只要人人無私爲社會貢獻，國家就會走上富強之路。

這種富強，是一種眞正的富強，有凝聚一個民族的力量。雖然只是個美麗的假設，顯得荒唐、可笑和無知，但就是有這種人，鍥而不捨，相信未來，希望世界變得更美好。

那些悲嘆顰蹙的人，那些縱淫墮墮的人，那些貪婪無厭的人，那些饕餮愒日的人，那些猥惰慵懶的人，那些暴怒蓄恨的人，那些齮齕媢嫉的人，那些狂恣自私的人……從沒想過，在晨曦來臨張開眼之前，整個世界會突然消失。

假如大地陸沉，假如洪嘯滔天，假如戰火瀰漫，假如無數血肉之軀在核輻射之中化爲炮灰……這早已不是甚麼祕聞，人類已發明比原子彈厲害的超重氫彈，一顆炸開，整個星體上的生物立時灰飛煙滅，萬年一瞬，我們的文明就此終結。

在瑪雅人的曆法中，第五個太陽紀於公元前三一一三年開始，然後在二〇一二年完結，合計五千一百二十五年。

二〇一二年十二月二十一日就是第五個太陽紀的終結日。

13.0.0.0.0

由二〇一二年開始，地球通過淨化期，邁向新的世界。

從死亡裡獲得重生，在黑暗中守候黎明……

希望抑或絕望，覺醒或者滅亡……

現在，進入倒數……

《術數師4》完

台版誌

《術數師》卷一至卷四都是關於「壞人」的故事，每一集的眞正主角都是「壞人」，或者是「看來很像壞人」的人，在大時代的悲劇之中浮沉。我喜歡寫悲劇，也喜歡寫壞人，因爲我覺得這樣寫才能令人反思。

術，正是整個系列的中心概念，蘊含三重意義：一指「術數」；二指「祕術」；第三，乃韓非所指之「術」，權術與治國之術也。

如果由賢者掌權，將會是蒼生之福；如果由邪惡的人弄權，智慧用在錯的方向，將會有可怕的後果，輕則民不聊生，重則令整個國家走向滅亡之路——無怪乎倉頡造字之後，人有了智慧，鬼就會嚎哭。

春秋戰國是中國歷史上最獨特的發展階段，百家爭鳴，勵精圖治，智謀奇術疊出，異士縱橫左右世局變化……構成眾多精彩紛呈、痛快淋漓的人生故事。絕大多數影響後世的中方哲學思想，譬如儒家、道家、法家……全部都在這個奇妙的時代醞釀而生。

各大學派提倡學說，無非是助當權者治國，希望下對「藥方」，令國家變得富強。

有些人，可能認爲「以史爲鑑」是句不堪的笑話。

我認爲是對的，但可笑的是我們的歷史不停在重演，人類不停在犯相同的錯誤。所以才有韓非那樣的主張：不相信人性，只相信法律和政制。（韓非提倡的「法治」，雖然與民主制度的法治尚有一段差距，但以那時代的人來說，已是思想超前的構想。）

這一次創作歷史小說，我除了研讀正史，也涉獵雜文。我的史觀很大程度受到柏楊先生的影響，創作期間讀了他不少論著。柏老痛恨儒家文化，認爲這是愚民的「工具」，我們的傳統文化也就變成了「醬缸文化」。文化裡的毒素，亦變成有害的東西沉澱下來，成爲民族的劣根性，並不容易糾正。

我所說的文化，就是「中華文化」。

不論是台灣人、香港人、大陸人……縱使生活圈子不同，我們都用同一套文字，受同樣的文化和習俗薰陶成長，繼承了共同的歷史及文化遺產。

當我在外國的時候，發現中國人和印度人都很會算術，計算比外國人厲害得多。老外對華裔學生的印象，通常都是「數學很強」。會計算，就工於心計，錙銖必較，自私自利。中國歷代的統治者，無一不是精通權術的。

最可怕的，永遠是聰明人。

聰明人一旦自私自利，就會腐敗，就會禍國禍民。

而當一個國家太多這種「聰明人」，這個國家就會走向末路。

台灣讀友未必認識魯迅先生。

在我眼中，魯迅先生是二十世紀最偉大的作家。可是，每次重讀他的小說，總有一絲絲難言的悲哀感，滲透我的心頭。

在魯迅先生短篇小說集《吶喊》的自序，曾有一段與老朋友的對談。魯迅問：「假如一間鐵屋子，是絕無窗戶而萬難破毀的，裡面有許多熟睡的人們，不久都要悶死了，然而是從昏睡入死滅，並不感到就死的悲哀。現在你大嚷起來，驚起了較為清醒的幾個人，使這不幸的少數者來受無可挽救的臨終的苦楚，你倒以為對得起他們麼？」

魯迅的朋友卻回答：「然而幾個人既然起來，你不能說絕沒有毀壞這鐵屋的希望。」

一言驚醒夢中人，為了這個不能抹殺的希望，魯迅就此棄醫從文，開始執筆做文章，寫成出道作《狂人日記》，自此一發不可收拾。

文字的力量是巨大的。

人死了，但文字留下來了，作品都是作家的「遺言」。

醫者能治肉身，而作家可救人心。

我相信，終有一天，魯迅用生命發出的吶喊，將會喚醒在鐵屋子裡沉睡的人。

不久前，蓋亞編輯部偷偷轉報：我在臉書上將感情狀態更新為「已訂婚」。

民國一〇一年，十一月初，我糊裡糊塗，就在香港維多利亞港的海中央，向女友求婚了（當然是租遊艇，不是輕功水上飄）。我看，自己娶了台灣新娘之後，下輩子都離不開台灣了……

兩年前來台灣，我兩手空空，現在要在這裡成家立室，連婚宴酒席也訂好了，人生真是一段奇妙漂流，希望不是墜入甚麼騙局吧。我想好了，如果將來書賣不出去，當不了作家，我也會開計程車養家的。

當初，決定移居台灣，純粹因為一股「直覺的衝動」。住了這兩年，之前喜歡台灣，現在更加喜歡台灣。我不僅喜歡台灣的優點，也喜歡台灣的缺點，偶爾在香港辦講座，都會向聽眾分享我在這裡的生活，讓他們離場時有種滿嘴酸葡萄的感覺。

因為這種情意結，我想更加了解台灣，到圖書館借書，讀台灣近代史，聽長輩講故事……我終於了解，台灣人的民主，是用血換回來的。

在華人社會之中，有史以來，就只有台灣成功實踐民主政制。

民主制度的優劣，在此沒必要討論，總結我的感想，就只有一句話：「縱觀歷史，民主是人類發展到目前為止最好的制度。」

台灣的民主就像幼苗，還會成長，還會茁壯，只要人人抱著憧憬和希望，未來就會變得愈來愈好——愛罵歸愛罵，人人都不可以放棄這個信念。

這部「術數師4」，是我用了一年時間創作的作品，由早到晚都窩在咖啡店，整個內湖區各大咖啡店的店員，都應該見過一個「國語口音很詭異」的怪客。

我肯定，作者都是一群愛賣關子的怪人，十分欠揍。讀者表面看到的故事，也許只是像「疑棺」一樣的東西。我這本書有一些隱喻，如果大家有興趣探究下去，可以由內文最後提及的「宣言」查起，那是引導你找到眞相的羅盤。

一九八九年天安門廣場上發生的事，台灣人大都知道。當我知道台灣中學的課文上，竟有述及這件事，還印出男人擋坦克車的照片，我就感到很鬱悶——這樣的歷史，是不會出現在香港中學的課本上。

香港人對「六四」，有一種難以紓解的情意結。每年六月四日的晚上，在維多利亞公園都有聚會，父母帶著孩子，攜著燭光，團團坐著，一同唱「自由花」這首歌，紀念這段不可磨滅的回憶。

二十多年來，風雨不改，薪火相傳。

有些東西，死了，失敗了，反而不是眞的消失，反而會誕生更大的意義。

歷史只掌握在少數人的手上。

但歷史會因爲大多數人的理念而改變。

黑暗中孕育出來的花朵，總有一天，悄悄地盛開。

天航

二〇一二年十一月　台北

國家圖書館出版品預行編目資料

術數師.4，秦始皇最恐怖的遺言／天航著.
——初版.——台北市：蓋亞文化，2013.01
面；公分.——（悅讀館；RE164）

ISBN 978-986-319-022-6（平裝）

857.7 101020697

悅讀館 RE164

術数師 *4* 秦始皇最恐怖的遺言

作者／天航（KIM）
插畫／有頂天99
封面設計／克里斯
出版／蓋亞文化有限公司
地址◎台北市103承德路二段75巷35號1樓
電話◎（02）25585438 傳眞◎（02）25585439
網址◎www.gaeabooks.com.tw
部落格◎gaeabooks.pixnet.net/blog
電子信箱◎gaea@gaeabooks.com.tw
投稿信箱◎editor@gaeabooks.com.tw
郵撥帳號◎19769541 戶名：蓋亞文化有限公司
法律顧問／宇達經貿法律事務所
總經銷／聯合發行股份有限公司
地址◎新北市新店區寶橋路二三五巷六弄六號二樓
電話◎（02）29178022
傳眞◎（02）29156275
初版二刷／2019年6月
定價／新台幣 250 元
Printed in Taiwan

GAEA
ISBN／978-986-319-022-6

GAEA

GAEA